KB244254

나는 **한국의 가능성**이고 싶다

나 는 한국의 가능성이고 싶다

조현영 지음

북하우스

제 모든 영광, 은혜로우신 하나님께 올려드립니다.
내가 전심으로 하나님께 감사하오며, 내가 그를 기뻐하
고 즐거워하며 지극히 높으신 그 이름을 찬송합니다.
(시편 9:1-2)

그리고 나의 가족, 나에게 성실과 겸손의 덕목을 일
깨워주신 든든한 후원자 아버지, 소외된 이웃을 섬기는
삶을 가르쳐주시고 나를 위해 밤새워 기도하신 어머니,
항상 나를 응원해준 하나밖에 없는 누나에게 진한 사랑
과 감사를 전합니다.

세상은 꿈꾸는 사람의 것입니다

박원순(희망제작소 상임이사)

2년 전 일이다. 그 무렵 나는 스탠포드대학교의 초청으로 한 학기 강의를 하고 있었다. '한국의 시민사회(Civil Society in Korea)'라는 제목으로, 한국 시민사회의 역사와 모습을 소개하는 강의였다. 학생은 열 명 남짓했다. 한인 유학생, 중국계 미국인, 일본계 미국인 등 한국 사회의 발전 과정에 관심을 둔 학생들이 강의를 들었다. 이들 중 대다수가 한국에 관한 논문을 쓰기 위하여 실질적인 자료와 전문가의 견해를 얻고자 하는 석·박사 과정의 학생들이었다.

그런데 수강생 중 거의 유일한 학부생이었던 한 학생이 첫 수업 시간에 손을 들고 질문했다. "엔지오가 무슨 뜻인가요?" 나는 조금 당황했다. 'NGO를 모르다니! 요즈음 NGO를 모르는 사람은 드문

데……' 하는 생각이 든 것이다. 그 질문을 던졌던 학생이 바로 제임스 조 군이었다. 한 가지 놀라웠던 사실은, 제임스 조 군은 자신이 모르는 것에 대해 부끄러워하지 않았다는 점이다. 오히려 모르기 때문에 더욱 열심히 배우려는 의지가 투철했다. 그후에도 제임스 조 군은 이해가 가지 않는 부분이 있으면 수업이 끝난 뒤 나에게 그것을 묻곤 했다. 결국 그는 한 학기 강의를 마친 후 우수한 학점을 받았음은 물론, 석·박사 과정 학생들과 견주어 볼 때 결코 뒤처지지 않는 수업 기여도를 보여주었다.

사실 세상 어디에도 처음부터 모든 것을 잘 아는 사람은 없다. 잘 알지 못하는 상태에 머무르지 않고, 꾸준히 호기심을 가지고 그 해답을 찾아가는 진지한 자세와 노력이 있을 때 그 사람은 진정한 전문가로 거듭난다. 그래서 "모르는 것은 죄가 아니다"라는 말이 생겼는지도 모르겠다. 제임스 조 군이 일찌감치 미국에 유학해서 좋은 대학을 다니고 우수한 성적을 거둔 것은, 바로 이러한 지식과 진리에 대한 용기와 도전에서 비롯된 것이 아닐까 생각한다. 나의 강의를 듣는 한 학기 동안 제임스 조 군은, 한 학생이 단기간 내에 얼마만큼 큰 성장을 이룩할 수 있는지를 여실히 보여주었다. 새로운 지식에 대한 갈망으로 끊임없이 도전하며 정진하는 제임스 조 군은, 이 시대 젊은 학생들에게 더없이 좋은 본보기가 아닐까 생각한다.

내가 만난 제임스 조 군은 언제나 밝게 웃고 매사에 긍정적인, 큰 꿈을 지닌 청년이었다. 하지만 그를 더욱 빛나게 하는 것은 그의 겸손함과 타인에 대한 배려심이었다. 사실 스탠포드대학교는 명실상부한 미국의 일류 대학이다. 더구나 학부 과정에 입학하는 것은 하늘의 별 따기라고 알고 있다. 세계의 수재들이 모여 공부하는 대학에서 한국인으로서 당당히 공부하고 있는 것만으로도, 제임스 조 군은 일단 성공을 거두었다 말할 수 있다. 그러나 나는 단순히 학점이 좋은 것을 훌륭하다고 보지는 않는다. 한국인의 긍지를 그대로 물려받은 제임스 조 군이 보여준 열정, 용기, 도전 정신을 나는 더 높이 사고 싶다. 내 수업에서 보여준 그의 진취적 노력과 열정, 탐구 정신이 그의 훌륭한 자산이었던 것이다. 나는 제임스 조 군의 스승으로서, 그가 앞으로 자신의 가능성을 한껏 밀고 나가, 모쪼록 한국 사회에 좋은 영향을 미치길 기대한다.

나는 오늘의 젊은이들에게 말하고 싶다. 좋은 학교, 좋은 직장, 좋은 결과를 탐하기 전에 먼저 그 과정에서 자신이 무엇이 되고 싶고, 어떤 일을 하고 싶은지 먼저 설계하라고. 마더 데레사 수녀님은 이런 말씀을 하셨다. "하느님은 사명과 더불어 수단도 주신다." 무언가를 진정으로 꿈꾸면 그것을 이루게 해주신다는 뜻이다. 청년이여, 꿈을 꾸라. 그리고 도전하라. 그러면 이루어질 것이다.

차례

Guidance1

제임스가 들려주는 한국과 미국의 교육 이야기

Guidance2

제임스에게 듣는 유학 Q & A

에│필│로│그

나는 오늘도 꿈을 꿉니다.
누군가에게 희망의 메시지가 되는 꿈을

스물다섯 해 남짓 살아온 나는, 그중 십 년이라는 시간을 미국 땅에서 보냈다. 십 년 전 아메리칸 드림을 꿈꾸며 비행기에 몸을 실었던 열다섯 살 사춘기 소년이 어느덧 청년으로 성장한 것이다. 그리고 감히 이렇게 유학 에세이를 세상에 내놓게 되었다. 늘 생각으로만 그쳤던 일이 예상보다 빨리 현실이 되어 찾아왔기에, 책을 쓰기에 앞서 과연 내가 어떤 이야기를 할 수 있을 것인지 많이 조심스러웠던 게 사실이다. 하지만 내가 모르는 누군가가 내 책을 통해 조금이라도 자극받고 희망을 갖는다면 그 이상 보람된 일은 없을 것이라는 생각 속에서 조심스레 책을 썼다.

가끔 침대에 누워 25년의 내 짧은 인생을 회상하곤 한다. 홀로 비행기에 몸을 싣고 유학 길에 올라, 덜컥 미국 고등학교에 입학하던 내 모습은 지금 생각해도 대견스럽다. 말도 안 통하는 친구들 사이에서 애써 웃음 지으며 친해지려 노력하던 모습이 떠오를 때에는 나 자신에 대한 동정심마저 느낀다. 대학으로부터 합격 소식이 오기를 기다리는 장면은 다시금 손에 땀을 쥐게 한다. 스탠포드대학교에 합격해 온 세상을 얻은 양 펄쩍펄쩍 뛰던 순간, 그리고 한국인으로서 세계의 학생들과 당당히 경쟁하며 젊은 패기를 불태우던 시간들도 빼놓을 수 없다. 뭐니 뭐니 해도 클라이맥스는, 내 대학 졸업식에 참석한 부모님의 환한 미소를 보았을 때 느낀 훈훈한 감동이 아닐까 싶다.

오늘도 나는 잠자리에서 일어나 습관처럼 이메일을 확인했다. 반가운 소식들이 나를 반겼다. 어느 유학생은, 내가 몇 년 전 해준 조언을 떠올리며 열심히 공부한 끝에 자신이 원하는 대학에 조기 전형으로 합격했다는 소식을 전해왔다. 한편 어제 저녁에는, 무료 영어 강습을 마치고 교실 뒷정리를 하던 내게 한 대학생이 다가와 수줍게 편지 한 통을 건네고 갔다. 집으로 돌아오는 길에 곱게 접힌 편지를 펼쳐 보았다. 내 영어 수업을 들으며 자신의 영어 실력이 많이 향상되었다는 감사 인사와 함께, 열정적으로 학생들을 가르치는 나를 보며 자극을 받아, 현실에 안주하던 자신의 모습을 다잡게 되었다는 사연이 적혀 있었다. 편지지에 빽빽하게 적힌 글을 읽어 내려가며 나는 가슴이 따뜻해짐을 느꼈다.

나는 오늘도 꿈을 꾼다. 많은 사람에게 좋은 영향을 미치는 삶을 사는 꿈을. 단점 많은 내가 누군가에게 도움을 줄 수 있고, 또 나로 인해 누군가가 희망을 갖게 된다면, 그 순간 나의 꿈은 이루어지는 것이다. 가치 있는 일을 다 하고 죽기에는 인생은 너무나도 짧다. 그러므로 난 앞으로도 바삐 뛸 것이다. 기도로써 전진할 뿐이다. 그리고 이 책을 통해 내 도전과 희망의 메시지를 모든 사람과 나누고 싶다.

2007년 2월

조현영

feature

INTERNATIONAL STUDENTS FROM ASIA

James Cho
Seoul, South Korea

Having grown up in Korea, I have always been reminded that a good education is crucial for one to have a decent life and to succeed, even more so than how much money a person makes. Not many people — especially non-Asians — know how much we Koreans value a good education. My parents were no different from any other Korean parents in raising children, especially concerning my education. They wanted me to go to a good college and have a decent life.

Coming to America at the age of 15 to study abroad by myself, I always strived to go to a good college and eventually achieve the American dream. In that sense, Stanford, which is one of the top American universities, has given much satisfaction to my parents and me. I consider myself an adventurer, and Stanford attracted me because it was far away from the East Coast, where I went to high school. Most of all, Stanford seemed, at least to me, like the best place for people who wish to become multi-millionaires at an early age. Needless to say, we have [...] while [...]

gaining people's awe to making incredible friends. Moreover, Stanford is a diverse community that respects and honors differences in cultures, viewpoints and lifestyles, while maintaining a common bond that ties everyone together. Even an international student like me can find a comfortable environment while away from home.

Nobody here cares about your accent but rather respects who you are and where you are from. Foreign students do have to face many cultural differences and often have to struggle with the language barrier. But Stanford seems to have put much effort into making it so that foreign students can feel at ease where they live. Numerous programs and events set up in each dorm are examples that help the students in getting involved in the campus activities and getting along with other friends with different backgrounds.

One of the more thrilling things I have done at Stanford was to join the Gaieties band as a bass guitar player. Filled with humor and laughter, along with tremendous passion, Gaieties was a great opportunity for me to explore the genuine spirit of Stanford. Not only that, but a startling array of choices have been always available for me. I believe the choices are the opportunities to explore activities and academic areas here at Stanford. The more I have attempted to investigate these exciting opportunities, the more I have become thrilled about what's [...]

힘든 유학 생활 동안 내 마음의
닻이 되어준 가족

미국 도착 직후, 나는 필라델피아의
사립 고등학교 '카디널 다커리'에 입학했다

스탠포드 록밴드에서 베이스 기타를
연주하던 시절

어린 시절부터 음악에 관심이 많았던 난
미국에서도 활발한 음악 활동을 펼쳤다

스탠포드 교환교수로 오신 장승우
전 장관님 내외분과 함께 한 만찬

내가 가장 존경하는 한국인 중 한 분인 박원순 변호사님은
스탠포드 교환교수로 계시는 동안 내게 큰 가르침을 주셨다

나의 좋은 멘토이셨던
존 헤네시(John Hennessy) 스탠포드 총장님과 함께

나는 여름방학을 틈타 세계적 경영컨설팅 회사인
베인 앤 컴퍼니(Bain & Company)에서
인턴 생활을 했다

스탠포드 기숙사에서 친구들과 함께

한국외대에서 "Dream Bigger, Dream More"라는 주제로 강연하는 모습

2002년 포털사이트 〈다음〉에 '스탠포드 카페'를 개설,
많은 사람에게 유익한 미국 유학 정보를 제공해오고 있다

스탠포드 졸업식에서 가족과 함께

KBS 라디오 '뉴스초점'에 출연해 '한국 영어 교육
이대로 좋은가' 라는 주제로 곽중철 한국외대
통역번역대학원장님과 열띤 토론을 펼쳤다

유학 지망생과 학부모를 대상으로 한
무료 유학 설명회 장면

PART 1

평범한 소년,
세상 밖으로
비상하다!

나는 결코 시간을 헛되이 보내지 않으리라 다짐했다. 나의 인생은 결코 나만의 것이 아니기 때문이었다. 나를 창조하신 하나님과 나를 사랑하는 가족들, 그리고 나를 아끼는 친구들의 기대에 부응하기 위해서라도 난 반드시 유학 생활을 성공적으로 해내야 한다고 다짐했다. 물살을 거슬러 힘껏 노를 저어 내 삶을 개척해야 한다고 스스로 되새기며, 내 미래의 태양을 향해 활시위를 당겼다.

공부에 취미가 없었던 내 별명은 '춤꾼'

댄스 가수 박남정의 로봇 춤과 소방차의 디스코 바지가 한국의 10대 문화를 대표하던 1980년대 말, 나는 초등학교 2학년이었다. 그 시절 나의 관심사는 공부도, 운동도, 게임도 아니었다. 나의 관심사는 오로지 하나, '댄스 가수 따라하기' 뿐이었다. 방과 후 집에 돌아오기가 무섭게, 나는 전날 밤 녹화해 둔 TV 가요 프로그램을 테이프가 닳도록 돌려보며 댄스 가수들의 현란한 몸동작을 따라하곤 했다. 춤에 넋이 나간 나는 당연히 공부에는 큰 관심을 둘 수 없었다. 아들이 공부하는 모습을 보고 싶어하시던 어머니는 TV 좀 어지간히 보고 제발 공부 좀 하라며 나를 나무라셨다. 그러나 난 이에 아랑곳 않고 밤만 되면 TV 앞에 앉아 인기 가수들의 춤 동작을 넋을 잃고 바라보았다.

이 무렵 나의 성적은 늘 반에서 중간 정도에 머물렀다. 그 정도의 성적이나마 유지할 수 있었던 것은 '벼락치기 공부'에 소질이 있기 때문이었다. 초등학교 6년을 다니는 동안 한번쯤 받기 마련인 우등상을 타본 적도 없고, 비교적 받기가 수월하다는 모범상도 받아본 기억이 없다. 미술에 조예가 깊으신 어머니의 영향 덕분인지, 미술대회에서 몇 번 입상했을 뿐이다. 또 한 가지, 어렸을 때부터 날렵했던 난, 100미터 달리기에서 언제나 일등을 차지했다.

담임선생님들께서는 한결같이 가정통신문에, '주의가 산만하나 인사성이 바름' '운동신경이 뛰어나고 사교성이 좋음' 등과 같은 지극히 평범한 평을 남기곤 했다. 학교에서는 공부를 잘하거나 말썽을 일으키는 아이들이 선생님의 눈에 띄기 마련인데, 나는 우등생도 아니고, 그렇다고 말썽을 부리는 아이도 아니었기 때문에 선생님들의 관심 밖에 있었던 것이다. 하지만 이런 나를 인기 최고의 학생으로 거듭나게 한 사건이 있었다.

초등학교 2학년, 어느 무더운 여름날이었다. 수업 진도가 빨라서였는지, 아니면 그날따라 유독 무기력한 학급 분위기 때문이었는지, 선생님께서는 우리에게 의외의 제안을 하셨다.

"오늘은 날도 더우니 여기까지만 하자. 우리 반에 춤 잘 추는 사람 없니? 요새 보니 다들 춤을 많이 추던데, 자신 있는 사람은 한번 나와 봐."

축 늘어진 분위기가 갑자기 술렁이더니, 반 친구들이 힐끔힐끔 나를 쳐다보기 시작했다. 그러던 중 한 아이가, "선생님, 현영이가 춤을 잘 추는 것 같아요"라고 말하며 팔꿈치로 나를 쿡쿡 찔렀다. 주위 아이들이 맞장구를 쳤다.

"네, 맞아요. 현영이가 교실 뒤에서 춤추는 걸 봤어요."

나는 아이들의 성화에 못 이겨 교실 앞으로 걸어 나갔다. 숫기가 없었던 나로서는 대단한 용기를 낸 것이었다. 하지만 춤추는 데 필요한 음악이 없었다.

"음악이 없는데요? 음악 없이 춤을 춘 적이 없어서요."

처음에는 음악이 없다는 핑계로 상황을 모면해볼까 했지만, 막상 무대에 서고 보니 그동안 갈고 닦은 춤 실력을 친구들 앞에서 과시해보고 싶은 욕심이 고개를 내밀었다.

"없으면 그냥 제가 노래를 부르면서 출게요. 요즘 최고로 유행하는 박남정의 로봇 춤을 보여드릴게요."

말이 끝나기 무섭게 난 몸을 풀고 춤추기 시작했다. 그때 내가 춘 춤은, 그 시절 오빠부대를 몰고 다니던 박남정의 브레이크 댄스였다. 어색하기 짝이 없는 동작으로 시작한 춤이었지만, 평소 갈고 닦아온 춤 실력이 조금씩 발휘되기 시작했다.

잠재된 '끼'에 불을 지르면 저도 모르게 기분이 상쾌해지는 걸까? 처음에는 당황해서 느끼지 못했는데, 반 친구들과 선생님이 보고 있다는 생각이 들자 신이 나고 흥이 절로 솟는 것이었다. 그런 만족감이 바로 '성취감'이라는 것을 나는 곧 깨달았다. 아이들과 선생님은 환호했고, 내가 춤추기를 마치고 자리에 돌아와 앉은 뒤에도 교실 안의 흥분은 쉽사리 가라앉지 않았다. 생각지도 못한 극적인 데뷔 무대를 가

브레이크 댄스에 일가견이 있던 나의 어릴 적 별명은 '춤꾼'이었다.

진 셈이었다.

그 사건 이후 나는 학교 전체에 춤꾼으로 소문났다. 수학여행을 갈 때면 나는 춤을 좋아하는 친구들과 팀을 이루어 전교생 앞에서 춤 실력을 선보이곤 했다. 이렇듯 춤은, 평범하기 그지없던 나를 특별한 사람으로 자각하게 하는 원동력이 되어주었다.

중학교에 진학하면서 춤에 대한 나의 열정은 더욱더 강렬해졌다. 운동회 날, 나는 중학교에서의 첫 공식 무대를 가졌다. 운동회가 중반부로 치달을 무렵, 사회를 보시던 선생님께서 "청팀, 백팀에서 춤 잘 추는 사람 한 명씩 나와서 음악에 맞춰 춤을 춰보아라" 하고 말씀하셨다. 나는 당연하다는 듯 걸어나갔고, 친구들은 내 이름을 목이 터져라 외치며 응원해주었다. 상대편 대표도 실력이 쟁쟁한 춤꾼이었지만, 이에 아랑곳없이 우리 팀을 위하여 나의 기량을 맘껏 펼치리라 다짐했다.

경쾌한 댄스 음악이 울려 퍼지는 순간, 운동장은 흥분의 도가니로 바뀌었다. 나는 평소 갈고 닦은 춤 실력을 십분 발휘해, 전교생 앞에서 브레이크 댄스를 선보였다. 친구들은 스피커에서 흘러나오는 노래를 큰 목소리로 따라 부르며 응원의 강도를 높였다. 무아지경이 된 나는, 무대 위를 뒹굴며 맘껏 실력을 발휘했다. 열정적인 춤과 친구들의 응원에 취해 아무것도 보이지도, 느껴지지도 않았다.

나는 춤이 끝나고 나서야, 내가 뒹굴었던 땅이 매끈한 매트 바닥이 아닌, 모래와 돌멩이로 가득한 운동장이었다는 사실을 깨달았다. 모든 것을 잊은 채 혼신의 힘을 다해 춤을 추었던 것이다. 많은 사람 앞에서 만족할 만한 춤을 추었다는 승리감을 느낄 새도 없이, 온몸이 후끈 달아오르는 고통이 찾아왔다. 어깨에 피가 났고, 무릎도 성한 곳이 없었다. 나는 양호실로 달려가야만 했다.

지금도 그때를 생각하면 입가에 웃음이 맴돈다. 그리고 그때 몸에 난 상처는 아직도 희미하게 자리잡고 있다.

소년, 소녀를 만나다

학창 시절, 수련회나 각종 외부 무대에서 화끈한 춤판을 선보인 뒤에는 어김없이 또래 여학생들이 내게 관심을 보이곤 했다. 하지만 그때까지만 해도 순진했던 터라, 나는 여자아이들의 관심에 둔감하기만 했다.

그러던 어느 날 학원 문을 나서는데, 같은 학원을 다녀 안면이 있는 여자아이가 다가와 노트 한 권을 내밀었다. 귀여운 외모 덕분에 남자애들에게 인기가 많은 아이였다.

"이게 뭐야?"

금세 얼굴이 달아오른 그 애는 수줍게 입을 열었다.

"오빠 주려고 제가 쓴 일기예요."

그 애는 이렇게 말하고 나서 내가 뭐라고 대꾸도 하기 전에 도망치듯 사라져버렸다. 나는 노트를 펴보고 놀라지 않을 수 없었다. 그것은 그 애가 몇 달에 걸쳐 쓴, 나에게 보내는 일기 형식의 편지였다. 노트는 아기자기한 장식으로 꾸며져 있었고, 그 아이의 사진도 간간이 붙어 있었다. 난생 처음 여자아이로부터 받은 일기장이어서 당황할 수밖에 없었다. 하지만 나를 그토록 생각해주는 사람이 있다는 사실에 가슴이 벅차오르기도 했다.

일기장의 첫 장에는 '하루에 한 장씩만 읽기!'라는 글이 쓰여 있었다. 자신이 애정을 담아 쓴 글인 만큼 정성껏 읽어주길 바란 모양이었다. 고운 글씨로 써 내려간 그 일기에는 오랫동안 나를 좋아해왔다는 이야기와 함께, 세심한 정성이 담긴 이야기들이 빼곡하게 적혀 있었다. 그 메시지들은 예사롭지 않은 정감을 불러 일으켰다. 그후 나는 그 애를 만날 때면 용기 내어 먼저 인사를 건넸고, 우리 둘은 자연스레 친해질 수 있었다.

학교에서도 그 일기장을 야금야금 읽으면서 들뜨는 마음에 남몰래 얼굴이 상기되곤 했다. 어서 학원에 가서 그 애를 만나고픈 마음이 생기기까지 했다. 하루는 그 애에게 고맙다는 말과 함께 내 마음을 전하려고, 학원 수업을 마치고 그 애를 기다렸다. 그리고 그 애의 집을 향해 함께 걸어가면서 용기 내어 말을 꺼냈다.

"네가 준 일기장 말이야, 정말 감동적이더라."

느닷없는 나의 말에 놀랐는지, 유난히 크고 맑은 그 애의 눈에 눈물이 맺혔다. 난 그 눈물의 의미를 미처 깨닫지 못했다.

"왜 그래? 무슨 일 있어?"

잠시 후 그 애는 힘들게 입을 열었다.

"오빠, 저는 오빠랑 친해지고 싶었어요. 그런데 다음 주에 우리 가족이 미국으로 이민 가요. 그래서 서둘러 일기장을 드린 거예요. 앞으로 저를 보지 못하더라도 꼭 기억해주세요. 아셨죠?"

그 말을 듣자, 난 감정을 추스를 수 없을 지경이 되었다. 그 애를 바래다주고 집으로 돌아오는 길에, 동네 놀이터 그네에 앉아 잠시 눈을 감았다. 나도 모르는 사이, 내 얼굴에 눈물이 흘러내렸다. 짧은 시간이었지만 그 애에 대한 감정은 어린 내 마음에 깊이 파고들었던 것이다.

그 일이 있은 후, 나는 한동안 그 애의 소식을 듣지 못했다. 학원에서 그 애가 수업을 듣던 반을 기웃거리도 했지만, 그저 빈자리만을 확인할 수 있을 뿐이었다. 그러던 어느 날, 한 친구로부터 그 애의 사연을 전해 들었다. 아버지가 하시던 사업이 부도나 하루아침에 가계가 기울자, 부모님이 그 애를 미국에 있는 사촌네 집으로 보냈다는 것이다.

사연을 전해 들은 나는 가슴이 미어지는 듯 아팠지만, 그 애를 위해 할 수 있는 일은 아무것도 없었다. 지금도 가끔 그 애를 떠올리며 어디에 있든 몸 건강히 잘 지내길 기도한다. 어린 시절 내 마음을 빼앗아 간 그 애는, 아직도 내 마음 한구석에 고이 남아 있다.

큰 꿈을 가진 누나의 간절한 바람

"엄마, 아빠! 저 미국에 보내주세요. 더 넓은 땅에서 공부하고 싶어요."

나에겐 두 살 위의 누나가 있다. 초등학교 고학년 때부터 EBS 영어 교육 프로그램을 즐겨 보며 영어를 공부하던 누나가, 어느 날 식사 도중에 부모님께 폭탄선언을 한 것이다. 순간 집 안에는 정적이 흘렀다. 부모님은 잠시 입을 열지 못했다. 열여섯 살 누나의 눈빛엔 결연한 의지가 서려 있었다. 하지만 나는 느닷없이 유학을 가겠다는 누나를 도무지 이해할 수 없었다. 연고도 없는 낯선 땅에, 그것도 혼자 가겠다니 말이다. 마냥 어렸던 난, 누나가 보다 넓은 세상을 꿈꾸고 있다는 사실을 미처 몰랐던 것이다.

잠시 후, 아버지께서 침묵을 깨고 입을 여셨다.

"현이야, 넌 너무 어려. 여자아이이기도 하고. 나중에 대학에 들어가서 유학 가도 늦지 않는단다. 외국 생활은 쉬운 일도 아니고, 잘못하면 너에게 상처가 될 수도 있어."

침울한 표정으로 말씀하신 아버지는 더이상 말을 잇지 못하고 안방으로 들어가셨다.

"현이야, 엄마도 아버지 말씀이 옳다고 봐. 시간을 두고 차차 생각해 보는 게 좋을 것 같다. 안 된다는 게 아니고, 조금 더 시간을 갖고 생각해보자는 거야. 앞으로도 기회는 많아."

옆에 계시던 어머니 또한 아버지 말씀을 따르라며 누나를 달래셨다. 지금 생각해보아도, 딸을 가진 부모의 마음은 천 번 만 번 이해가 간다. 열여섯 살밖에 되지 않은 어린 딸을 마음 편히 외국에 보낼 부모가 어디 있겠는가?

"엄마는 내가 왜 유학을 가고 싶어하는지도 모르면서……."

누나의 눈에서는 눈물이 흘러내렸다. 자신의 신중한 결심을 일언지하에 거절한 부모님이 원망스러웠던 것이다. 누나는 방으로 뛰어 들어가 문을 잠갔다.

사건은 다음날 터졌다. 누나가 몸져누운 것이다. 문을 걸어 잠근 채 먹지도 않고, 방 밖으로 한 걸음도 나오지 않았다. 일종의 단식투쟁인 셈이었다. 누나의 의지는 참으로 대단했다. 부모님과 단 한 번도 다툼이 없던 온순한 누나였기에 부모님께서는 매우 걱정하셨다.

누나의 단식투쟁은 부모님의 끈질긴 설득으로 곧 막을 내렸다. 그 후 부모님과 누나 사이의 대화 시간이 더욱 길어졌다. 누나가 어리지만 해낼 수 있으리라는 가능성을 보셨는지, 부모님께서는 오래지 않아 누나의 결심에 동의하셨다. 나중에 들은 얘기지만, 아버지 역시 대학 시절에 견문을 넓히기 위해 해외 유학을 심각하게 고려한 적이 있었는데, 좀처럼 기회가 찾아오지 않아 포기하셨다고 했다. 아버지께서는 자신의 경험을 딸이 되풀이하지 않기를 바라신 듯했다. 어머니 역시 누나를 적극 지원하기로 마음을 정하셨다.

그러나 유학을 결심하는 것 못지않게, 유학을 가는 절차도 간단하지 않았다. 우리 가족에게는 미국 유학에 관한 지식이 턱없이 부족했고, 또 당시만 해도 조기 유학이 보편화되지 않았던 터라 부모님과 누나가 여간 애를 먹은 게 아니었다.

미국 유학을 결심한 후 누나는 비자를 받기 위한 준비 절차에 들어갔다. 여권, 성적 증명서, 은행 통장 사본 등 필요 서류를 꼼꼼히 준비했다. 부모님께서는 강남의 한 유학원을 통해 누나의 유학 준비를 마쳤고, 누나는 비자 면접을 보았다. 그런데 이게 웬일인가! 면접에서 그만 낙방한 것이다. 성적은 항상 상위권을 유지했고, 집안 재정 상태도 괜찮은 편이었으며, 영어 실력도 수준급이었던 터라 더욱 납득하기 어려웠다. 엎친 데 덮친 격으로, 누나의 유학 준비를 맡은 유학원이 얼마 후 문을 닫아 우리 가족은 큰 실망감에 빠졌다.

하지만 누나는 곧 기운을 되찾았고, 우리 가족은 희망의 끈을 놓지 않았다. 우리는 원점에서 시작한다는 마음가짐으로 차근차근 누나의 유학 관련 서류를 다시 준비했다. 누나 또한 비자 면접 준비를 부지런히 해나갔다. 우여곡절 끝에 누나는 비자를 취득했고, 고등학교 첫 학기가 시작될 무렵 유학 길에 오르게 되었다.

미국에는 어머니 친구 한 분이 살고 계셨다. 목사 사모님인 그 분은 어머니와 통화할 때마다 나와 누나를 미국에서 교육시키라고 적극적으로 권하셨다. 그 분 역시 남매를 두었는데, 여름 방학마다 온 가족이 한국에 와 우리 집에서 며칠씩 머물곤 했다. 그 분은 우리의 친절한 대접에 고마워하며, 나와 누나가 미국으로 유학가면 꼭 당신이 돌봐주겠다고 약속하셨다. 우리에게는 매우 다행스럽고 감사한 일이었다.

일단 그 분들께 신세를 지기로 하고, 어머니와 누나는 미국으로 떠날 채비를 했다. 어머니께서는 누나가 현지에 적응하는 모습만 보고 귀국할 계획이었다. 당시 중학교 2학년이었던 나는 가족이 생이별한다는 것이 어떤 것인지를 알지 못했다. 당분간 어머니의 통제권으로부터 벗어날 수 있다는 생각에 내심 신이 나기까지 했다. 한창 천방지축 사춘기를 보내고 있던 내게 어머니의 말씀은 모두 잔소리로 들렸고, 어머니 행세를 하려는 것만 같은 누나 역시 내게는 큰 압박감으로 다가왔던 것이다.

그런 기대도 잠시, 출국하기 위해 어머니와 함께 집을 나서는 누나를 보는 순간 목이 메어왔다. 게다가 공항 출국장 앞에서는 참을 수 없는 슬픔이 북받쳐올라 왈칵 울음이 터지고 말았다. 누나와 난 한 번도 떨어져 살아본 적이 없는 남매였기 때문이다. 하루가 멀다 하고 티

격태격 말싸움을 하곤 했지만, 실은 더없이 가까운 남매이자 친구였다. 가족의 소중함을 그렇게 절실히 느껴본 것은 그때가 처음이었다.

누나는 울먹이는 나를 꼭 껴안고, "울지 마. 머지않아 다시 만나게될 텐데, 뭘!" 하며 등을 토닥여주었다.

나는 이때까지만 해도 나중에 내가 미국에서 공부를 하게 될 줄은 꿈에도 몰랐다. 그러나 누나가 먼저 유학 길에 오름으로써 나의 유학 기회는 훨씬 수월하게 다가왔던 것 같다.

내 삶의 전환점―유학을 결심하다

중학교 3학년이 될 무렵, 나의 삶에 허무함이 엄습하기 시작했다. 우등생과는 거리가 멀었던 난, 시험 때만 되면 잠깐씩 독서실을 다니며 공부하여 중위권을 웃도는 성적을 유지할 수 있었다. 하지만, 이는 벼락치기로 겨우 만들어내는 결과여서 만족감을 얻을 수 없었다.

나는 한국의 입시 지옥에서 허우적거리며 학교와 학원, 독서실을 오가는 삶을 살기에 바쁠 뿐, 별다른 꿈도 꾸지 못한 채 의미 없는 경쟁의 대열에 서서 하루하루 버텨나가고 있었다. 학교 일과가 끝나면 숨 돌릴 겨를도 없이 수학 학원, 과학 학원, 그리고 독서실로 옮겨다녀야 했다. 학교에 남아서 춤 연습을 할 시간도, 친구들과 어울려 놀 시간도, 낮잠을 한숨 잘 시간도 없는 날들의 연속이었다. 내 인생은 오로지 학교 시험 잘 보기에 초점이 맞춰져 있을 뿐이었다. 공부를 위한 공부를 반복했던 것이다.

'모두가 그런 판이니 나도 현실에 순응하며 살아야 하나? 진정 다른 길은 없나?' 하는 질문을 나 자신에게 수없이 던져보았다. 하고 싶은 것이 너무나 많았던 사춘기 소년에게, 밤낮없이 시험에 매달려야 하는 학교, 쥐구멍같이 숨막히는 학원, 생기 없이 어둠침침한 독서실은 감옥과도 같았다.

그러던 어느 날, 난 동네 골목에서 태준이라는 옛 친구를 만났다. 태준이는 중학교 1학년 때까지 나와 친하게 지낸 친구였는데, 어느 날 미국으로 단신 유학을 떠났다가 여름 방학을 맞아 잠시 한국에 온 것이었다. 다가가 말을 걸고 싶었으나 태준이는 이미 친구들에게 둘러싸여 질문 공세를 받고 있었다. 나는 멀찌감치 서서 태준이를 바라볼 수밖에 없었다.

언뜻 보아도 예전과 달리 세련되고 여유 있는 태준이의 모습은 나의 호기심을 자극했다. 하지만 난 이상하게도 태준이에게 다가설 수 없었다. 알 수 없는 무언가가 나의 발걸음을 막았던 것이다. 그 순간 태준이와 난 눈이 마주쳤다. 그제야 날 알아봤는지 태준이는 웃으며 나에게 인사를 건네려 했다. 하지만 나는 못 본 척 고개를 숙이고 삼십육계 줄행랑을 치고 말았다. 그 이유는 간단했다. 태준이를 보는 순간 열등감에 사로잡혔던 것이다. 초라한 내 모습을 절대로 태준이 앞에 드러내 보이고 싶지 않았다. 그 사건은 내게 깊은 상처를 남겼고, 악몽처럼 내 기억에 남았다.

문득, 나도 누나가 있는 미국에 가면 태준이처럼 당당한 모습으로 변할 수 있을 거란 생각이 들었다. 미국에 가서 열심히 생활하고 있는 누나를 떠올리니 그런 마음은 더욱 커져만 갔다. '영어를 잘한다면 더욱 좋겠지? 그런데 과연 내가 해낼 수 있을까?' 내 앞날에 대한 고민은 이렇게 시작되었다.

이후 미국 유학에 대한 고민은 나날이 깊이를 더해갔다. 내 삶에 관한 중요한 문제라서 그 고민의 강도는 더욱 강했다. 삶은 그저 호흡하는 것이 아니라 치열한 고민으로 이루어지는 것이라는 진리를 뼈저리게 느끼기 시작했다. 그러던 중, 나는 한 친구로부터 영화 비디오 한 편을 건네받았다. 그것은 〈죽은 시인의 사회(Dead Poet's Society)〉라는 제목의 영화였다.

백 년의 역사와 전통을 자랑하는 한 사립 고등학교. 어느 날 이 학교에 키팅 선생이 영어 교사로 부임한다. 키팅 선생은 첫 시간부터 파격적인 수업 방식으로 학생들에게 '오늘을 살라'고 역설하며, 학생들을 참다운 인생에 눈뜨게 한다. 그는 학생들에게 '죽은 시인의 사회'라는 비밀 서클에 관한 이야기를 들려주고, 짓눌린 학생들에게 정신적 자유를 선사한다. 바로 이 장면에서 난 나 자신을 되돌아보지 않을 수 없었다. '나 역시 나의 모든 꿈을 짓눌린 채 살아가고 있지는 않은가? 학교, 학원, 독서실 생활에 찌든 채 하루하루를 살아가는 희망 없는 존재일 뿐이지는 않은가?'

이런 생각들이 억눌린 현실에 대한 도피는 아닐까 하고 자문해보았지만, 미래를 향한 희망을 품을 수 없다는 당혹감은 분명 날 힘들게 하고 있었다. 24시간을 빡빡하게 채우며 삶을 지탱했지만, 다른 아이들을 따라갈 용기는 생기지 않았다. 한국의 입시 환경에서 내가 저 아이들을 물리치고 선두에 설 수 있을까 하는 두려움은 나를 절망하게 했다. 춤을 출 때 느꼈던 자유로움과 자부심은 어느새 사라지고 없었다. 위태로운 하강의 길 앞에 선 나는, 스스로 점화할 수 있는 계기를 만들어야 했다.

영화 속에서, 키팅 선생으로부터 깊은 영감을 받은 우등생 닐은 연극에 대한 자신의 꿈을 새로이 발견한다. 하지만 의사의 꿈을 이루어 주리라 믿었던 아버지와 큰 충돌을 빚는다. 아버지의 강압으로 꿈이 꺾인 닐은, 아버지의 책상 서랍에 있던 권총을 꺼내 자살하고 만다. 이 사건의 책임은 '죽은 시인의 사회'라는 비밀 서클을 소개한 키팅 선생에게로 돌아가고, 그는 학교로부터 퇴출당한다. 키팅 선생이 짐을 챙기고 교실을 나가려는 순간, 학생들은 책상 위로 올라가 "Oh, Captain! My Captain!"을 외치며 쏟아지는 눈물로 작별을 고한다. 영화는 그렇게 막을 내렸다.

테이프가 다 돌았는데도 나는 자리를 뜰 수 없었다. 새로운 역사를 쓰려는 영화 주인공들의 몸부림에 난 큰 감동을 받았고, 내 몸속 앙금이 말끔히 씻기는 듯한 기분이 들었다. 자신이 개척하는 삶의 의미를 부각시킨 이 영화의 메시지가 나를 전율케 한 것이다.

영화 속에서 키팅 선생은 외친다.

"그 누구도 아닌, 자기 자신의 걸음을 걸어라. 자신은 독특하다는 것을 믿어라. 누구나 몰려가는 줄에 설 필요는 없다. 자신만의 걸음으로 자기 길을 가거라. 바보 같은 사람들이 제아무리 비웃더라도……."

얼마 후 나는 한국을 떠나 새로운 삶을 개척하기로 결심했다. 누나를 따라 미국으로 가리라 마음먹은 것이다.

소중한 사람들을 뒤로 한 채

나는 더이상 뒤를 돌아보지 않기로 결심했다. 마음이 약해져 목적지를 향한 발걸음이 느려질 것을 우려했기 때문이다. 이미 주사위는 던져졌으니, 이제 내게 중요한 것은 목표를 향하여 한눈팔지 않고 달려가는 과정 그 자체라고 생각했다.

그로부터 며칠 뒤, 미국 유학을 떠나겠다는 나의 결심을 부모님께 말씀드렸다.

"유학이란 건 결코 만만한 게 아니다. 네 인생이 걸린 문제인데 충분히 고민해보았느냐?"

아버지께서 단호한 어조로 내게 물으셨다.

"네, 누나가 작년에 유학을 떠난 후로 쭉 고민했어요. 그리고 근래에 제게 확신을 준 몇 가지 사건이 있었어요. 지금은 미국에 가기로 마음을 완전히 정했어요."

나는 더이상 어린애가 아니었다. 내 인생과 미래를 위해 고민할 만큼 성장한 것이다. 나의 확고한 의지를 보신 아버지께서는 곧 내 결심을 승낙하셨다. 사실 아버지께서는 내가 더 넓은 세상을 경험하며 공부하길 내심 바라셨지만, 나에게는 일부러 말씀하지 않으셨다고 한다. 부모가 대신 살아줄 수 없는 인생이기에 내 스스로 판단하고 마음을 굳히길 기대하셨던 것이다.

그날 나는 밤하늘을 바라보았다. 칠흑 같은 어둠 속에서 반짝이는 별들을 바라보며, 작은 별빛 하나하나가 모여 어두운 밤길을 밝혀주듯, 불분명하고 불안한 내 앞길도 저 별빛 같은 광명이 늘 비춰주었으면 좋겠다는 생각을 했다. 그러자 불안한 마음이 조금씩 누그러지기 시작했다. '어차피 미국도 사람 사는 곳이야. 어디서든 시간은 흘러가기 마련인걸! 같은 지구 상에서, 사는 장소만 잠시 바꾸어 좀더 넓은 곳으로 가는 것뿐이야' 하고 나는 스스로를 위로했다.

누구나 그렇겠지만, 어린 나이에 유학 길에 오르는 것은 결코 쉬운 일이 아니다. 그때 난 겨우 열여섯 살 소년이었고, 아직 세상 물정 모르는 철부지였다. 어린 아들을 이국 땅에 보내야 하는 부모님의 걱정 또한 이만저만 아니었을 것이다. 하지만 유학 생활을 잘 해내고 있는 누나 덕에, 나에 대한 걱정은 어느 정도 더실 수 있었을 것이다.

"어머니, 제가 잘 해낼 수 있을까요?"

불안해하는 나에게, 어머니는 이렇게 말씀하셨다.

"현영아, 이미 화살이 활시위를 떠났으니 되돌릴 수 없지 않겠니? 일단 결정한 일이니 좀더 편한 마음으로 가자꾸나. 엄마가 기도하는 중에 성경에서 이 말씀을 읽었는데, 우리 현영이가 꼭 기억했으면 좋

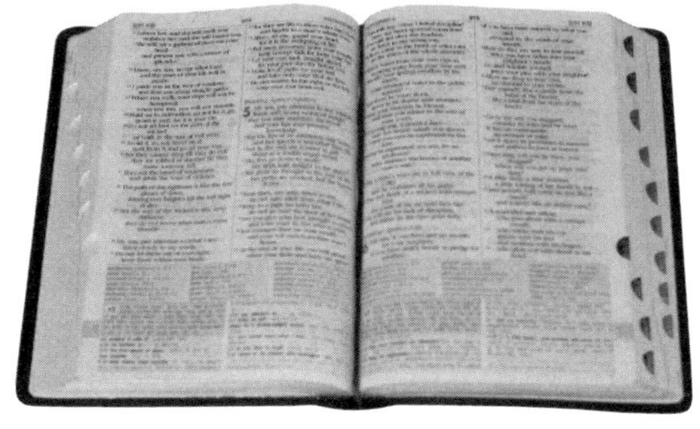

외롭고 고된 유학 생활 내내
나의 곁에서 힘이 되어준 성경

겠어."

그러면서 다음과 같은 구절을 들려주셨다.

내가 죽음의 음침한 골짜기로 다닐지라도 해를 두려워하지 않을 것은 주께서 나와 함께 하심이라. 주의 지팡이와 막대기가 나를 안위하시나이다. (시편 23 : 4)

이것은 다윗이 극심한 고통 속에서도 하나님의 보호함을 믿고 쓴 시이다. 물론 그가 겪었던 고통에 비하면 나의 불안은 극히 사소한 것이었겠지만, 어린 나에게 다윗의 시는 참으로 큰 힘이 되었다.

나는 마음이 불안할 때는 물론 평상시에도 자주 성경을 꺼내 읽는다. 성경의 모든 내용들이 의미 있고 좋지만, 나는 시편과 잠언을 특히 즐겨 읽으며 기도했다. 그중 다윗의 시로 이루어진 시편은 나의 마음을 잘 헤아리는 것만 같아서 유학 생활 내내 큰 힘이 되어주었다.

지금 돌이켜보면, 십여 년의 유학 생활은 하나님과의 동행 없이는 결코 불가능한 시간들이었다.

한국에서의 마지막 수업 날, 아침 일찍부터 친구들이 나를 찾아와 헤어짐을 아쉬워했다. 미국을 간다는 생각에 부풀었던 나의 마음은, 헤어짐을 슬퍼하는 친구들로 인해 흔들렸다. 태연한 척하려 노력했지만 쉽지 않았다. 나를 위해 눈물을 흘려줄 친구들이 있다는 사실에 내 가슴은 무척 따뜻해졌다.

더욱 내 마음을 울리는 일은 집에서 벌어졌다. 당시 누나는 여름 방학이라 잠시 귀국해 있었는데, 나와 누나가 미국으로 떠나기 며칠 전, 아버지께서 힘이 없는 모습으로 밤늦게 귀가하셨다. 아버지께서는 양팔에 누나와 나를 껴안더니 흐느끼며 무겁게 입을 여셨다.

"이 녀석들, 너희 둘 모두 미국으로 떠나고 나면 엄마 아빠는 외로워 어떻게 사나?"

우리를 넓은 세계로 보내어 더 큰 날개를 펼치도록 격려하신 아버지이지만, 두 자식을 먼 데로 보내고 난 후 느끼게 될 허전함은 어쩌지 못하셨던 것이다. 나는 그때 참으로 오랜만에 아버지의 눈물을 보았다. 우리 남매를 엄하게만 길러오신 터라 나는 더욱 놀랄 수밖에 없었다. 누나와 난 덩달아 아버지 품에서 울었다. 집 안은 울음바다로 변하고 말았다.

"아빠, 걱정 마세요. 저희들, 미국 가서 열심히 공부할게요. 당장은 힘들더라도 저희에게는 밝은 미래가 있잖아요. 아빠, 저희에게 좋은 기회를 주셔서 정말 감사해요."

누나가 울먹이면서 아버지를 위로했다.

나는 누나의 흐느낌과 부모님의 침통한 표정을 보며, 소중한 사람들에게 슬픔을 남기고 떠나는 만큼 잘 해내야 한다는 책임감을 느꼈다.

'내가 진짜 미국으로 가는구나. 이제 곧 쏘아 올릴 나의 화살은 어떤 과녁을 향해 날아갈까? 앞으로 내 앞에는 많은 고난과 시련이 닥쳐오겠지. 그러나 이제 피할 수는 없다. 주사위는 던져졌으니 자신감을 가져야 한다. 그래, 부딪혀보는 거야!'

나는 결코 시간을 헛되이 보내지 않으리라 다짐했다. 나의 인생은 결코 나만의 것이 아니기 때문이었다. 나를 창조하신 하나님과 나를 사랑하는 가족들, 그리고 나를 아끼는 친구들의 기대에 부응하기 위해서라도 난 반드시 유학 생활을 성공적으로 해내야 한다고 다짐했다. 물살을 거슬러 힘껏 노를 저어 내 삶을 개척해야 한다고 스스로 되새기며, 내 미래의 태양을 향해 활시위를 당겼다.

PART 2

낯선 세계로,
내 삶의 주인으로

미국에서 유학 생활을 시작한 첫 일 년 동안은 모든 것이 새롭고 바쁜 나머지, 내가 한국인이라는 정체성을 되새겨볼 여유조차 없었다. 유학 생활을 하다 보면 바쁜 학업 때문에, 미국에 오게 된 이유조차 잊는 경우가 가끔 있다. 나도 예외가 아니었다. 하지만 그럴수록 나는 자랑스러운 한국의 아들이라는 자부심을 되새기며 스스로를 격려했다. 내가 미국에서 타의 모범이 되는 것이 미국 땅에서 한국의 이미지를 긍정적으로 만드는 최선의 길이라고 나는 확신했다.

새로운 삶을 향하여

미국 고등학교에 입학하다

미국에서의 첫 시험, 그리고 빵점

너, 랩 할 줄 알아?

베이스 기타와의 숙명적 만남

히어로를 꿈꾸다

나는 한국인이야!

새로운 삶을 향하여

비행기가 활주로를 뒤로하며 이륙했다. 구름 위의 한없이 맑은 하늘을 보니 벅찬 흥분이 밀려왔다. 태평양을 건너 미국이란 나라로 간다는 사실이 나를 매우 흥분시킨 것이다.

한국을 출발한 비행기는 열여섯 시간 만에 뉴욕 JFK 공항 활주로에 내려앉았다. 입국장에 들어서자 입국 심사 절차가 기다리고 있었다. 무뚝뚝한 얼굴의 심사관이 십 초쯤 시간을 끌더니, 이윽고 스탬프를 탕탕탕 찍었다. 그는 여권을 내게 돌려주며 환한 미소로 말했다.

"Welcome to U.S.A., Kid!"

드디어 미국 땅을 밟게 된 것이다. 나의 심장 박동은 더욱 맹렬해졌다. 내 삶의 2막이 펼쳐지는 순간이었다.

미국 도착 후 시차에 적응하기도 전에, 우리 가족은 뉴욕 관광에 나섰다. 누나와 나의 견문을 넓혀주기 위해 부모님께서 오래 전부터 계획한 관광이었다. 우리는 우선 맨해튼 한복판에 위치한 센트럴 공원(Central Park)을 향했다.

센트럴 공원의 풍경은 말로 설명할 수 없을 정도로 아름다웠다. 끝이 보이지 않을 만큼 드넓은 잔디밭은 하늘 높이 치솟은 나무숲으로 둘러싸여 있었고, 그곳에 자리한 호수는 공원의 비경을 돋보이게 했다. 공원을 산책하는 사람들의 표정에는 여유로움이 배어 있었다. 저 멀리 마천루가 보이지 않았다면, 아무도 이곳이 도심 속에 있는 공원이라고 생각하지 못할 정도였다. 어느 한적한 시골 마을에 온 듯한 기분마저 들었다.

센트럴 공원을 지나 건물 숲을 헤집고 들어가니 네온 불빛 화려한 거리가 나왔다. 그곳은 바로 타임스 광장(Times Square)이었다. 타임스 광장은 네온사인이 밤낮 없이 불야성을 이루고, 다양한 인종의 사람들로 북적거리는 곳이다. 뉴욕 시내를 도보로 관광하면서 가장 인상에 남은 곳은 센트럴 공원 업타운인 부유층 거주 지역이었다. 세계의 금융 및 문화 중심지인 뉴욕 맨해튼의 한복판에 위치하고 있는 만큼 매우 번잡한 곳이지만, 건물들은 하나같이 위풍당당히 서 있었다. 나는 그곳의 삶이 내심 부러웠다.

"너희들 눈앞에 보이는 이 사람들이 바로 미국을 경영하는 5퍼센트의 경제 리더들이란다."

그들로부터 눈을 떼지 못하는 나와 누나에게 아버지께서 말씀하셨다. 그리고 그들 대부분은 월 가(Wall Street)의 핵심을 장악, 세계경제를 좌지우지하는 사람들이라는 말씀도 빼놓지 않으셨다. 배타적으로까지 보이는 그들의 여유로운 삶은 마치 영화 속 한 장면 같았다.

그때 나는 비로소 미국 상류사회의 뿌리 깊은 우월감과 배타적 삶의 방식, 그 엄연한 현실을 이해해야 할 필요성을 느낄 수 있었다. 그들이 그처럼 풍요로운 삶을 누리기까지 얼마나 많은 노력을 거쳤을까 하는 생각을 하게 된 것이다. 그러면서 나 역시 미국인들과 어깨를 나란히 하고 싶은 욕심에 가슴이 뛰기 시작했다. 무엇을 어떻게 해야 동양인인 내가 그 목표를 성취할 수 있을 것인지 혼자만의 생각에 잠기기도 했다.

세계 제일의 도시 뉴욕에서 그들이 누리는 화려한 삶의 모습은 나에게 큰 자극이 되었다. 며칠간의 뉴욕 관광을 마친 후, 나는 펜실베이니아 주 필라델피아 시에 위치한 사립 고등학교 '카디널 다커리'의 9학년에 입학했다. 이 순간을 얼마나 고대했던가. 나의 설렘은 최고조에 달했다.

미국 고등학교에 입학하다

미국에서의 고등학교 입학을 앞두고 설렘과 두려움이 교차했다. 학교는 지난 일 년간 성실한 모습을 보인 누나를 믿고 나의 입학을 허락했다. 영어 한마디 제대로 할 줄 몰랐지만, 난 자랑스러운 한국인이라

자부하며 파란 눈의 그들 앞에 당당하게 서리라 다짐했다.

첫 등굣날, 교실에 어려움 없이 도착한 난 슬그머니 교실 문을 열었다. 〈죽은 시인의 사회〉에서 본, 조금은 엄숙한 분위기를 예상했지만, 실제 교실 풍경은 그것과는 전혀 딴판이었다. 다양한 인종의 아이들이 삼삼오오 짝을 지어 떠들고 있었고, 한편에서는 한껏 멋을 낸 여자아이들이 화장을 고치고 있었다. 다른 구석에서는 강한 인상의 흑인 남학생들이 서로 열변을 토하고 있었으며, 책상에 엎드려 자고 있는 아이들도 여럿 눈에 띄었다. 내가 교실에 들어서자 아이들 몇몇이 나를 흘끔흘끔 쳐다보았다. 나는 애써 태연한 척했다.

교실 한쪽에 하얀 턱수염을 기른 남자가 있었다. 유난히 창백해 보이는 얼굴에는 백인 특유의 냉소적인 표정이 서려 있었다. 나는 담임 선생님일 것이라고 짐작하고 인사를 건넸다.

"Hi, my name is Hyun-Young Cho. I am a new student."

처음 뵙는 선생님께 해맑은 인사로 나를 소개했지만, 그 분은 나를 반가이 맞아주기는커녕 "Excuse me?"라고 말하며 귀찮은 표정을 지었다.

'내 발음이 좋지 않다고 무시하시는 건가?'

나는 다시 한 번 또박또박 내가 전학생임을 밝혔다. 그제서야 선생님은 알았다는 듯이 고개를 끄덕이며 내 자리를 손가락으로 가리키셨다.

무사히 교실을 찾아와 선생님께 인사도 드리고 내 자리도 확인했으니 유학 생활 1차 관문은 통과한 셈이었다. 나는 자리에 앉자마자 하나님께 짧은 감사의 기도를 드렸다. 하지만 내가 그다지 관심을 끌지 못했는지, 옆자리 아이들은 전학생인 내게 차가운 눈길만 주었다.

"OK, guys! Today, we will talk about ○○○ utopia ○○○, ○○○, OK?" "○○○ homework ○○○ Wednesday!"

첫 수업 내내 나는, 도무지 알아들을 수 없는 말을 애써 이해하려 노력하며 50분을 견뎌야 했다. 솔직히 그 시간 동안 내가 알아들은 단어는 열 손가락으로 꼽을 수 있을 정도였다. 나는 다음 수업에 들어가서도 짧은 기도를 드렸다. 매 수업 전에 짧은 기도를 드리면 수업에 조금이라도 더 집중할 수 있을 것만 같았다.

기도 덕분이었을까? 3교시부터는 아이들이 나에게 호감을 보이며 접근해오기 시작했다. 그 중 대건이라는 교포 아이는 내게는 하늘이 내려주신 천사와도 같은 존재였다. 그 아이는 나를 무시하려 드는 짓궂은 아이들에게서 나를 보호해주었다. 미국에서 태어나 단 한 번도 한국에 가본 적이 없다는 대건이는, 서툰 한국어를 써가며 영어를 못하는 나와 의사소통하기 위해 애썼다. 중국계 미국인인 칼른과 백인인 조셉 같은 아이들도 내가 새 학교에서 불편 없이 공부할 수 있도록 도와준 고마운 친구들이었다.

나중에 알게 된 사실이지만, 이들은 모두 전교 상위권에 드는 수재였다. 그 중 조셉은 항상 전교 일등을 다투는 아이였으며, 대건이와 칼른 역시 학교에서 내로라하는 우등생이었다. 똑똑한 아이들은 개인주의적이고 인색하기 쉬운데, 그 아이들은 남을 배려하는 따뜻한 마음을 가지고 있었다. 그들은 영어가 서툴러 항상 실수만 하는 나에게 짜증 한 번 내지 않고 이런저런 것들을 자세하게 알려주었다. 난 그들의 따뜻한 마음에 감동했다. 미국인 친구가 생겼다는 것이 너무나도 행복했고, 더이상 외톨이가 아니라는 것에 감사했다.

당시 만 열다섯 살이었던 나는 사회계층이나 빈부 격차에 대한 뚜렷한 인식이 없었다. 그때까지 가난이라는 것은 TV 드라마나 교과서를 통해서만 접했을 뿐, 직접 피부로 느껴본 적이 없었던 것이다. 필라델피아에 와서 내가 얻은 가장 큰 교훈은 바로 '가난'의 실체를 알게 된 것이 아니었을까 싶다.

아무리 경제 대국이라도 하루하루를 겨우 연명해 가는 서민들은 존재하기 마련이다. 문제는 서민이 부자의 수에 비해 월등히 많다는 것이다. 물질적 부족함을 모른 채 자랐던 나는 돈 걱정 없이 미국 유학 길에 올랐고, 모든 사람이 나 같은 삶을 살 거라고 생각하는 세상 물정 모르는 아이였다. 그런 내가 미국에서 만난 한 교포 친구를 통해 큰 깨달음을 얻은 사건이 있었다.

한준이라는 아이는 필라델피아 한인 교회에서 만난 가장 절친한 친구 중 한 명이다. 그는 참으로 똑똑하고 꿈 많은 친구였지만, 집안이 가난했기에 열다섯 살이란 어린 나이에 공부와 아르바이트를 병행해야 했다. 한준이의 부모님은 젊은 시절 미국으로 이민을 오신 후, 산전수전 다 겪으며 한준이를 포함한 삼 남매를 양육하셨다고 했다. 부산 사투리가 인상적인 한준이 아버님은 젊은 시절 밤무대 가수였다는 데, 내가 뵈었을 때에는 조그마한 상점에서 물건 파는 일을 하셨다. 하지만 어려운 가정 형편이 한준이와 그의 가족의 꿈까지 앗아가진 않은 듯했다. 한준이와 그의 누나는 학교에서 둘째가라면 서러워할 우등생이었으며, 한준이의 남동생은 학교 야구부의 에이스였다.

어느 날, 교회 예배를 마치고 한준이의 집을 방문한 나는 큰 충격을 받고 말았다. 흑인과 히스패닉이 모여 사는 동네에 있는 한준이의 집은 말로 표현하기 힘들 정도로 열악했다. 쓰러져가는 외형에, 집 안은 온통 빨래로 어질러져 있었고, 아침에 먹다 남은 음식 찌꺼기가 여기저기 뒹굴었다. '이런 곳에서 어떻게 잠을 잘 수 있을까?' 하는 걱정이 앞섰다.

잠시 후 화장실에 들어선 나는 경악하지 않을 수 없었다. 벌레들이 화장실 안을 기어다니고 있었던 것이다. 내가 기겁하는 소리를 듣고 한준이가 쏜살같이 달려왔다. 한준이는 나를 진정시키며, 눈에 띄는 벌레들을 하나씩 압사시켰다. 난 충격에 휩싸인 채 한준이의 집을 황급히 나와버렸다.

집으로 돌아오는 길에, 난 내가 무슨 짓을 했는지 깨닫고 얼굴이 화끈거렸다. 한준이에게 너무나 미안한 마음이 들었다. 내가 보인 행동은 부끄럽기 짝이 없는 것이었다. 한준이의 마음이 얼마나 씁쓸했을지 생각하니 주체할 수 없을 정도로 나 자신이 미워졌다. 한준이를 비롯해 가난한 교포 친구들과 비교했을 때, 나는 참으로 부끄러운 인간이 아닐 수 없었다. 부모 잘 만나 어린 나이에 호강한다는 말이, 마치

나를 두고 하는 말인 듯싶었다. 열다섯 살까지 부모님의 보호 아래 안온하게 살아온 나였다.

나는 분명 복 받은 사람이었다. 나의 아버지는 성실함과 노력으로 우리 남매에게 부족함 없는 환경을 마련해주셨다. 아버지께서는 가끔 자신의 어린 시절 이야기를 들려주곤 하셨다. 대학에 진학할 무렵, 아버지는 대학 학비를 직접 버셨다고 한다. 서울대에 입학한 뒤, 부모님께 손을 벌리고 싶지 않아 아르바이트와 공부를 병행하는 바쁜 생활을 하셨던 것이다.

가끔 한준이를 보며 아버지의 어린 시절을 상상해보았다. 아버지와 한준이 모두 공부에 대한 뚜렷한 목적의식을 갖고 자신의 목표를 향해 꾸준히 노력했다는 점은, 나로 하여금 고개를 숙이게 만들었다. 또한 한준이에 비해 모든 면에서 월등히 좋은 조건을 안고 태어났으면서도 덜 여문 나 자신을 돌아보며 더욱 열심히 살아야겠다는 다짐을 하게 되었다.

나는 한준이처럼 학업과 아르바이트를 병행하며 하루하루 힘겹게 살아가는 친구들을 만나며 큰 교훈을 얻었다. 내가 알지 못했던 삶의 다양한 이면들을 간접적으로나마 체험했고, 절망의 순간에도 미래를 향한 낙관을 버리지 않는 그들의 모습을 보며, 내가 미처 눈 돌리지 못한 곳에 놓인 단단한 삶에 대한 희망을 보게 된 것이다.

미국에서의 첫 시험, 그리고 빵점

"내일은 퀴즈를 볼 테니 지금까지 배운 내용을 모두 복습해 오도록!"

역사 선생님의 호령에 반 아이들은 눈이 휘둥그레졌다. 나도 예외는 아니었다. 미국 학교에는 한국과 달리 중간고사 및 기말고사 이외에도 퀴즈(quiz: 쪽지 시험)라는 시험제도가 있는데, 정식 시험만큼이나 큰 압박감을 주는 시험이다. 대개는 중간고사와 기말고사 사이에 보는데, 그 시기는 선생님 마음에 달려 있다고 봐야 한다. 나는 그때까지 숙제 목적 이외엔 별로 책을 열어본 적이 없었기에 눈앞이 아찔했다. 하지만 첫 시험인 만큼 잘 보고 싶은 마음은 굴뚝같았다.

학교를 마치고 집에 돌아온 나는 곧장 방으로 달려가 교과서를 펼쳐 들었다. 하지만 책을 읽어 내려갈 엄두가 나지 않았다. 여전히 나는 영어에 있어서는 까막눈과 다를 바 없었기 때문이다. 한 페이지 안에 아는 단어보다 모르는 단어가 훨씬 많았다. 숙제도 누나의 힘을 빌려 겨우겨우 해갔기에, 교과서 내용을 소화하기는커녕 단어를 이해하는 것만으로도 힘에 부쳤다. 그렇다고 맥 놓고 시험을 기다릴 수도 없었다. 나는 마음을 가다듬고 교과서를 차근차근 읽기 시작했다. 단어를 일일이 찾으면서 공부하려니 한 문장을 읽는 데만도 몇 분이 소요되었다. 쉴 새 없이 사전을 뒤적거리다 보니 손가락에 잉크가 묻어나는 듯했다.

어느덧 시곗바늘은 자정을 가리키고 있었다. 저녁 6시에 책상에 앉

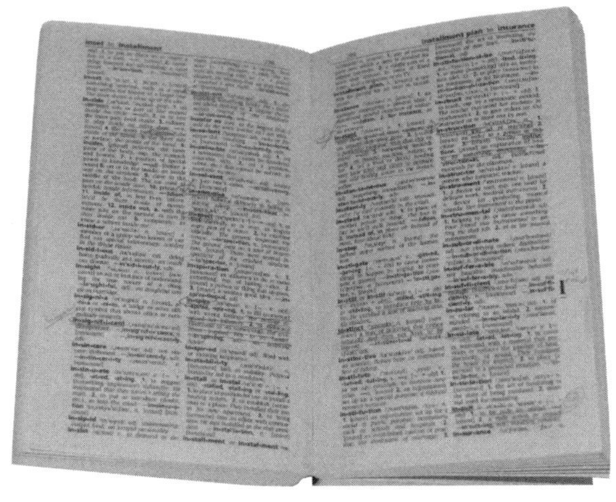

영어가 서툴렀던 유학 초기,
영어사전은 내 손에서
떠날 줄을 몰랐다.

은 나는 저녁식사 시간을 제외하고는 줄곧 의자에 붙어 앉아 교과서와 씨름을 했다. 하지만 읽어야 할 분량의 반도 소화하지 못해 마음이 무척 조급해졌다. 예습 복습을 생활화하지 않았던 것이 후회스러웠고, 교과서조차 읽지 못하는 내 자신이 너무나 한심했다.

새벽 4시가 돼서야 나는 겨우 시험 진도까지 읽어낼 수 있었다. 고작 책 한 번 훑은 것이었기에 얼마나 도움이 될지는 의문이었지만, 그래도 내가 세운 목표를 성취했다는 것에 의미를 두기로 했다.

시험 준비를 마쳤다는 기쁨도 잠시, 몰려오는 잠에 눈꺼풀은 점점 내려앉았고, 난 제대로 씻지도 못한 채 잠이 들었다. 하지만 짧은 수면 시간 내내 시험을 망치는 악몽에 시달려야만 했다. 학교로 가는 길, 너무나 생생한 꿈 때문에 불안했지만, 누나의 격려에 힘입어 첫 시험에 대한 각오를 다잡았다. 드디어 역사 수업 시간이 되고, 학생들이 모두 교실에 들어온 것을 확인한 선생님은 말씀하셨다.

"자, 책상 위에 있는 것은 모두 가방 속에 집어넣고, 연필과 지우개만 꺼내 놓도록!"

시험 문제는 모두 주관식이었다. 느낌이 좋지 않았다. 시험지를 찬찬히 훑어 내려가던 나는 눈앞이 캄캄해지는 것을 느꼈다. 시험지와기 싸움을 하듯 뚫어져라 쳐다보아도 내가 제대로 답할 수 있는 문제는 눈에 띄지 않았다. 객관식이라면 찍으면 그만이지만, 주관식은 그럴 수도 없었기에 더욱 난감했다. 그나마 교과서를 한번 통독한 덕분에 각 문제의 의도는 파악할 수 있었지만, 철자까지 맞춰가며 주관식의 답을 적을 만큼의 능력은 없었다. 나도 모르게 숨이 턱 막혀오고손은 땀으로 축축해졌다. 나는 어찌할 바를 몰라 그냥 자리에 멍하니앉아 있었다. 어느덧 시험 시간은 끝났고, 나는 하는 수 없이 백지 답안지를 제출했다. 하늘이 무너지는 듯한 좌절감이 들었다.

아니나 다를까. 다음 날 선생님은 누나와 나를 함께 부르셨다. 백지답안지를 제출한 전날의 사건 때문이었다. 선생님을 찾아간 누나와나는 선생님으로부터 충격적인 말을 들어야만 했다. 선생님은 누나에게 걱정스러운 눈빛으로, 아무래도 나에게 학습 장애가 있는 것 같다고 말씀하신 것이다. 삼십 년 동안 교직에 있으면서 많은 학생들을 가르쳤지만 백지 답안지를 받은 적은 이번이 처음이라며, 내 학습 문제의 심각성을 누나에게 거듭 강조하셨다.

누나의 얼굴엔 자존심이 상한 흔적이 역력했다. 내 형편없는 시험결과는 결코 학습 장애 때문이 아니라, 단지 부족한 영어 실력과 미국시험에 대한 경험 부족 때문이었음을 누나는 알고 있었다. 열심히 해보려고 몸부림치는 나를 짓밟는 듯한 선생님의 발언이 못마땅해, 누나는 선생님에게 이렇게 말씀드렸다.

"선생님, 제 동생이 심려 끼쳐 드린 점은 누나로서 대신 사과드릴게요. 하지만 특별한 장애 때문에 시험을 못 본 것은 아닐 겁니다. 앞으로는 시험을 잘 볼 수 있도록 누나인 제가 옆에서 잘 이끌겠습니다. 동생은 어려서 아직 아무것도 몰라요. 그런 동생이 명문대 입학을 꿈꾸며 미국에 온 것입니다. 많이 부족하지만 앞으로 잘 부탁드릴게요."

누나의 애절한 말에는 나에 대한 사랑이 담겨 있었다. 하지만 선생님의 반응은 이에 찬물을 끼얹고도 남을 정도였다.

"미국 명문대라고? 너희들이 한국에서 온 지 얼마 되지 않아 미국 실정을 모르는 모양이구나. 미국 명문대는 아무나 갈 수 있는 곳이 아니란다. 더이상 얘기하면 내 입만 아프겠지만 이 말은 해주마. 내 생각엔 네 동생이 미국 명문대에 들어가는 것은 불가능할 것 같구나. 아무 대학이나 들어가도 다행스러워할 일이지."

선생님의 발언에 더욱 상심한 누나는 서둘러 선생님께 인사를 드리고는, 죄지은 사람처럼 고개를 푹 숙인 나를 이끌며 그 자리를 떴다.

어깨에 힘이 빠진 채 집에 돌아온 누나와 난, 고된 싸움을 치른 사람처럼 맥이 풀렸다. 하지만 한참 후 누나가 내게 던진 말에는 뜻밖에도 힘이 실려 있었다.

"현영아, 학교에서 주위 사람들이 무슨 말을 하든 신경 쓰지 마라. 넌 잘 할 수 있어. 누나가 도와줄게. 열심히 해서 우리 꼭 명문대에 들어가자. 알았지?"

상심한 마음을 애써 감추려는 누나의 얼굴을 난 읽을 수 있었다. 나를 대신해 상처를 입은 누나에게 너무 미안했다.

그날 이후로 누나는 더욱 열심히 내 공부를 도와주었다. 우리 남매는 이를 계기로 한층 더 가까워졌고, 비록 부모님은 곁에 없었지만 우리 집은 더욱 아늑하게만 느껴졌다. 또한 저녁이 되면 우리 남매는 항상 가정 예배를 드리며 우리의 학업을 위해 간절히 기도했다.

너, 랩 할 줄 알아?

영어 수업 시간이었다. 미국에 온 지 얼마 되지 않은 난 영어와 계속 씨름을 했지만 꼴찌 반을 쉽게 벗어날 수 없었다. 꼴찌 반이라 그런지, 학교에서 악명 높은 문제아들이 여럿 눈에 띄었다. 학생들의 반 이상은 이미 학업의 의욕을 상실했고, 선생님은 이런 분위기에 개의치 않고 책을 펴 든 채 알아들을 수 없는 설교를 늘어놓곤 했다.

하지만 그날따라 힘에 부치셨는지, 선생님께서는 수업 시간의 절반 정도만 채운 채 아이들에게 자습을 시켰다. 신이 난 아이들은 제각기 놀기 시작했다. 옆을 보니 대여섯 명쯤 되는 흑인 아이들이 한 구석에 둥그렇게 모여 앉아 입으로 소리 내는 비트박스에 맞추어 뭐라 외쳐댔다. 몹시 궁금한 나머지, 나는 그들이 흥얼거리는 소리에 귀를 기울였다. 그 아이들은 랩(rap)을 하고 있었던 것이다. 그들은 빠르고 흥겨운 노랫말을 계속 읊어댔다.

'저게 바로 정통 흑인 랩인가?'

참으로 흥겨워 보였다. 그들의 랩은 매우 격정적인 감정의 표현으로 들렸고, 다양한 랩을 구사하며 랩 배틀을 하고 있는 그들의 눈빛 또한 매우 강렬했다.

랩 배틀의 열기가 더해지자 주위 아이들이 하나 둘 모여들기 시작했다. 나 역시 눈을 뗄 수가 없었다. 평소 랩에 관심 많았던 남자아이들은 둥그렇게 모여 앉아 자기만의 랩을 구사했다. 그러던 중, 어떤 백인 아이 하나가 종이 한 장을 꺼내더니 자신이 만들었다는 랩을 선보였다.

"Yo, yeah yeah yeah! What's up, Nigger! I got my eyes on you all! You hear me? You got everything? You must ○○○."

역시 랩은 어느 인종도 흑인의 수준을 따라 잡을 수는 없었다. 그 백인 아이는 흑인을 압도하지 못했고, "Damn!"이란 말과 함께 꼬리를 내렸다. 랩을 잘하지 못하는 내가 들어도 그 아이의 실력은 대단치 않았다. 그런데 갑자기, 나를 둘러싼 분위기가 이상해졌다. 평소 학교에서 존재감이 미미했던 내 주위에 아이들이 하나 둘 모여들며 흘끔흘끔 나를 쳐다보기 시작했다. 둥그렇게 모여 선 아이들 가운데 끼어 있던 게 화근이었다.

"너, 랩 할 줄 알아?"

조금 전에 멋진 랩을 선보인 한 흑인 아이가 내게 물었다.

"음…… 그럼!"

조금 망설였지만, 한국에서 힙합과 브레이크 댄스의 달인으로 통하던 내가 이 달콤한 제안을 거절할 이유가 없었다. 힙합 춤을 추기 위해선 힙합 음악과 랩을 반복적으로 들으면서 안무를 짜야 했기에, 평소에 즐겨 부르던 랩이 몇 개 있었다. 그런데 문제는 모두 한국어로 된 랩이라는 점이었다. 나는 그 순간 적당한 곡을 생각해 냈다. 한국의 댄스 그룹인 디제이 디오시의 '깡패천국'이 바로 그것이다. 이 곡은 미국의 유명 래퍼인 쿨리오의 〈Gangster's Paradise〉를 리메이크한 것으로, 미국인들도 아주 좋아할 만한 노래였다. 나는 심호흡을 하고 눈을 살짝 감았다. 그러고 나서 차분히 랩을 시작했다.

"어렸을 때부터 나는 약골이라 맨날 맞고 다녔어. 맨날 얻어터졌어. 아버지한테 맞고 형한테도 맞고 심지어는 여자애도 날 때렸어. 비 오는 날도 먼지 나게 맞았어. 나만큼 맞아본 놈 있으면 나와보라고 해……."

랩이 중반부에 치달을 무렵, 교실에선 탄성이 터져나왔다. 평소 교실에서 얌전히 수업만 듣던 동양인인 나의 입에서, 미국인의 귀에 익숙한 리듬이 흘러나왔기 때문이다. 게다가 한국말을 처음 들어본 그들에게는 한국어 가사가 무척이나 흥미로웠던 모양이다. 아이들은 랩을 끝까지 해달라고 졸라 댔다. 나는 환호하는 아이들을 위해 더욱 열정적으로 랩을 선보였다.

그 일이 있은 후, 나에 관한 소문은 순식간에 학교 전체로 퍼져나갔다. 나를 보는 아이들의 시선이 예사롭지 않았다. 나를 볼 때마다 랩을 들려달라는 아이들이 있는가 하면, 어떤 아이는 내가 동양에서 건너온 래퍼라며 추어올리기도 했다. 이처럼 미국 아이들에게 랩은 최신 유행 문화이자 초미의 관심사였다.

베이스 기타와의 숙명적 만남

어렸을 적, 어머니를 졸라 기타 학원을 잠시 다닌 적이 있다. 내가 좋아서 시작한 일이었기에 나는 열정을 갖고 기타 연습에 매진했다. 그러던 중, 학원에 진열된 여러 종류의 기타 가운데 유별나게 두꺼운 베이스 기타를 처음 보았다. 여느 기타보다 훨씬 우람하고 견고해 보여 위엄이 느껴지기까지 했다.

하루는 기타 학원 선생님께서 직접 베이스 기타를 연주하는 모습을 보았는데, 저음으로 깔려 나오는 베이스의 선율이 나를 순식간에 매료시켰다. 당시만 해도 베이스 기타는 흔히 접할 수 있는 악기가 아니었다. 나는 겨우 초등학교 6학년이었기에 커다란 베이스 기타를 쳐볼 엄두는 내지 못했고, 자연스레 베이스 기타를 치는 사람들을 동경하게 되었다.

피아노나 바이올린, 클래식 기타 같은 악기는 역사가 길어, 이미 그것을 마스터한 대가들이 많다. 그에 비해 베이스 기타는 반세기 남짓한 짧은 역사를 지녀, 새로 도전할 여지가 많은 악기였다. 베이스 기타는 4현의 저음 악기로, 주로 배경음을 내는 악기이다. 그러나 베이스 기타가 발산하는 음의 영역은 다른 악기 못지않게 넓다. 최근에는

5, 6, 7, 8현 등 다양한 종류의 베이스 기타가 나오고 있고, 베이스 연주자가 이 악기의 기능과 역할, 기교를 획기적으로 발전시켜 나가는 중이다.

내가 9학년을 마칠 무렵, 드디어 한인 교회에서 베이스 기타를 만져볼 기회가 생겼다. 알고 지내던 형의 도움으로 코드라는 것을 배웠다. 물고기가 물을 만난 듯, 연습을 하면 할수록 난 베이스 기타에 점점 더 매료되었다. 얼마 후, 나는 어머니를 졸

콘서트에서 베이스 기타를 연주하는 모습

라 백 달러짜리 베이스 기타를 하나 구입했다. 베이스 기타와의 인연은 그렇게 시작되었고, 나는 밤낮 가리지 않고 베이스 기타 연습에 몰두했다. 그로부터 몇 주 후, 나는 교회 찬양팀과 교내 밴드부의 일원이 되어 연주 실력을 조금씩 쌓아갔다.

레슨 한번 제대로 받아보지 못했지만, 베이스 기타를 본격적으로 다룬 지 석 달이 지나자 나는 웬만한 곡들은 연주할 수 있을 정도로 실력이 향상되었다. 내가 베이스 기타 주자로 참가하고 있던 교내 밴드부는 60명 규모로, 플룻, 클라리넷, 색소폰, 타악기 등 다양한 악기들로 구성되어 있었다. 이때 만난 친구가 한 명 있는데, 드럼을 맡고 있던 윌리엄이라는 흑인 아이였다. 어렸을 때부터 드럼을 연주해온

그는 정통 뮤지션이라 해도 과언이 아니었다.

드럼을 연주할 때 윌리엄이 뿜어내는 열정과 에너지, 그루브(groove)는 보는 사람으로 하여금 입을 다물지 못하게 했다. 그때 난 그가 음악에 쏟는 열정이 나와 매우 닮았다는 걸 느꼈다. 윌리엄도 곧 나의 음악적 재능을 인정했고, 우리는 금세 둘도 없는 뮤직 파트너가 되어 교내는 물론, 필라델피아 전 지역을 돌아다니며 연주를 선보였다. 즐겨 연주한 장르는 재즈와 가스펠이었다. 우리를 필요로 하는 곳이면 어디든 달려가 연주했고, 이를 통해 몇십 달러씩 용돈을 벌기도 했다.

음악에 대한 나의 열정은 거기서 끝나지 않았다. 나는 학교에서 음악과 관련된 과목은 모조리 수강했고, 콘서트 밴드, 재즈 밴드, 오케스트라 등 모든 밴드에 참가하여 나의 기량을 마음껏 뽐냈다. 나아가 펜실베이니아 전역의 고등학교에서 음악에 재능 있는 학생들을 선발해 매년 음악 여행을 떠나는 '펜실베이니아 오케스트라'의 멤버로 뽑혀 콘트라베이스를 연주하기도 했다. 작곡에도 관심이 많았던 나는, 고등학교 교가를 직접 새로 작곡하기도 하였다. 한때 춤에 경도되었던 나의 열정은, 이처럼 나도 모르는 사이에 음악으로 점점 옮겨가고 있었다.

이 무렵 난 뮤지션이 되고 싶다는 생각을 하기도 했다. 하지만 음악에 내 인생 전부를 걸기보다는, 내 안의 다른 가능성에 도전하고 싶은 마음이 더 컸다. 어느 한 분야에 자신의 삶을 송두리째 맡겨버리는 모험을 하기엔, 난 욕심이 너무 많았다. 음악은 내게 없어서는 안 되는 것이지만, 그것을 내 평생의 취미로 만들어 오래도록 가까이하는 편이 낫겠다고 생각했다.

내 영원한 취미이자 특기인 음악은, 오늘도 영롱한 오아시스가 되어 지친 내 마음을 달래준다.

히어로를 꿈꾸다

어느 날, 귀가 솔깃해지는 소식 하나가 학교 게시판에 공지되었다.

"WE ARE LOOKING FOR TALENTED STUDENTS!"

탤런트 쇼(Talent Show)에 참가해 장기를 선보일 학생들을 찾는다는 공지였다.

'드디어 내 베이스 기타 연주 실력을 전교생에게 알릴 때가 온 것인가?'

나는 마치 내 세상이 온 듯 짜릿한 흥분을 느꼈다. 랩과 음악으로 학교에서 한창 주가를 높이고 있던 터라, 나도 모르게 우쭐해져 신청을 서둘렀다. 얼마 후 나는 오디션을 거쳐 당당히 무대에 설 자격을 얻었다.

탤런트 쇼 당일, 난 서둘러 학교로 달려갔다. 학교에 도착하자마자 강당으로 달려가 사운드 체크와 장비 준비를 마쳤다. 1교시가 끝나는 종이 울리고, 전교생이 하나 둘 강당으로 모이기 시작했다. 학

생들은 강당을 빼곡히 메웠고, 오랫동안 고대한 탤런트 쇼의 막이
올랐다.

무대에 오른 아이들은 자신의 장기를 뽐내느라 여념 없었고, 관객
들은 그들에게 아낌없는 찬사를 보냈다. 내 차례가 다가오자 나는 무
척 긴장했다. 춤을 추며 많은 무대에 올라봤지만, 떨리는 건 어쩔 수
없었다

"자, 이번에는 한국에서 온 미스터 조의 무대가 펼쳐지겠습니다. 많
은 박수와 호응 부탁드립니다!"

사회자의 멘트가 끝나자, 난 베이스 기타를 가슴에 안고 무대 위에
올라섰다. 떨리는 가슴을 가라앉히고 천천히 고개를 들어 관객들을
바라보았다. 강당을 가득 메운 학생들의 시선이 나에게 집중되자 묘
한 흥분감이 온몸에 퍼지기 시작했다.

나는 베이스 기타 솔로 연주를 시작했다. 나의 연주는 조금씩 빛을
발했고, 관객들은 나와 같이 호흡하기 시작했다. 혼을 담은 연주 속에
는, 그동안 내가 갈고 닦은 다양한 테크닉이 한껏 묻어났다. 난 이미
내 자신만의 음악 세계에 빠져 있었다. 좀 전에 느낀 불안과 초조함은
어느새 사라졌다.

결과는 대성공이었다. 내 연주가 순식간에 관객들의 눈과 귀를 사
로잡은 것이다. 연주가 끝나자 전교생이 자리에서 일어나 박수를 보
냈다. 여기저기서 앙코르를 연호하는 바람에, 나는 계속 허리를 굽혀
"Thank you! Thank you!" 하며 인사해야 했다.

'Thank you, God!'

나는 이 놀라운 일에 대해 하나님께 감사드렸다. 탤런트 쇼가 막을 내린 후, 난 한참 동안 흥분을 가라앉히지 못했다.

탤런트 쇼가 끝난 직후 전교생은 3교시 수업 교실로 이동했고, 난 악기와 장비를 정리하느라 수업에 조금 늦게 들어갔다. 다음 시간은 스페인어 수업이었다. 수업은 이미 시작되었고, 지각을 한 나는 수업을 방해하지 않기 위해 조심스레 교실 뒷문을 열고 들어갔다.

"이봐, 미스터 조."

선생님이 나지막한 목소리로 불렀다. 나는 야단이라도 맞을까 봐 간이 콩알만 해졌다. 평소에는 상당히 친절하지만 한번 화가 나면 호랑이로 둔갑하는 선생님이셨기에 나는 더욱 긴장했다.

그런데 이상하게도 교실 분위기가 화기애애하게 느껴졌다. 게다가 아이들은 환한 미소를 지으며 나를 바라보았다. 바로 그때, 교실에 있던 모든 학생이 나를 향해 함성을 지르기 시작했다.

"Cho! Cho! Cho! Cho!"

'현영'이라는 내 이름을 제대로 발음할 수 없었던 아이들은 나를 '조(Cho)'로 부르기 일쑤였는데, 어김없이 나를 향해 'Cho'라 외치며 교실이 떠나갈 듯 환호하는 것이었다. 친구들은 나를 축하해주기 위해 내가 교실에 도착하기를 기다리고 있었던 것이다.

"Cho! Cho! Cho! Cho!"

친구들의 환호는 그칠 줄 몰랐다. 수업은 말 그대로 마비 상태가 되어버렸다. 선생님의 제지로 분위기가 진정되고 난 뒤에야 수업이 재개되었다.

그 일을 겪은 후, 나는 한국 이름인 '현영' 대신 '제임스(James)'라
는 이름을 사용했다. 미국식 이름으로 바꾸면 친구들이 나를 부르는
데 불편함이 없을 것이기 때문이었다. 이는 선생님들에게도 좋은 일
이었다. '현영'이란 이름을 발음하기 힘드셨던 선생님들은, 수업 시간
에 내게 발표를 시키려 하다가도 다른 학생을 부르곤 했다. 미국에서
는 남의 이름을 제대로 발음하지 못하는 것이 실례가 될 수 있기 때문
이었다. 이름을 바꾼 뒤, 사람들이 내 이름을 기억하지 못하거나 제대
로 발음하지 못하는 일은 더이상 생기지 않았다. 미국에서의 나의 존
재감이 더욱 커진 것이다.

나는 한국인이야!

교내에서 나의 입지를 굳혀가면서, 나는 어디에서든 당당하고 떳떳
하게 생활하게 되었다. 부족한 영어 실력도 더이상 핸디캡으로 느껴
지지 않았다. 카디널 다커리에서 나를 모르는 학생은 거의 없었다. 한
번의 열광적인 무대 공연이 학교에서의 내 위상을 획기적으로 높였던
것이다.

어느 날 나는 복도를 지나치다 새로 부임한 교장 선생님과 마주쳤
다. 교장 선생님께서는 내게, "한국에서 온 제임스 아니냐?"라고 말씀

하시며 악수를 청하셨다. 얼떨결에 악수를 한 나는 어찌나 당황했던지 얼굴이 발갛게 달아올랐다. 하지만 쑥스러운 것도 잠시, 이내 교장 선생님과 담소를 나누며 여유롭게 농담까지 즐기게 되었다.

교장 선생님과의 만남은 큰 의미를 지니는 사건이었다. 평범한 동양인 학생 제임스에서 '한국에서 온 제임스'로 거듭나는 순간이었기 때문이다.

미국에서 유학 생활을 시작한 첫 일 년 동안은 모든 것이 새롭고 바쁜 나머지, 내가 한국인이라는 정체성을 되새겨볼 여유조차 없었다. 유학 생활을 하다 보면 바쁜 학업 때문에, 미국에 오게 된 이유조차 잊는 경우가 가끔 있다. 그리고 인종차별, 문화적 갈등을 되풀이해 접하면서 심한 스트레스에 시달리게 되고, 공부는 지극히 형식적인 과업이 되며, 결국 모든 것에 회의를 느끼기도 한다. 나도 예외가 아니었다. 하지만 그럴수록 나는 자랑스러운 한국의 아들이라는 자부심을 되새기며 스스로를 격려했다. 내가 미국에서 타의 모범이 되는 것이 미국 땅에서 한국의 이미지를 긍정적으로 만드는 최선의 길이라고 나는 확신했다.

중국이나 일본에 비해 한국은 썩 잘 알려진 나라가 아니다. 'Korea'라는 나라 이름을 들어본 적은 있을지 몰라도, 그게 어디에 붙어 있는 나라인지, 어떠한 나라인지 잘 아는 사람은 그리 많지 않다. 미국인들은 대체로 동양인을 보면 중국인을 먼저 떠올린다. 미국에는 다른 국가 출신 동양인보다 중국인이 월등히 많기 때문이다. 또한 중국인들이 미국에서 그들의 정체성과 존재감을 심기 위해 많은 노력을 기울인 결과이기도 하다.

나를 잘 몰랐던 미국 친구들 역시, 대부분 내가 중국인일 것이라고 지레짐작했다. 안타까운 현실이었다. 그래서 난 새로운 친구들을 사귈 때면 언제나 "Hi, I am James Cho from Korea"라고 내 자신을 소개했다. 그러면서 나는 한국인으로서 긍지를 드높이기 위해 더욱 떳떳하고 당당하게 살아야 한다고 다짐했다. 무한한 도전 정신과 강한 의지를 자랑하는 한국인이, 중국인과 일본인에게 뒤지고 미국 사람들의 인정을 받지 못한다면 참으로 자존심 상하는 일일 것이다.

학교에서 뜻밖의 유명세를 탄 후 친구들을 더욱 폭넓게 사귀게 된 나는, '어떻게 하면 내 나라 대한민국을 조금이라도 더 알릴 수 있을까?' 하는 고민을 하기 시작했다. 그러던 어느 날, 아이디어 하나가 머릿속을 스치고 지나갔다.

'한국 고유의 문화를 담은 한국 영화를 골라서, 관심 있는 친구들을 대상으로 학교에서 일주일에 한 번씩 상영하면 어떨까?'

나는 먼저 친분이 두터운 학교 선생님 한 분께 이와 관련된 상담을 청했다. 내 이야기를 귀담아 들은 선생님께서는 좋은 생각이라고 격려해주셨다. 하지만 학생들이 얼마나 호응할는지 의문이라며, 사전 준비를 철저히 하는 게 좋을 것이라고 조언하셨다. 나는 계획을 구체화하는 작업에 들어갔다.

우선 모임의 이름을 'Korean Movie Club'이라 붙이고, 한국 문화와 사회, 역사를 대표할 만한 영화를 골라 리스트로 만들었다. 그러나 문제가 발생했다. 한국 영화의 수출이 보편화되지 않았던 당시, 영어 자막이 들어 있는 영화를 찾는 것이 결코 쉽지 않았던 것이다. 아무리 한국 영화를 감상하는 클럽이라 하지만, 미국 학생들에게 한국어 대사를 들으며 감상하라고 강요할 수는 없는 노릇이었다. 화면만 보아서는 영화 속에 등장하는 한국 문화를 제대로 이해할 수 없기 때문에, 영어 자막 없이는 모든 것이 무용지물이 될 판이었다.

해결책은 하나뿐이었다. 내가 번역본을 직접 만드는 수밖에 없었다. '일단 하기로 마음 먹었으니 끝까지 밀고 나가자'라는 신념으로 나는 바로 작업에 착수했다. 하지만 영어 실력이 그다지 좋지 않았던 터라, 다양한 의미를 함축하는 영화 대사들을 번역하는 게 무척 어려웠다. 한 편의 영화 대사를 번역하는 데 꼬박 일주일이 걸렸다. 하지만 한국을 조금이라도 더 알려야 한다는 의지로 똘똘 뭉쳐 있었기에 지루한 줄도 모르고 번역 작업에 열중했다. 마침 대학에서 영화 관련 공부를 하고 있는 아는 형의 도움으로, 번역 대본을 비디오테이프에 더빙하는 작업도 무난히 마칠 수 있었다.

클럽에서 상영될 첫 영화의 더빙 작업이 끝날 무렵, 나는 'Korean Movie Club'을 홍보하기 위한 전단을 만들었다. 전단에는 "이번 기회를 절대 놓치지 마세요. 흥미진진한 한국 영화들을 볼 수 있는 절호의 기회입니다. Korean Movie Club에 지금 바로 가입하세요!"라는 홍보 문안을 적었다.

처음에는 쑥스러운 마음에 친한 친구들과 선생님들에게만 전단을 나눠주다가, 이내 의욕이 커져 카디널 다커리에서 내 눈에 띄는 모든 사람에게 전단을 나눠주었다. 대부분의 학생들은 전단지를 훑어보고는 흥미로울 것 같다며 시간이 되면 꼭 참석하겠다고 약속했다. 관심 없다며 매몰차게 거절하는 친구들도 없진 않았다.

드디어 영화를 개봉하는 날이 되었다. 수업이 모두 끝난 뒤, 나는 후배 몇 명과 함께 상영장 교실로 달려갔다. 하지만 영화 시작 시간이 5분밖에 남지 않았는데도 학생들의 모습은 보이지 않았다. 난 속으로 '곧 오겠지' 하고 생각했지만, 초조한 마음이 드는 건 어찌할 수 없었다.

광고를 충분히 해놓았으므로, 시간과 장소를 몰라서 오지 않는 것은 아닐 거라는 생각이 들었다. 결국 영화가 시작되고 나서야 고작 세 명이 교실 안으로 들어왔다. 내가 예상한 참석 인원은 대략 서른 명 정도였던 터라, 그 현실은 너무나도 실망스러웠다.

'이날을 위해 내가 얼마나 고생했는데……'

다음 날 나는 다짜고짜 교장 선생님을 찾아갔다. 그는 갑작스레 찾아온 나를 바라보며 무슨 일 있느냐고 물었다.

"교장 선생님, 실은 제가 이번에 만든 Korean Movie Club의 첫 모임이 호응을 얻지 못했습니다."

"그래. 나도 그 클럽에 대해 다른 학생들로부터 이야기를 들었단다. 시간이 되면 꼭 들르고 싶었는데 밀린 업무 때문에 참석하지 못했구나. 미안하다."

"괜찮습니다, 교장 선생님. 실은 한 가지 상의드릴 것이 있어서 찾아왔습니다. 선생님께서도 아시다시피, 저는 한국이라는 나라에서 태어나 그곳에서 쭉 자라왔거든요. 그래서 한국에 대한 애착이 매우 큽니다. 미국 친구들에게도 제 모국을 좀 알렸으면 해요. 그런데 그 일이 쉽지 않네요. 어찌하면 제 뜻을 이룰 수 있을지 선생님께 여쭙고 싶습니다."

나의 간절한 호소에 교장 선생님께서는 격려를 아끼지 않으셨다.

"제임스, 한국을 알리고 싶다는 너의 소신과 열정이 매우 자랑스럽구나. 조만간 너의 노력이 빛을 보게 될 것이라는 확신이 든단다. 그 동안 Korean Movie Club에 대한 홍보를 충분히 했으니, 이젠 조금 기다리면서 친구들이 하나 둘 관심 가져주길 기대하자꾸나. 선생님도 도와줄게."

나를 격려해주시는 교장 선생님이 무척 고마웠다. 어찌 보면 교장 선생님 말씀이 백 번 옳았다. 나는 너무 성급하게 굴었던 것이다. 상영 첫날부터 사람이 적다고 실망하며 안절부절한 나 자신이 부끄러웠다.

'그래! 최선을 다했으니, 이젠 느긋한 자세로 친구들을 기다리자!'

이렇게 속으로 외치며 난 비로소 웃음을 머금을 수 있었다.

교장 선생님의 예상은 그대로 맞아떨어졌다. 한 달 만에 무려 스무 명 정도의 미국 학생들이 Korean Movie Club에 가입해 한국 영화의 팬이 된 것이다. 난 세상에 태어나 그때만큼 큰 보람을 느껴본 적이 없다. 내 손으로 무언가를 해냈다는 사실뿐 아니라, 미국 학생들에게 한국을 소개했다는 것에 큰 만족을 느낀 것이다.

PART 3

American Dream Come True

끝이 보이지 않는 공부로 인해, 이따금 뼛속까지 스며드는 고통을 느끼곤 했다. 난 그때마다 성경을 꺼내들었다. 그리고 공부를 시작하기 전, 늘 성경의 한 구절을 읽고 기도하며 나 자신을 격려했다. 이 모든 노력이 명문 대학 입학이라는 결과로 이어질 것이라 굳게 믿었고, 한국에서 고생하시는 부모님을 떠올리며 목표를 향한 발걸음을 착실히 디뎠다.

그리운 아버지가 보내온 편지

그날도 어김없이, 난 학교가 끝나자마자 집으로 돌아왔다. 집에 들어가기 전, 아파트 로비에 설치된 우편함을 살피며 혹시나 반가운 소식이 온 게 있는지 확인했다. 그날따라 왠지 느낌이 좋았는데 아니나 다를까, 한국에 계신 아버지로부터 편지가 도착해 있었다. 오랜만에 온 아버지의 편지가 반가웠던 난, 아파트 로비 소파에 앉아 잽싸게 편지를 읽어 내려갔다.

사랑하는 현이, 현영아.
미국의 낯선 문화 속에서 공부하느라 바쁘게 살아가고 있으리라 믿는다. 영어라는 단단한 벽을 뚫어가며, 미래의 이상을 향해 매 순간 가쁜 숨을 몰아쉬고 있을 너희를 생각하니 아빠의 마음이 편치 않구

나. 특히 엄마가 너희와 함께 머물고 있지 않은 지금, 더욱 힘들 것이라 생각된다. 그러나 단 한 번 주어지는 인생은 어린 시절을 어떻게 활용하느냐에 따라서 그 향방이 크게 달라진단다.

며칠 전, 한 아이비리그 유학생이 쓴 자서전을 읽었다. 그 책을 읽고 나니, 역시 미국 명문 대학들은 대단한 곳이라는 생각이 들더구나. 그 학생의 경우, 초등학교 시절부터 몸에 밴 독서 습관을 바탕으로 엄청난 양의 책을 읽었고, 논리적인 사고를 길러 좋은 결과를 이루어 냈더구나. 그 학생은 영어를 전혀 준비하지 못한 상태에서 미국으로 떠나 큰 고통을 겪었고, 이를 극복하기 위해 영어로만 말하기를 반복해, 짧은 기간에 큰 성과를 이루었다고 했다. 어렵겠지만, 너희도 이처럼 영어로만 이야기하면 어떨까 하는 생각이 든다. 어차피 영어는 반드시 넘어야 할 산이기에, 아빠는 그 과정이 빠르면 빠를수록 좋다고 생각한다. 서로 영어로만 대화하면 사고의 전환도 되고, 사소한 일로 싸울 일도 없어질 것이다. 특히 현이가 어려운 말을 쉽게 풀어서 이야기하면, 현영이가 영어를 익히는 데 큰 도움이 되리라 생각한다. 시간이 절대로 부족한 상태이니 집에서라도 이를 꼭 실천해 보아라. 만약 아빠가 너희 같은 상황에 처해 있었다면 수단과 방법을 가리지 않고 짧은 시간 내에 영어라는 괴물을 반드시 잡아먹었을 것이다. 또 한 가지. 물론 시간이 크게 부족하겠지만, 한국 책이든 미국 책이든 가리지 말고 많이 읽길 바란다. 책 속에 세상을 살아가는 진리가 모두 담겨 있으니, 닥치는 대로 읽다 보면 인생을 살아가는 데 큰 도움이 될 것이다.

미국에서 너희끼리 지내는 동안 독립심도 크게 키우기 바란다. 너

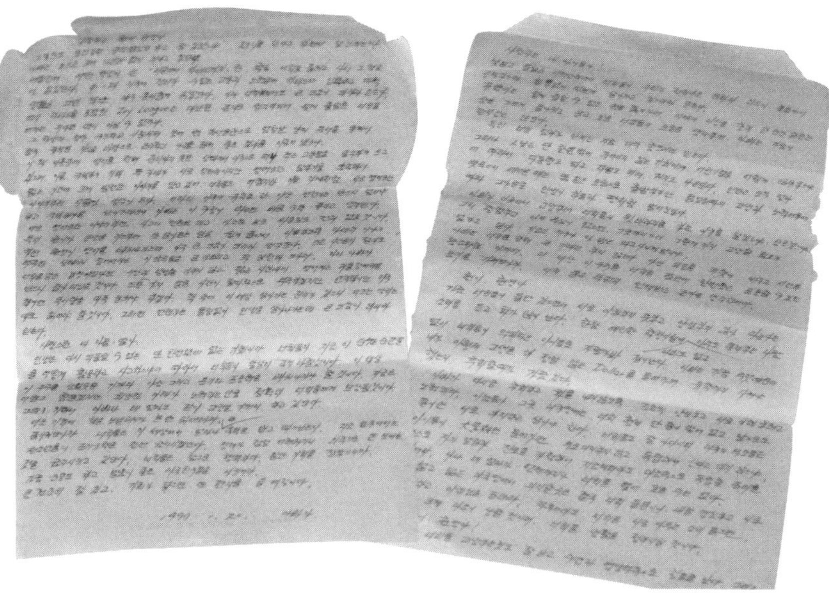

내 유학 생활에 좋은 자극제가 되어준 아버지의 편지들

희도 잘 알다시피 미국의 아이들은 대학교에 들어가면 부모로부터 독립해서 살지 않느냐. 지금부터라도 너희 진로를 잘 개척해 독립할 준비를 하거라. 나나 네 엄마가 언제까지나 너희 옆에 있을 수는 없다. 그 넓고 넓은 미국 땅에서 너희가 의지할 것은 결국 너희 둘뿐이니, 내 말 명심하고 서로 양보하고 이해해라.

인생은 한 번밖에 주어지지 않는다. 매 순간을 어떻게 활용하느냐에 따라서 너희의 앞날은 크게 바뀔 것이다. 우주를 삼킬 듯한 기개와 야망, 용기와 포용력을 배워가야 한다. 지금은 어렵고 힘들겠지만, 너희가 노력하는 만큼 너희의 미래는 보장될 것이다. 아빠와 엄마도 너희를 위해 애쓰고 있음을 잊지 말아라. 너희가 그저 평범하게 살고자 한다면, 그곳까지 가서 고생할 필요는 없다고 본다. 지금은 누구나 다 밥은 먹고 사는 세상이니까. 모쪼록 목표를 뚜렷하게 세우고, 시간을 황금처럼 아끼며, 이 세상, 이 우주를 너희 안에 품는 용기를 갖길 바란다. 그러려면 너희 스스로 선택받은 존재라고 생각해야 한다.

아빠는 너희가 고생하는 것을 잘 안다. 그리고 아빠로서 책임을 다하려고 노력한단다. 너희를 무한대로 사랑하지만, 너희가 잘못될 때에는 아빠는 그냥 지나치지 않을 것이다. 현이는 누나로서 동생을 잘 챙기고, 현영이는 누나 말 잘 듣길 바란다. 다시 강조하지만, 그곳에는 너희 둘뿐임을 명심해라.

돌이켜보아라. 너희가 얼마나 큰 축복을 받고 태어났는지를. 드넓은 땅에서 세계인과 어깨를 맞댈 수 있는 너희는 참으로 행복한 사람임을 잊지 말아라. 가끔 운동도 하고 건강관리도 잘하길 바란다. 항상 공부에 전념하고, 밤마다 가정 예배 드리는 것도 잊지 말아라.

기회가 닿으면 또 편지 부치마.

서울에서 아빠가.

아버지의 편지를 읽은 난 가슴이 뭉클해졌다. 함께 살 땐 느끼지 못한 부모님의 사랑이 내 마음 깊숙이 파고들었다. 이따금 도착하는 아버지의 편지는 나와 누나에게 언제나 좋은 자극제가 되어주었으며, 우리가 왜 미국에 있는지 일깨워주는 계기가 되곤 하였다. 난 지금도 아버지의 편지들을 차곡차곡 모아두고 있다.

독서의 길에 들어서다

미국에서의 첫해를 보내고 9학년을 마감할 무렵, 나는 지난 생활을 되돌아보며 반성하는 시간을 가졌다. 평생 잊지 못할 아름다운 추억이 있는가 하면, 고난과 역경 그리고 시행착오의 순간도 많았다.

한 가지 못내 아쉬운 점은, 공부의 필요성을 뒤늦게 깨달았다는 것이었다. 지금 생각해도, 9학년 때는 새로운 환경에 적응하느라 공부에 큰 관심을 두지 못했던 것 같다. 9학년 마지막 학기가 끝나고 내 손에 쥐어진 성적표에는 다음과 같이 쓰여 있었다.

영어 C+, 과학 B+, 수학 A, 역사 C+, 음악 A
328명 중 160등

수학과 음악을 제외하고는 극히 평범하거나 낮은 학점이었다. 사실 내가 학업에 기울였던 시간과 노력에 비하면 이마저도 기적과 같은 수확이었다. 이런 성적으로 어떻게 좋은 대학에 진학할 수 있을까 하는 걱정이 들기 시작했다. 영어를 잘하지 못했던 나를 배려해 선생님들께서 동정표를 주셨기에 망정이지, 당시 나의 학업 능력은 중위권이 아니라 하위권이라 해도 틀린 말이 아니었다. 그때부터 나는 나 자신에게 채찍질을 가하기 시작했다.

'조현영, 넌 할 수 있어! 마음만 먹으면 불가능한 일은 없다고!'

그즈음 난 아는 분의 추천으로 벤 칼슨(Ben Carlson)의 『Gifted Hands』와 속편 『Think Big』을 읽었다. 고등학교 시절 정독한 첫 영문 자서전이자, 가장 인상 깊게 읽은 책이었다. 존스홉킨스 의대의 신경외과 의사인 벤 칼슨은 이 두 권의 책을 통해, 흑인으로 태어나 겪은 수모에서부터 의사로서 세계 최초로 유아 샴쌍둥이 분리 수술에 성공하여 'Gifted Hands(기적의 손)'라는 별명을 달기까지의 인생 이야기를 전해주고 있다.

30여 년 전 흑인으로는 매우 드물게 예일대학교에 입학하여 의학을 공부하고, 존스홉킨스 의대의 젊은 의사 겸 교수로 임용된 벤 칼슨. 그는 흑인으로 태어나 불우한 성장기를 보냈고, 험악한 흑인 동네에서 홀어머니와 형과 함께 어렵게 살았다.

그의 어머니는 아들이 반에서 꼴찌, 그것도 누구나 하는 계산도 못하고 가장 간단한 철자조차 틀리는 형편없는 학생이라는 이야기를 듣고 충격을 받았다. 결국 그녀는 아들만큼은 자기와 같은 인생을 살지 않게 하리라 굳게 다짐했다. 그녀는 매주 아들을 도서관에 데려가 책을 읽히고 독후감을 쓰게 했다. 그들 모자는 철자와 어휘를 익히며 함께 공부했다. 그 덕에 벤은 책을 가까이하게 되었고, 고등학교에 입학한 뒤에는 공부와의 담을 허물기 시작했다.

벤은 학교에 적응해가며 배움의 즐거움을 알게 되었다. 그는 우등생이 되기 위해 갖은 노력을 기울였으며, 항상 하나님께 기도했다. 벤의 성적은 무서운 속도로 올라갔다. 실패자, 낙오자에서 모범생으로 변모한 것이다. 성취감과 자신감을 갖고 더욱 공부에 정진한 벤은 고등학교 최우수 졸업이라는 영예를 안은 동시에, 명문 예일대학교에 입학했다.

나는 벤 칼슨의 책 두 권을 정독하며, 책을 가까이하지 않은 지난날 내 모습을 떠올렸다. 그리고 독서가 모든 학문의 지름길이라는 깨달음도 얻었다. 나는 벤 칼슨에게서 동질감을 느꼈고, 그를 닮고자 애썼다. 그러자 "나도 할 수 있다"라는 자신감이 생겨났다. 나는 먼저 독서를 습관화하는 데 초점을 두고 다양한 책을 접하려 노력했다.

벤은 책을 통해 말한다.

Unleash your potential for excellence.
당신의 잠재력을 속박하지 말라.
Use PMA(Positive Mental Attitude) and think big.
항상 긍정적인 자세로 크게 생각하고 행하라.

열 가지를 생각하고 행하면 열 가지를 다 이루지는 못해도 다섯 가지 이상은 이룰 수 있다. 하지만 다섯을 목표로 세우면 결코 다섯 이상을 달성할 수 없다. 그래서 사람은 크게 생각하고 행해야 하는 것이다. 벤 칼슨의 말대로 누구에게나 잠재력은 있다. 다만 스스로 계발하고 매진하지 않을 뿐이다.

벤 칼슨의 자서전은 나에게 좋은 자극제가 되어주었다. 나도 그처럼 내 안에 숨은 가능성을 탐측하고 싶었다. 공부를 하다 지칠 때면

독서를 생활화하기 시작한 뒤, 내 손에는 언제나 책이 들려 있었다.

난 벤 칼슨의 책을 꺼내 읽으며 힘을 보충했다. 그리고 그 덕에 독서에 큰 흥미를 갖게 되었다. 벤 칼슨의 자서전은 물론, 다양한 책을 사서 읽기 시작했다. 전엔 몰랐던 독서의 필요성을 느끼게 된 것이다.

그즈음 난 한 가지 깨달음을 얻었다. 책은 많이 읽는 것도 좋지만, 기억에 오래 남기기 위해선 한 번 이상 정독을 하는 게 좋다는 사실이 바로 그것이다. 그후 난 같은 책을 두 번, 세 번씩 읽으며 책의 내용과 교훈을 완전히 내 것으로 만들었다.

한편, 이때 들인 독서 습관은 내게 기쁨의 성과물을 안겨다 주었다. 매일 밤 기도를 드리며 공부에 전념한 뒤, 교내 '에세이 콘테스트'에서 뜻밖의 대상을 거머쥔 것이다. 물론 나의 에세이가 유창한 영어 실력을 뽐내는 것은 아니었다. 하지만 거기 담긴 진솔한 이야기와 독서를 통해 얻은 문학적 감각이 심사위원들의 호감을 산 듯했다. 나는 상금으로 거금 6백 달러를 손에 쥐었고, 그것을 고스란히 어머니께 드렸다.

IMF 사태가 내게 준 도약의 계기

1997년 11월 어느 날, 한국에 계신 어머니로부터 전화가 걸려왔다. 한동안 연락이 뜸해 내심 걱정을 하던 중 걸려온 전화였다. 웬일인지 어머니의 목소리에는 힘이 없었다.

"현영아, 엄마야. 학교는 잘 갔다 왔니?"

"네, 잘 다녀왔어요. 어머니, 아버지도 안녕하시죠?"

"응, 잘 있단다. 현영아, 지금부터 엄마가 하는 말 잘 들어야 해. 알았지?"

"네, 그런데 무슨 일 있으세요?"

"현영아, 지금 IMF 사태로 한국 경제가 위기에 처했단다. 물론 아버지도 큰 어려움을 겪으시는데다, 달러 환율도 두 배나 뛰어서 앞으로 우리 모두가 절약하는 생활을 해야 할 듯하구나. 하루빨리 경제가 되살아나고, 아빠도 이 상황을 잘 극복하시길 기도하면서 참고 견디자꾸나."

자칫하면 학자금 조달에 어려움이 생길지도 모른다고 말씀하신 어머니는, 앞으로 돈을 더욱 아껴 쓰라고 당부하시며 전화를 끊으셨다.

당시 난 IMF의 뜻을 정확히 알지 못했다. 한국의 외환 보유고가 바닥나 외부로부터 장기간 돈을 빌리게 되었다는 것을 알 수 있을 뿐이었다. 또 한 가지, 'IMF'로부터 'I am F'라는 말을 떠올릴 수 있었다. 한국이 '세계시장'이라는 학교에서 '경제' 과목 낙제점을 받고 다른 나라에 돈을 구걸하는 모습이 머릿속에 그려졌다. '한국 국민의 자존심에 금이 가는 순간이구나!' 하는 생각에 마음이 무거웠다.

나는 IMF 사태를 통해 미국에서의 내 삶을 돌아보며, 내가 미국에 온 목적을 되짚어보았다. 경제적 어려움을 계기로 내가 가야 할 길에 대해 진지하게 고민하게 된 것이다. 고통의 순간이었던 IMF 사태는 우리 가족의 위기일 뿐만 아니라, 내가 태어나고 자란 한국의 위기이기도 했다. 한국에 있을 때 깨닫지 못한 조국의 상황을, 외국에 나와 보니 여실히 느낄 수 있었다. 실제로 많은 학생들은 유학을 포기하고 한국으로 돌아가야 했다. 나름대로 한국이 선진국으로 가는 길목에 섰다고 자부해 온 우리 유학생들은 한순간 밑바닥으로 떨어져 맨몸으로 채찍을 맞고 있는 조국을 바라보며 참담함을 느껴야 했다.

그때 난 이렇게 다짐했다.

"열심히 공부하자! 추락한 한국 경제를 살려낼 인물이 되자. 위기를 맞은 조국의 현실을 외면할 수는 없지 않은가?"

조국에 헌신할 인물로 성장하기 위해 학업에 열중하여 많은 것을 배워야 한다는 뚜렷한 목표를 세우게 된 것이다. 어린 나이였지만, 나는 내가 하는 공부가 미래에 가치 있게 쓰이길 원했다. 그리고 결코 개인적 목적만을 위해 공부하는 사람이 되지 않으리라 결심했다. 내가 갈고 닦은 지식과 소양을 내 나라의 발전을 위해 쓰며, 앞으로 한국의 경제 도약에 기여하는 인물이 되고 싶었다.

이후 나는 공부를 하면서, 동기부여가 얼마나 중요한 것인지 깨닫게 되었다. 많은 학생이 공부를 왜 해야 하는지 모른 채 주어진 공부를 한다. 예전에는 나 또한 그랬다. 그저 남들처럼 학교와 학원을 순례했고, 내가 하는 공부에 대한 깊은 고민을 해 본 적이 없었다. 내 미래에 대한 의문이 들어 미국행을 택했지만, 미국에 와서도 한동안 공부에 대한 절박함이 생기지 않았다. 하지만 공부에 대한 명확한 동기가 생기자 사소한 것 하나하나가 공부를 위한 자극으로 다가왔다. 평범한 소년인 내가 목표한 곳까지 도약하기에는 무수한 장애물이 놓여 있었지만, 힘들 때마다 이 시기의 절실함을 떠올리며 스스로를 다듬는 과정 속에서 고통을 감내할 수 있었다.

사실 이러한 동기부여는, 공부뿐 아니라 삶의 매 순간에 큰 도움을 준다. '내가 왜 그것을 해야 하는 것인가?' 하는 문제에 대해 자기 자신과 끊임없이 대화할 때 그 답을 구할 수 있는 것이다. 미국에 발을 디딘 지 일 년. IMF 사태를 겪으며 나는 비로소 그 답을 찾았다.

세탁소 아르바이트

한국이 경제 위기로 어려움을 겪는 동안, 나는 아르바이트를 하기로 결심했다. 부모님의 경제적 부담을 조금이라도 덜어드리고 싶었기 때문이다. 한때 음악 활동으로 소소히 용돈을 벌기는 했지만, 공부에 지장을 준다는 부모님의 만류로 그 일을 접은 뒤였다. 내가 또다시 일자리를 찾고 있다는 걸 부모님께서 아시면 펄쩍 뛰셨을 게 불 보듯 뻔했지만, 그때 난 부모님으로부터 용돈을 받아 쓰는 게 여간 불편하지 않았다. 어떤 방법으로든 용돈만큼은 스스로 벌어 쓰고 싶었다.

얼마 뒤, 나는 아는 분의 소개로 집에서 멀지 않은 곳에 있는 조그만 세탁소에서 아르바이트를 하게 되었다. 세탁소 주인인 한인 교포 부부는 매우 친절한 분들이었다. 아르바이트 시간도 방과 후인 오후 3시부터 6시까지였기에 학업에 큰 지장이 없었다.

나는 세탁된 옷에 번호표를 붙이는 일을 했다. 옷에 흠이 가지 않도록 번호표를 옷의 상표 부분에 붙이고, 스테이플러나 옷핀으로 고정시키는 일이었다. 계속 서서 그 일을 하다 보면 허리가 아파오곤 했다. 또한 방과 후 몰려드는 피로와 전쟁을 치러야 했다. 그런 나를 보고 조금 쉬었다 하라며 토닥여주시는 주인 부부를 위해 나는 더욱 성실히 일했다.

아르바이트 일당은 시간당 4달러씩, 세 시간에 총 12달러 정도였다. 나는 돈이 많고 적음을 떠나 늘 열심히 일했다. 이따금 주인아주머니께서는 일을 잘한다며 내게 5달러씩 더 얹어주시곤 했다. 나는 이렇게 모은 돈을 책상 서랍 속에 차곡차곡 모았다. 너무도 힘들게 번 돈이라

1달러, 1센트를 쓰는 것조차 아까웠다.

또한 이 무렵, 나는 용돈을 아낄 요량으로 학교에 도시락을 싸들고 다녔다. 도시락을 들고 등교하는 학생은 나뿐이었다. 아침 일찍 일어나 직접 싸는 도시락이었기에 볼품이 없었음은 물론, 맛도 없었다. 그보다 심각한 문제는, 도시락을 먹고 나면 이상하게도 배가 빨리 꺼진다는 것이었다. 배고픔을 참으며 아르바이트를 하는 것은 상당히 곤혹스러운 일이었다.

어찌 보면, 나는 어린 시절부터 아버지의 영향을 받아 자립심이 남달리 강했던 것 같다. 아버지 역시 자수성가한 분이어서, "남자는 필요 이상으로 부모님께 손을 벌려서는 안 된다"라는 신조를 갖고 계셨다. 그런 아버지께서는 내가 스스로 큰 날개를 펼칠 수 있도록 혹독한 방법으로 인내심과 자립심을 키워주셨다. 돌이켜 생각하면, 아버지께서 우리 남매를 유학 보내신 것도 우리가 더 넓은 세상에서 폭넓은 시야를 가지고 더 큰 날갯짓을 하도록 하기 위함이었던 것 같다. 아버지께서는 항상 말씀하셨다.

"네 삶은 네 스스로 개척하는 것이다. 부모에게 너무 큰 도움을 바라는 것은 자식으로서 도리가 아니야. 난 너희를 이미 미국이라는 땅에 내어 놓았다. 너희를 유학 보냄으로써 너희에게 재산 보따리 하나씩은 쥐어준 셈이지. 그 땅에서 살아남을 것인지 도태하고 말 것인지는 순전히 너희에게 달려 있단다."

나는 아버지의 말씀을 가슴 깊이 새기며 하루하루 열심히 생활했다.

세탁소 아르바이트는 학년이 올라가면서 공부에 더욱 매진해야 했기에 그만둘 수밖에 없었다. 하지만 그때의 경험은 아직도 내 기억 속에 생생히 남아 있다. 그때 내가 몸으로 겪고 눈으로 본 것들은 내 평생의 재산으로 남을 것이다.

No pain, No gain!―열등생에서 우등생으로

아버지는 늘 내게, "5년 열심히 공부하면 50년을 편하게 살 수 있다"라고 말씀하셨다. 이 말은 "No pain, No gain!(고통이 없으면 성취도 없다!)"이라는 말과 일맥상통한다. 나는 그 말대로, 고생 끝에 값진 보람을 거둘 수 있다는 소신을 갖고 학업에 더욱 매진했다. 당시 공부 외에도 교내 활동 등으로 신경 쓸 일이 많았지만, 언제나 한 손에는 책을 들고 있을 정도로 독서를 생활화하려고 노력했다.

나의 하루는 보통 아침 7시에 시작되었다. 아침 기상이 무척 고통스럽기는 했지만, 일단 일어나고 나면 등교 준비는 일사천리로 끝났다. 8시 등교로 시작되는 학교 일과는 수업 시간으로 빽빽이 채워져 있었다. 나는 학습 성과를 높이기 위해선 수업 시간 중 선생님 말씀을 잘 들어야 한다고 믿었다. 영어가 모국어가 아닌 처지에 집중력마저 떨어진다면 수업 내용을 파악하는 게 힘들기 때문이었다. 이렇게 하면 수업 중 배운 내용만으로도 시험을 얼마든지 잘 볼 수 있었다.

늦게나마 책을 가까이하고 인내력을 기른 덕인지, 수업에 대한 나의 집중력은 놀라울 정도로 향상되었다. 영어를 알아듣고 내용을 파악하기에 급급했던 유학 초기의 모습은 온데간데없었다. 예습과 복습도 철저히 했다. 이러한 공부 습관을 바탕으로, 난 9학년 동안의 부진한 성적을 만회하고자 애쓰기 시작했다. 자칫하다가는 명문대 진학의 꿈이 물거품으로 끝나버릴 수 있기 때문이었다.

미국의 대학들은 신입생을 선발할 때 고등학교 내신 성적을 매우 중요시한다. 지원자의 9학년부터 12학년 1학기까지의 성적을 모두 검토하기 때문에, 9학년 성적은 다른 학년 성적 못지않게 중요하다. 하지만 나는 그때까지의 부진한 결과를 걱정하기보다는, 앞으로 어떻게 성적을 향상시켜 나아갈 것인지를 고민했다. 과거로 돌아가 9학년을 다시 시작할 수는 없는 노릇이었다.

나는 성적을 만회할 계획을 철저히 세워 학과 공부에 열중했다. 그 결과 10학년 때부터 나의 학습량은 눈에 띌 정도로 크게 늘어났다. 그리고 잘못된 공부 습관도 하나씩 고쳐나가기 시작했다. 특히, 가장 고약한 습관인 '벼락치기 공부'를 멀리하려 노력했다.

밀려오는 잠을 이기지 못해 책상에 엎드려 잠들어버린 적도 셀 수 없이 많다. 학업에 열중하면서 가혹하리만치 자신을 채찍질해야 하는 내 처지가 안쓰럽게 느껴질 때도 있었다. 공부하다가 기초 실력이 바닥을 드러내는 듯한 기분이 들 때는 서럽기까지 했다. 어릴 때부터 열심히 공부해온 우등생 친구들이 한없이 부러웠다. 공부를 하다 그들을 떠올리면 자극이 되기도 했지만, 너무 힘이 들 때면 북받치는 좌절감에 공부를 놓아버리고 싶기도 했다. 그러나 공부는 그 누구도 대신 해줄 수 없는 것이고, 이러한 고통을 이겨내는 것도 순전히 내 몫일 뿐이었다. 그리고 스스로 선택한 길이기에 다른 누구에게 의지하고 싶은 생각도 없었다.

끝이 보이지 않는 공부로 인해, 이따금 뼛속까지 스며드는 고통을 느끼곤 했다. 난 그때마다 성경을 꺼내들었다. 그리고 공부를 시작하기 전, 늘 성경의 한 구절을 읽고 기도하며 나 자신을 격려했다. 이 모든 노력이 명문 대학 입학이라는 결과로 이어질 것이라 굳게 믿었고, 한국에서 고생하시는 부모님을 떠올리며 목표를 향한 발걸음을 착실히 디뎠다.

어느덧 10학년 중반이 되었다. 시간의 흐름조차 잊고 살 정도로, 난 목표를 위해 열심히 뛰었다. 마라톤에서 끈기가 가장 중요한 것처럼, 공부도 뒤를 돌아보지 않고 앞을 향해 끊임없이 질주해야 한다. 힘이 든다고 중도 하차 해버리면 시작 안 한 것만 못할 것이다. 난 그렇게 스스로를 타이르며 하루하루 버텨나갔다.

10학년 첫 학기 과정이 마무리될 즈음, 학교에서 성적표가 날아왔다. 편지가 가득 담긴 우편함을 열고 심호흡을 한 나는, 조심스레 성적표를 꺼내들고 읽어 내려갔다.

A, A+, A, A-, A

전부 A였다! 난 내 눈을 의심할 수밖에 없었다. 세상에 태어나 단 한 번도 A로 가득 찬 성적표를 받아본 적이 없었기 때문이다. 기쁨도 잠시, 다리 힘이 풀린 난 땅바닥에 주저앉아 눈물을 흘리기 시작했다. 지난날의 고통과 상처들이 눈물에 섞여 흘러내리는 것만 같았다.

비로소 나의 노력은 결실을 맺었다. 9학년 때만 해도 중간 정도였던 내 성적이 10학년을 마감할 즈음 상위 10퍼센트 대로 대약진한 것이다. 우선 부모님께 감사를 드렸다. 나는 내 머리가 그리 뛰어나지 않음을 잘 알고 있다. 게다가 여느 우등생들처럼 어릴 때부터 착실히 실력을 쌓아온 것도 아니었다. 내 성적이 이처럼 상승할 수 있었던 것은 부모님의 끝없는 헌신이 있었기 때문이라고 나는 믿고 있다.

마라톤에서 느낀 희열

나는 어렸을 때부터 유난히 발이 빨라서 달리기를 잘했다. 초등학교 시절, 100미터 달리기를 하면 항상 1등을 차지했다. 중학교 3학년 때는 100미터를 12초에 달려 교내 최고 기록을 세우기도 했다. 이런 육상 실력을 살려보고자, 나는 10학년 때 교내 육상부에 들어가 달리기를 다시 시작했다.

육상부에 들어간 지 얼마 지나지 않아, 난 얼떨결에 학교 대표팀 일원이 되어 펜실베이니아 주 고등학교 마라톤 대회에 나가게 되었다. 원래 카디널 다커리에는 마라톤 에이스가 한 명 있었는데, 그가 갑자기 몸이 아파 불참하게 되어 내가 대신 출전한 것이다. 나는 단거리 달리기에 소질이 있을 뿐이었는데, 엉뚱하게도 육상부 코치 선생님은 나를 마라톤 예비 선수로 생각해둔 상태였다. 나는 마라톤 경기에 출전하는 게 워낙 오랜만의 일이어서 상황을 파악하지 못한 채 덜컥 출전해버렸다. 마라톤은 고사하고 400미터 달리기조차 완주하기 힘들었던 어릴 적 경험을 까맣게 잊고 있었던 것이다.

마라톤 경기 날이 밝았다. 잠을 충분히 자고 나온 덕에 몸은 날아갈 듯 상쾌했다. 이윽고 대회 시작을 알리는 벨이 울렸다. 난 출발선으로 나아가 참가 선수들 무리에 끼었다. 곧이어 출발을 알리는 총소리가 울렸고, 백 명쯤 되는 각 학교 대표 선수들은 일제히 달려 나갔다. 나를 비롯한 우리 학교 선수들도 뛰기 시작했다. 나는 처음부터 선두 그룹에 진입해야 나중에도 선두 자리를 지킬 수 있을 거라는 생각에 조금 무리해서 달려 나갔다.

그렇게 500미터쯤 뛰었을까? 호흡이 급격히 가빠지고 다리가 풀리기 시작했다. 아직 1킬로미터도 달리지 못했는데 벌써 힘이 부치니, 그 다음 사태는 불 보듯 뻔했다. 나는 곧 선두 그룹에서 탈락했고, 얼마 지나지 않아 꼴찌 대열로 밀려났다. 페이스 조절에 신경 쓰며 달리는 다른 선수들은 시간이 지날수록 더욱 많은 에너지를 뿜어냈다. 그들은 마라톤의 ABC도 모르는 나를 비웃기라도 하듯 유유히 나를 추월해 달려 나갔다.

'아! 힘들어. 도저히 못 뛰겠다!'

마라톤을 해본 사람이라면 내가 그때 느낀 심정을 이해할 수 있을 것이다. 심장은 터질 듯 쿵쾅거렸고, 숨은 턱밑까지 차올랐다. 산 넘어 산이라고 했던가. 평지를 달려도 숨이 끊어질 판인데, 원망스럽게도 코스는 오르막으로 이어졌다. 산 중턱에 다다르자 숲 속 오솔길 코스가 나타났다. 한참 뒤처져 달리던 나는 기어코 꼴찌로 추락했고, 선수 대열에서 완전히 분리되었다. 그 많던 선수들은 내 시야에서 점점 사라져갔다. 달리는 것을 포기하고 싶은 마음이 간절했지만 그럴 수도 없었다. 숲 속 코스를 달리던 중 코스 안내 표지를 놓쳐 길을 잃은 것이다.

'아뿔싸! 내가 어쩌다 이런 길로 들어섰지?'

지금껏 달려온 길이 전혀 기억나지 않았고, 다른 선수들이 어디로 달려갔는지도 도무지 알 수 없었다. 삼십 분 넘게 산속을 헤매고 다닌 끝에 나는 겨우 산에서 내려올 수 있었다. 날이 밝았기에 망정이지 어두웠다면 늑대 밥이 되었을지도 모른다.

결국 나는 꼴찌라는 수치스러운 성적을 거두었다. 코치 선생님과 친구들을 볼 면목이 없었다. 다른 선수들이 모두 결승선에 들어온 뒤 한참 동안 내가 보이지 않자, 코치 선생님과 친구들은 나를 찾아 헤맸다고 한다. 나는 너무 미안하고 부끄러운 나머지 몇 번이나 "Sorry!"를 외쳐댔다.

그날 대회에서 쓴잔을 마신 후, 나는 치욕을 씻으려 일 년 가까이 마라톤 연습에 몰두했다. 매일 방과 후 두 시간씩 연습에 매진한 결과, 이후 출전한 마라톤 경기에서 순위권에 들 수 있었다. 10학년 마지막 교외 마라톤 대회에서는 당당히 1등을 차지하기도 했다. 단거리

종목에서는 항상 수위를 다투었기에 1등을 해도 그리 큰 보람을 느끼지 못했지만, 마라톤 1등은 끈질긴 노력 끝에 일구어낸 결실이었기에 그 희열은 말로 다 표현할 수 없었다. 이런 나의 노력을 높이 산 코치 선생님은, 이듬해 나를 육상부 주장으로 기용하셨다.

미국에 홀로 남은 고독한 시간들

미국에 온 지 2년이란 세월이 흘렀다. 학교 내에서 'Miss Sincerity' 라고 불릴 정도로 항상 겸손하고 매사에 성실했던 누나는 학업 성적도 상위 3퍼센트로 우수했을 뿐 아니라, 부모님의 예술적 감각을 물려받아서인지 어릴 적부터 피아노 등 예술 분야에 남다른 재능을 보였다. 이러한 재능을 더욱 키우기 위해, 누나는 고등학교 때부터 미국 커티스 음대의 교수로부터 개인 레슨을 받으며 실력을 다졌다. 어느덧 누나에게도 대학에 진학해야 하는 시기가 찾아왔다. 방과 후 늘 교회에 들러 기도를 하고 집에 돌아오곤 하던 누나는, 방학 기간에도 미국에 남아 착실하게 대학 입시 준비와 피아노 연습을 했다. 그 결과, 누나는 미국의 유수한 대학들로부터 입학 허가를 받는 성과를 이루어냈다.

신중하게 고민한 끝에, 누나는 소신에 따라 메릴랜드 주에 위치한 존스홉킨스 대학의 피바디 음대에 진학하기로 결심했다. 내가 존경하는 벤 칼슨이 졸업한 존스홉킨스 대학은 의대로도 명성이 높지만, 피바디(Peabody)라 불리는 존스홉킨스 음악대학은 미국에서 가장 역사 깊은 음대이자, 미국 커티스, 줄리어드와 더불어 3대 산맥을 이루는 세계적인 명문 음악대학이기도 하다. 특히 피아노학과는 세계적인 천재 피아니스트들이 모인 곳으로 유명하다.

여러모로 재능을 갖춘 누나에게는 단과 음악대학보다는, 존스홉킨스처럼 다른 학문 분야와의 접근성이 높고 음악적 재능도 마음껏 발휘할 수 있는 종합대학교가 적격이었을 것이다. 실제로 누나는 존스홉킨스에서 음악뿐 아니라 국제관계학, 심리학 등 다양한 학문을 공부했는데, 지금도 누나는 그때 존스홉킨스를 택한 것이 참 잘한 일이었다고 이야기한다.

내가 11학년이 되던 해에 누나는 대학 진학을 위해 메릴랜드 주로 옮겨갔다. 펜실베이니아 주에 혼자 남게 된 나는 보다 작은 집으로 옮겨가야 했다. 얼마 후, 어머니께서는 나에게 하숙집 한 곳을 구해주셨다. 집주인인 한국인 노부부는 선한 인상을 지닌 분들이었다. 특히 할머니는 요리가 취미인 분이어서, 어머니는 음식 걱정은 덜었다며 좋아하셨다.

그러나 시간이 지나면서 외로움과 서러움이 엄습해왔다. 상냥하게만 보였던 노부부의 친절한 모습도 서서히 사라져갔다. 특히나 할아버지는 신경이 매우 날카로운 분이었다. 교회 모임이 있어 늦게 귀가하는 날이면 집이 떠나가라 소리를 질렀고, 방을 조금이라도 어지르면 심하게 나무라셨다. 나는 할아버지에게 야단을 맞을 때마다 내 방에 들어와 다정한 부모님의 모습을 떠올리곤 했다.

한국에 대한 그리움은 유학 생활의 가장 큰 장애물이었다. 한국에 계신 어머니께 새벽에 전화를 걸어 장시간 넋두리를 늘어놓은 적도 많았다. 그럴 때마다 어머니께서는 위로와 격려의 말씀으로 나에게 힘을 북돋아주셨다.

"현영아, 넌 이겨낼 수 있어. 하나님의 아들이잖니? 엄마, 아빠는 언제나 너의 든든한 후원자라는 것 알지? 지금이 너를 한 단계 성숙시킬 기회라고 생각하렴. 엄마, 아빠는 네 생각만 하면 힘이 나서 열심히 일하게 된단다. 하숙집 할머니, 할아버지께도 예의 바르게 굴어야 한다. 알았지?"

항상 나를 격려하고 보호해주던 누나가 곁에 없자 공부는 배로 힘들었고, 몸과 마음도 평정을 잃어갔다. 몸과 마음이 지치면서 목표가 흐려질까 봐 수시로 나 자신을 다잡다가도, 부모님 앞에서는 나약한 투정을 그대로 내뱉곤 했다. 유학생에게는 외로움이 가장 무서운 적임을, 나는 홀로 유학 생활을 하는 동안 몸소 깨달았다. 외로울 때 감정이 더 예민해져 사소한 꾸중을 들어도 금방 상처받았고, 부모님의 말씀은 부담으로 다가왔다. 아무리 내 이야기에 귀 기울이고 격려를 해주신다 해도, 과연 나를 얼마나 이해하실 수 있으랴 하는 의구심이 들어, 간혹 부모님 마음에 상처가 될 말을 하기도 했다.

하지만 나는 그런 과정을 통해, 혼자 살며 견디는 법을 익혔다. 어려움을 이겨내며 급속도로 자아를 성장시켰고, 자립심에 눈을 뜬 것이다. 지금 돌이켜보면 부모님께 죄스럽고, 끔찍할 정도로 외로운 나날이었다. 하지만 이 시기를 거쳐 나의 여린 내면을 단단하게 벼리고, 더욱 성숙한 인격체로 거듭나는 자아의 도약을 경험했음은 분명한 사실이다.

SAT, 고된 싸움 끝에 얻은 승리

밤을 새워 영어 공부에 몰두하고 미국 친구들과 허물없이 지낸 덕분에, 11학년 무렵 내 영어 실력은 제법 좋아졌다. 미국에 처음 도착했을 때만 해도 '회화는 고사하고 무슨 말인지 알아들을 수만 있으면 더 바랄 게 없겠다'라고 생각했었는데, 이제는 알아듣는 걸 뛰어넘어 말하는 것도 자유로워진 것이다. 비교적 짧은 시간에 남부럽지 않을 정도의 영어 실력을 갖춘 나의 모습이 대견스러웠다. 하지만 영어가 모국어인 미국 학생들과 경쟁하기 위해서는, 단순히 영어를 듣고 말하는 수준에 머물러서는 안 된다는 것을 누구보다 잘 알고 있었다.

한국에 수능시험이 있듯 미국에는 'SAT'라는 학력 적성 검사가 있다. 'Scholastic Aptitude Test'의 약칭인 SAT는 대학에 진학하고자 하는 고등학생이 대학 과정을 이수할 능력을 갖추고 있는지를 평가하는 표준화된 시험으로, 미국 대학 입학 전형에 반영된다. 미국 고등학생들은 보통 10학년이나 11학년 때부터 SAT를 준비하기 시작한다. 나역시 11학년 때부터 학교 공부와 SAT 공부를 병행해야만 했다. 나는 목표가 컸던 만큼, 미국 대학에 진학하는 외국 유학생들의 영어 실력을 테스트하는 토플(TOEFL)보다는 SAT 공부에 더욱 열중했다. SAT Verbal(영어) 부문이 토플보다는 상대적으로 난이도가 높기 때문에, 일단 SAT를 소화해내면 토플 성적은 자연히 오를 수밖에 없었다.

많은 한국 유학생들이 그렇듯 나도 SAT Math(수학) 부문은 그다지 어렵지 않았으나, 영어 부문에는 고통스러운 단어 암기 과정이 필요했다. 시험지를 펼치면 온통 모르는 단어투성이였다. 상당 기간 영어 공부를 해왔지만 여전히 모르는 단어가 많다는 사실을 알게 된 것은, 시험 문제 한 페이지를 풀기 위해 사전을 수도 없이 뒤적이는 나 자신을 발견했을 때였다. 그래서 나는 그때부터 하루에 최소한 50개의 단어를 암기하겠다는 목표를 세웠다. 단어들을 하나라도 놓칠세라 노트에 빽빽이 적으면서 암기해 나갔다. 정말 이를 악물고 공부했다.

SAT에서 단어 암기만큼 어려운 것은 바로 독해 공부이다. 독해 부문 공부는 그야말로 왕도가 없다. 어렸을 때부터 꾸준히 책을 읽지 않으면 독해력과 이해력이 취약할 수밖에 없기 때문에, 단기간에 성적을 올리는 것은 매우 어렵다. 나는 늦게나마 철이 들어 책을 가까이했던 덕분인지, 고통스럽기만 하던 독해가 다행히도 점차 수월해졌다. 지속적인 단어 암기와 연습 문제 풀이도 독해에 큰 도움이 되었다. 고된 노력 끝에 얻은 값진 결과였다.

SAT 공부를 시작한 지 얼마 되지 않아 본 시험에서, 나는 1600점 만점에 1100의 점수를 얻었다. 명문대에 진학하기엔 턱없이 부족한 점수였다. 그러나 이런 부진을 극복하기 위하여 1년 가까이 전력투구한 뒤 치른 SAT에서, 나는 거의 만점에 가까운 점수를 따냈다. 이것은 기적과도 같은 일이었다. 학교 선생님과 친구들은 격려의 박수를 아끼지 않았고, 부모님 역시 매우 기뻐하셨다. 나 역시 명문대를 향한 내 발걸음이 목표에 더 가까이 다가간 듯해 큰 만족감을 느꼈다.

"Bravo, My Life!"

높기만 한 미국 명문대의 문턱

SAT 점수를 안정권에 올려놓은 뒤, 나는 본격적으로 진학 계획을 세우기 시작했다. 미국 대학에 관한 정보가 턱없이 부족했던 난, 입시 상담 선생님을 찾아가 내가 진학할 수 있는 대학과 전공 등에 관해 여쭈었다.

"제 실력으로 어느 수준의 대학에 지원할 수 있고, 또 구체적으로 어떤 대학을 택하는 게 좋을까요?"

"제임스. 네 성적이 나날이 향상되는 점을 감안할 때, 유펜을 생각해보는 게 어떻겠니? 우리 학교에서는 펜실베이니아에 위치한 유펜에 졸업생들을 많이 진학시켰으니, 네게도 그 학교가 적절할 것 같구나. 그렇지 않으면 근방에 위치한 좋은 대학들을 추천하는 것도 고려해보마."

당시 나는 경영학에 관심이 많았던 까닭에, 그 부문의 최고 명문인 워튼스쿨(Wharton School)이 있는 유펜(University of Pennsylvania)이 퍽 마음에 들었다. 하지만 나는 곧 생각을 바꾸었다. 이미 3년씩이

나 살아온 펜실베이니아 주에서 또다시 4년이라는 긴 시간을 보내기는 싫었다. 넓은 세상을 경험하고 싶어서 미국 땅에 날아온 만큼, 미국의 다른 지역에서 새로운 경험을 쌓으며 살고 싶었던 것이다.

많은 미국 학생들은 대학에 진학하면서 고향을 떠나 외지로 향한다. 낯선 곳에서 새로운 삶에 도전하고자 하는 것인데, 그런 의지를 흔히 '개척자 정신(Frontier Spirit)'이라 부른다. 맨손으로 무변광대한 황야를 개척한 서부의 사나이들이 지녔던 도전 정신이다. 나도 낯선 땅에서 강인한 의지로 내 소망을 이루어나가는 '개척자'가 되고 싶었다. 그래서 나는 선생님께 당당히 말씀드렸다.

"선생님 말씀은 잘 알겠습니다만, 저는 더이상 펜실베이니아 주에서 학교를 다니고 싶지 않습니다. 서부에 위치한 스탠포드나, 하버드, 예일 같은 곳은 어떨까요?"

"음……, 네가 무슨 말을 하는지 안다. 하지만 그런 학교들은 아무리 대단한 실력을 지닌 학생이라도, 기적 같은 행운을 잡지 않고서는 도저히 들어갈 수 없는 곳이란다. 그리고 네 모국어는 영어가 아니잖니? 그 학교들에 진학할 수 있는 학생은 매우 드물뿐더러, 우리 학교 역사상 외국인 학생이 그런 학교에 들어간 사례를 보지 못했다."

그리고 선생님께서 덧붙인 한마디는 내 가슴에 못을 박았다.

"네가 그런 학교에 합격할 가능성은 희박하단다. 그런 학교에 원서를 낸다면 원서비만 낭비할 게 뻔하다."

영어가 모국어가 아닌 이유로 원서조차 쓰지 말라는 것은, 아무리 생각해도 너무 가혹한 처사였다. 오기가 생긴 나는, '맘대로 하라지!

내가 학교의 역사를 다시 쓰면 돼. 한국 고추의 매운맛을 보여주겠어'
하고 다짐했다.

나를 보고 고개를 설레설레 젓고 있는 선생님께 난 당당히 외쳤다.
"I will make history!"

나만의 에세이 전략

입시 상담 선생님 앞에서 선전포고하듯 '학교의 역사를 새로 쓰겠
다'고 외치고 집으로 돌아온 난, 한동안 골똘히 생각에 잠겼다. 호언
장담을 하고 왔건만, 정작 내 마음은 무겁기만 했다.

'말이야 쉽지. 내가 과연 해낼 수 있을까?'

입시 상담 선생님으로부터 '불가능'이란 말을 들으니 좀처럼 기분
이 풀리지 않았다. 나는 깊은 고민에 빠졌다. 내신 성적은 발전에 발
전을 거듭해왔으므로 긍정적으로 반영될 것이고, SAT 점수 역시 문제
가 되지 않았다. 음악 활동과 운동도 활발히 해왔기 때문에 자격 미달
은 아닐 것이라는 확신이 있었다.

나의 능력이 충분하다고 확신한 난, 마음을 굳게 먹고 최고 명문 대
학에 지원하기로 결심했다. 마지막 승부수는 에세이와 교사 추천서였
다. 나는 인지도 있는 대학이라면 지역을 불문하고 전화를 걸어 지원
서를 받아냈다.

좋은 학교일수록 요구하는 에세이 분량도 더 많고, 주제 역시 고도

의 창의력을 요구했다. 또한 대부분의 학교에서 영어와 수학 선생님의 추천서를 기본적으로 요구했고, 과학 선생님이나 다른 과외활동 선생님의 추천서를 제출해야 하는 경우도 있었다.

나는 우선 에세이에 전념하기로 했다. 학교를 불문하고 단골로 등장하는 에세이 주제 중 하나는 'Personal Statement'였다. 말 그대로, 자기 자신에 관한 포괄적이면서도 구체적인 이야기를 쓰는 것이다. 여기서 요구하는 주제도 다양했다. 자신의 인생에 가장 큰 영향을 미친 경험에 대해 논하라는 주제가 있는가 하면, 자신이 가장 존경하는 사람에 대해 쓰라는 주제도 있었다. 나는 일단 내 삶에 큰 영향을 끼친 경험에 관해 쓰기로 결정하고, 미국에 와서 겪은 문화적 차이와 언어 장벽 등을 거론하기로 마음먹었다.

하지만 나는 곧 계획을 수정했다. 한국 유학생들 중 십중팔구는, 자신이 어린 나이에 홀로 미국으로 건너와 매우 열심히 노력한 결과 괄목할 만한 발전을 이루었다는 이야기로 동정표를 얻고자 하고 있었기 때문이다.

'입학 사정관들이 이처럼 천편일률적인 에세이를 읽으며 얼마나 따분해할까?'

나는 차별화된 내용이 아니라면 '나만의 전략'이 될 수 없다고 생각했다. 나를 차별화하기 위해서는 비장의 무기가 필요했다. 나는 궁리하기 시작했다.

'도대체 어떤 에세이를 써야 입학 사정관들에게 강한 인상을 남길 수 있을까?'

이렇게 궁리하던 중에, 불현듯 내 머릿속에 영화 〈죽은 시인의 사회〉와 벤 칼슨의 자서전이 떠올랐다. 나는 쉽게 지나칠 수 있었던 영화 한 편과 책 한 권이 내 인생을 어떻게 바꿔놓았는지 소개하고, 그것들이 여전히 내 인생의 중요한 원동력으로 작용하고 있다는 사실을 에세이에 담았다. 또한 한국이라는 나라를 미국 친구들에게 알리기 위해 Korean Movie Club을 결성한 경험 등도 적었다. 한국이 IMF 사태에 처했을 때 나와 내 가족이 겪은 어려움, 그리고 그 상황을 극복해낸 이야기도 빼놓지 않았다.

나는 어려운 단어들과 고급스러운 문체로 장식하기보다는, 구수하고 감칠맛 나는 문체로 담담하게 적어 내려갔다. 창의력이 돋보이는 에세이는 아니어서 입학 사정관들에게 강력한 인상을 줄 수 있을지는 미지수였지만, 크게 문제가 될 것도 없다고 생각했다. 내 에세이를 읽은 영어 선생님께서는 내게 정말 그렇게 힘든 시기가 있었냐고 물으며, 내가 겪은 고통이 그대로 전해지는 것 같아 가슴이 아팠다고 말씀하셨다.

나는 그때 내가 쓴 에세이가 평범하기는 하지만 가슴을 파고드는 진솔함과 감동이 있었기에 입학 사정관들의 마음을 끌었다고 믿고 있다. 한마디로 나의 에세이 전략은 '진흙 속의 진주 캐기'였던 것이다. 오랜 기간의 브레인스토밍, 세심한 내용 구성, 반복적인 퇴고 작업은 탄탄한 에세이를 만드는 데 크게 기여했다. 벼락치기로는 결코 훌륭한 에세이가 나올 수 없는 것이다.

가끔 고등학교 후배들이 에세이를 잘 쓰기 위한 팁을 물어온다. 그때마다 난 평소 독서량이 많아야 한다고 강조한다. 어린아이가 말을 배울 때 어른들의 말을 흉내 내는 것과 마찬가지이다. 글쓰기 실력을 향상시키기 위해서는 나보다 뛰어난 글 솜씨를 가진 사람의 글을 많이 읽어야 한다. 좋은 글을 쓰는 데는 지름길이나 특별한 방도가 없는 것이다. 나는 평소에 신문 사설이나 뉴스, 다양한 책을 읽는데, 이때 좋은 문구나 글이 있으면 이를 메모해서 외우고 똑같이 써보려고 노력한다. 그리고 그날 적어도 한 번은 그 문장을 활용해보고자 노력한다. 이렇게 하면 그 문장은 의식하지 않고도 자연스럽게 입에서 흘러나온다. 그 외에도 유명한 연설문이나 사설 몇 개 정도는 외워 둘 것을 권유한다. 명문(名文)일수록 논리 구조가 명확하고 문장의 형태가 고급스럽기 때문이다. 나는 어린 시절, 링컨의 '게티스버그 연설문'이나 케네디의 '취임 연설문' 등을 외우곤 했었다.

재차 강조하지만, 어휘 실력을 쌓고 세련된 글을 구사하려면 많은 양의 독서가 우선이다. 많은 책을 읽지 않은 사람은 절대로 좋은 글을 쓸 수 없다. 말을 잘한다고 해서 좋은 글을 쓸 수 있는 것도 아니다. 구어체와 문어체에는 엄연히 차이가 있기 때문이다. 행여나 유려한 글 솜씨를 타고났다 하더라도, 합리적인 글쓰기는 많은 책을 접하며 몸에 배는 것이다.

또 하나, 작문 실력만큼 중요한 게 바로 에세이에 묻어나는 '진실성'이다. 글은 손으로 쓰는 것이지만, 그 안에 담는 것은 마음과 생각이다. '진실은 진실끼리 통한다'라는 말이 있듯, 나의 마음과 생각을 이끌어내는 과정이 진실할 때, 나의 글은 독자에게 생명력 있게 다가

간다.

나는 일단 무엇을 쓸지 생각하고 나면 바로 글로 옮긴다. 여러 번 생각하되, 주제에서 벗어난 생각을 차단하며 글을 말하듯 쓰다 보면, 어느덧 글의 분량이 늘어난다. 일단 초안이 완성되면 이를 거듭 읽고 교정하는 것이 내가 글 쓰는 방법이다. 물론 내 방법이 모든 사람에게 맞을 거란 기대는 하지 않는다. 하지만 나는 나만의 방법으로 에세이를 써 냈고, 그 에세이의 질에 대한 믿음을 갖고 있다.

에세이와 더불어, 나는 추천서도 준비해나갔다. 차별화된 추천서를 받기 위해 나는 고민했다. 아무리 나에 대해 좋은 인상을 가지고 있는 선생님께서 추천서를 써주신다 해도, 한 장 분량을 채우기는 역부족일 것이라는 생각이 들었다. 그러던 중 한 가지 묘안을 생각해냈다.

'선생님들이 조금이라도 편하게 추천서를 쓰실 수 있도록, 충분한 자료를 준비해드리자!'

나는 미국에서 내가 걸어온 길을 되짚어보았다. 미국에 처음 도착한 시점부터 11학년을 마치는 시기까지 나의 수상 경력과 각종 과외 활동 사항을 이력서 작성하듯 종이에 써 내려갔다. 또한 내가 쓴 Personal Statement와 직접 연주한 베이스 기타 연주 테이프까지 한데 모아 포트폴리오 형식으로 만들었다. 추천서를 부탁드린 선생님들을 찾아 뵙고 준비한 자료를 건네면서, 나의 특기 및 특징을 일목요연하게 말씀드렸다. 참으로 악착같은 녀석이라고 생각하셨을 것이다.

그로부터 며칠 후, 나는 후배로부터 기분 좋은 소식을 접했다. 추천서를 부탁드린 수학 선생님께서 수업 도중 학생들에게 내가 만든 포트폴리오를 보여주시며, 단 한 번도 이런 학생이 없었다며 다들 제임스를 본받으라고 말씀하셨다는 것이다. 비록 선생님이 쓰신 추천서를 직접 볼 기회는 없었지만, 분명 평범하지 않은 추천서를 쓰셨을 것이라고 나는 믿고 있다.

쏟아지는 합격 통지서, 그리고 스탠포드

대학 시절은 삶을 크게 바꿀 수 있는 중요한 시기 중 하나이다. 이 시기에 얻는 지식과 생활 경험으로부터 대학생들은 영감을 받으며, 인생의 진로를 결정하고 독립적 인간으로 서게 된다. 그렇기에 대학 선택의 문제는 삶에서 매우 중요한 결절점일 것이다. 에세이와 추천서 등 입학 지원에 필요한 모든 서류를 준비한 뒤, 나는 계획했던 열 군데 대학에 모두 원서를 제출했다. 나는 원서들을 마감 직전에 속달로 부칠 만큼 서류 하나하나에 심혈을 기울였다.

당시 내가 가고 싶어한 학교는 스탠포드, 하버드, 존스홉킨스, 컬럼비아, 브라운, 유펜, 프린스턴, 코넬 등이었다. 모두 미국에서뿐만 아니라 전 세계적으로 명성이 높은 대학들이다. 원서를 모두 보내고 나니 분주하고 떨리는 마음을 주체하기 어려웠다. 어머니와의 전화 통화가 내게 위안이 될 뿐이었다. 전화를 주실 때마다 어머니께서는 성경 한 구절씩을 읽어주시면서, "분명 좋은 결과가 있을 테니 걱정 말아라" 하고 말씀하셨다. 어머니께서는 내게 긍정적인 생각을 심어주려 애쓰셨다. 나는 이 시간만큼은 마음이 편안해졌다.

어느 날이었다. 하굣길에 서점에 들러 책을 읽고 있는데, 내 휴대전화로 전화가 한 통 걸려왔다.

"여보세요?"

"안녕하세요? 존스홉킨스 입학 담당자입니다. 제임스 조 씨 맞습니까?"

"네, 그렇습니다. 제가 제임스 조입니다."

"존스홉킨스에 합격하신 것을 진심으로 축하드립니다!"

"정말요? 제가 존스홉킨스에 붙었다고요? 감사합니다!"

뜻밖의 전화를 받고, 꿈인지 생시인지 분간할 수 없을 정도로 기뻤다. 존스홉킨스는 누나가 다니고 있는 학교였다. 누나와 함께 살 수 있게 되었다는 생각에 한껏 들뜰 수밖에 없었다. 나는 곧바로 어머니께 전화를 걸어 합격 소식을 알렸다.

"엄마, 저 존스홉킨스에 합격했어요! 잘하면 누나랑 같이 살 수도 있을 거예요!"

"정말이니? 장하다, 우리 아들. 엄마는 현영이에게 꼭 좋은 소식이 있을 거라고 믿어왔단다. 우리 하나님께 감사드리자."

그날 저녁, 아버지로부터 전화가 걸려왔다. 아버지께서는 명문 대학 합격의 결실을 이룬 내가 자랑스럽다고 거듭 말씀하셨다. 앞으로 더욱 큰 빛을 발할 것이라는 말씀도 잊지 않으셨다. 기뻐하시는 부모님 얼굴을 떠올리니 무척 뿌듯했다. 하지만 누구보다도 기뻐한 사람은 바로 누나였다. 혼자 필라델피아에 남아 우여곡절 많은 학창 시절을 보내는 내가 안쓰러워, 매일 전화하고 기도해주었던 누나이다. 더욱이 내가 자신과 함께 생활하게 될지도 모른다는 사실이 누나에겐 더욱 큰 기쁨이었을 것이다.

미국 유학을 시작한 후 줄곧 앞만 보며 달려온 시간에 대한 보상이 있는지, 존스홉킨스를 시작으로 속속 합격 통지서가 날아들었다. 스탠포드를 비롯, 내가 지원한 거의 모든 대학에 합격하는 쾌거를 이룬 것이다. 꿈만 같은 일들이 내 앞에 펼쳐지고 있었다.

고등학교 시절, 클린턴 전 대통령의 무남독녀인 첼시 클린턴이 동부의 명문 하버드와 프린스턴 등 여러 대학에 합격하고도 서부의 스탠포드로 진학했다는 기사를 접한 적이 있다. 불과 몇 년 뒤, 내게도 그와 같은 일이 벌어질 줄 누가 상상이나 했겠는가? 첼시도 나와 같은 행복한 고민을 거쳤을 것이라 생각하니 기분이 묘했다. 그때부터 나는 내가 합격한 학교들을 좀더 자세히 알아볼 필요성을 느꼈다. 후회 없는 결정을 내리기 위해서였다.

나는 내 성향에 잘 어울리는 학교를 파악하기 위해, 내가 유학을 온 목적과 내가 지향하는 미래를 고민하기 시작했다. 그 결과, 내 속에는 도전과 개척의 정신이 도사리고 있었음을 깨달았다. 그때부터 난 서부에 위치한 스탠포드대학교에 대해 좀더 알아볼 필요성을 느꼈다. 스탠포드가 유에스뉴스나 뉴스위크 지의 미국 대학 랭킹에서 항상 톱 5 안에 들었다는 사실은 익히 알고 있었다. 그러나 석사 과정인 경영

대학원(MBA)과 법과대학원인 로스쿨은 물론, 이공계 및 인문계 역시 대부분 톱을 유지하고 있다는 사실은 나중에서야 알게 되었다.

그즈음 난 또다른 사실을 발견했다. 나는 정보화 혁명의 본산인 서부의 실리콘밸리(Silicon Valley)를 오래전부터 동경해왔는데, 스탠포드가 그곳에 혁신적 기술, 이론적 토대, 우수한 인적 자원을 전적으로 공급하고 있었던 것이다. 실리콘밸리는 할리우드, 월가와 함께 미국 경제의 3대 산실이라 손꼽히는 곳으로, 스탠포드 졸업생인 빌 휴렛과 데이비드 팩커드가 HP를 설립함으로써 형성되었고, 야후, 구글과 같은 세계적 기업들이 그 명성을 이어갔다. 야후와 구글 또한 스탠포드 동문이 창업한 회사이다.

인터넷과 정보화 혁명을 주도하는 실리콘밸리는, 이처럼 스탠포드와 밀접한 관계를 갖고 있었다. 어찌 보면 이 둘은 서로가 없이는 존재할 수 없는 하나의 유기체와 같았다. 실제로 실리콘밸리 등지에서 일하는 스탠포드 컴퓨터공학과 대학원 졸업생의 5퍼센트는 졸업과 동시에 백만장자가 되며, 25퍼센트는 5년 내에 백만장자가 된다는 조사 결과가 나오기도 했다. 스탠포드가 실리콘밸리에서 21세기 IT산업을 이끈다 해도 과언이 아닌 것이다. 학교 주변에 세계의 벤처 캐피털들이 진을 치고 있고, 최첨단 IT업체들이 우후죽순처럼 솟아나고 있는 스탠포드야말로, 내가 꿈꿔온 '아메리칸 드림'이었다. 이 사실만으로 난 더이상 다른 학교를 고려할 이유를 잃었고, 최종적으로 스탠포드에 입학하기로 결심하기에 이르렀다.

대학 합격 후 나에게는 좋은 일들이 이어졌다. 유학 초기, 중간 수준에 불과하던 내 성적은 이후 지속적으로 상승해, 고등학교 졸업 무렵에는 최고 수준에 올라섰다. 그 결과 나는 최상위권 학생들에게만 주어지는 우등상(First Honors)을 받았고, '우수 졸업자'로서 영예로운 졸업을 하게 되었다. 또한 스탠포드 진학 후 '관정이종환교육재단'의 장학생으로 선발되어 대학 졸업 때까지 전액 장학금을 받는 특권을 누렸다.

손자의 연이은 쾌거를 접하신 할아버지께서, 하루는 이런 말씀을 들려주셨다.

"현영아, 너는 많은 복을 안고 태어난 아이란다. 그래서 이 할아버지가 나타날 '현(現)'자에 영화로울 '영(榮)'자를 써, 네 이름을 '현영'으로 지었지. 네가 받은 복을 남에게 한껏 베풀고, 하나님의 영광을 드러내는 삶을 살라는 뜻에서 지은 이름이란다. 익을수록 고개를 숙이는 벼와 같이, 지금처럼 겸손하고 성실한 자세로 매사에 임하길 바란다."

나는 할아버지의 말씀을 마음속 깊이 새겨, 내게 주어지는 것들에 대해 항상 감사하며 살겠다고 다짐했다. 그리고 내 앞에 펼쳐질 새로운 미래를 위해 하나님께 기도하고 또 기도했다.

PART 4

꿈의 대학
스탠포드

낙타 무리는 광막한 사막을 일렬종대로 일사불란하게 횡단한다. 그처럼 질서 정연한 움직임이 가능한 건, 맨 앞에 선 낙타의 탁월한 통솔력 때문이다. 인간 사회에도 어느 분야든 조직을 이끄는 리더가 있기 마련이다. 주위 사람들은 가끔 "미국 대학에서 배운 것 중 가장 소중한 것이 무엇인가요?" 하고 나에게 묻는다. 이때 나는 망설임 없이 "스탠포드에서의 가장 큰 소득은 리더십 훈련이었다"라고 대답한다.

지성의 전당 스탠포드

　나를 기다리고 있던 미국 서부의 환경은 동부와는 사뭇 달랐다. 스탠포드대학교에 도착한 나는, 어마어마한 규모의 캠퍼스와 간결하면서도 아름다운 스페인 풍의 건축양식에 매료되어 한동안 입을 다물지 못했다. 무변광대한 사막의 한 가운데서 만나는 오아시스와 같은 학문의 전당, 그곳이 바로 스탠포드였다.

　"More than meets the eye!(눈에 보이는 것이 전부가 아니다!)"

　거대한 숲 속에 자리한 넓고 조용한 캠퍼스는 말로 다 표현할 수 없을 정도로 아름다웠다. 나중에 알게 된 사실이지만, 스탠포드의 캠퍼스 면적은 약 천만 평, 여의도의 열 배에 달하는 넓이였다. 캠퍼스는 뉴욕 센트럴 공원을 설계한 세계적 조경 건축가가 설계했다고 한다. 황토색 사암(sandstone)에 붉은 기와를 얹어 축조한 스페인 풍의 건물들은 중세 유럽의 성(城)을 연상시켰다.

스탠포드는 가장 아름답고 안전한 캠퍼스를 가진 미국 대학 중 한 곳으로 평가받는다. 하지만 스탠포드 학생들에게 더 큰 매력으로 다가오는 것은, 바로 스탠포드가 위치한 팰러앨토(Palo Alto)의 화창하고도 온화한 날씨이다. 한국에서는 초가을에나 잠시 만끽할 수 있는 청명한 날씨가 이곳에서는 연중 계속된다. 여름에는 아무리 더워도 습도가 낮기 때문에 끈적거림이 없고, 나무 그늘에 가면 선선한 바람을 쏘일 수도 있다. 추위를 싫어하는 학생들에게는 더할 나위 없이 좋은 날씨인 것이다.

그뿐 아니다. 캠퍼스 뒷산에는 골프 황제 타이거 우즈를 탄생시킨 명소이자 세계 100대 골프장 중 하나인 스탠포드 골프장이 자리하고 있고, 농장(farm)이라는 애칭이 붙은 넓은 캠퍼스에는 '생각하는 사람' '칼레의 시민' '지옥의 문' 같은 로댕의 작품들이 즐비하다.

하지만 이런 스탠포드에도 옥에 티가 있으니, 턱없이 높은 물가가 바로 그것이다. 스탠포드 캠퍼스를 둘러싸고 있는 도시 팰러앨토는 미국에서도 다섯 손가락 안에 드는 부촌이다. 미국 부촌의 대명사로 알려진 로스앤젤레스의 비벌리힐스보다도 땅값이 비싼가 하면, 그에 걸맞게 물가도 무척 높다. 그만큼 팰러앨토는 미국의 많은 부호가 터를 잡고 살고 있는 곳으로, 특히 실리콘밸리의 성공한 기업가들이 많이 거주하고 있다. 시내의 물가만큼은 아니지만, 캠퍼스 내의 전반적인 물가도 그리 싼 편이 아니다. 한편 빽빽이 들어선 고층 건물과 복잡하고 분주하게 돌아가는 도시의 삶에 익숙한 학생이라면, 허허벌판

스탠포드대학교 풍경

같은 스탠포드의 캠퍼스는 지루함과 외로움을 가져다 줄 수도 있다.

하지만 이런 단점들이 스탠포드의 명성을 가리진 못한다. 학교 내에 다양한 분야의 실험실과 연구실이 들어서 있어, 교수와 학생들은 최적의 환경에서 연구와 학업에 전념할 수 있다. 그 토대 위에서, 스탠포드는 개교 이래 오늘에 이르기까지 수많은 글로벌 리더를 배출해 왔다. 1천6백 명의 교수진 중 16명, 은퇴한 교수까지 합쳐 모두 27명이 노벨상을 수상했으며, 세계 각국에서 수재들이 몰려들어 훌륭한 학생층을 형성하고 있다.

대부분의 스탠포드 학생들은 수업과 과외활동에 매우 열정적이고 일상생활에서도 타의 모범이 될 만큼 성실한 모습을 보인다. 사교성도 뛰어나 원만한 인간관계를 형성하고, 남을 돕는 일에도 헌신적이다. 학생들이 이런 면모를 갖추게 된 데는 스탠포드의 교육 이념이 큰 영향을 미쳤다. 사회에 봉사하고, 그 구성원을 존중하며, 나아가 국가 발전에 헌신하는 리더를 길러내는 것이 바로 스탠포드의 교육 이념이다.

스탠포드 학생들은 그저 '좋은 학점을 받기 위해' 공부하는 것은 아니다. 그들은 '하고 싶은 공부에 몰두할' 뿐이다. 전인적 인재 육성을 강조하는 스탠포드에서 학생들은 자신의 동료와 무모한 경쟁을 하기보다는, 리더로서의 덕성과 능력 함양에 큰 비중을 두고 정진한다. 실제로 스탠포드 학생들은 낙제나 중도 하차에 대한 압박감을 크게 느끼지 않는다. 특유의 교과운영제도 덕분에 입학에 비해 졸업이 크게 힘들지 않은 것이다. 스탠포드에서 함께 공부한 내 친구들 중에도 낙제하거나 중도에 학업을 포기한 학생은 없었다. 그렇다고 학업이 느슨하게 돌아간다는 이야기는 아니다. 이따금 엄청난 과제를 소화하느라 밤을 지새우며 고생해야 하는 경우도 있다. 나 역시 예외는 아니었다.

내가 무엇보다도 감탄한 것은, 스탠포드의 개척 정신과 실용주의 기풍이었다. 서부의 개척 정신을 이어받은 스탠포드 교수들은, 현대인의 원초적 관심사에 초점을 맞추고 있다. 전통적인 학문 영역보다는 인간의 실익을 도모하는 분야에 몰두해온 것이다. 이런 스탠포드의 학풍은 실용주의와 세계화, 이 두 가지로 요약할 수 있다. 존 헤네시(John Hennessy) 스탠포드 총장도 취임사를 통해 "서부의 개척자 정신과 과감한 기업가 정신을 배우라"고 역설했다. 한마디로 리더의 자질을 키우라는 것이다.

낙타 무리는 광막한 사막을 일렬종대로 일사불란하게 횡단한다. 그처럼 질서 정연한 움직임이 가능한 건, 맨 앞에 선 낙타의 탁월한 통솔력 때문이다. 인간 사회에도 어느 분야든 조직을 이끄는 리더가 있기 마련이다. 주위 사람들은 가끔 "미국 대학에서 배운 것 중 가장 소중한 것이 무엇인가요?" 하고 나에게 묻는다. 이때 나는 망설임 없이 "스탠포드에서의 가장 큰 소득은 리더십 훈련이었다"라고 대답한다.

리더십이란, 조직 구성원으로 하여금 공동의 방향감각(shared direction)과 목적의식을 갖게 하여, 그들이 목표 달성을 위해 자발적으로 노력하도록 유도하는 지휘 행위라 할 수 있다. 이때 훌륭한 리더가 구비해야 하는 요소로는 육체적·정신적 에너지, 목적의식과 지휘 통솔 능력, 신념, 용기, 지각력 등을 든다. 나는 스탠포드에서 다양한 경험과 만남을 통해 그런 특성을 충분히 구비했고, 실무형 인재로 오롯이 성장했다고 자부한다.

첫 학기―기숙사에 들어가다

　스탠포드의 교육 방침상 1, 2학년 학생은 모두 기숙사 생활을 해야한다. 캠퍼스 밖에서 통학하기가 불편한 학생들을 배려하는 동시에, 학생들이 학업에 열중하면서 원만한 인간관계를 형성하게 하기 위한 것이다. 이런 방침 덕분에 1학년부터 4학년까지 90퍼센트 이상의 학생들은 기숙사 생활을 하고, 자신의 전공을 넘어서서 폭넓게 친구를 사귀며 공부에 전념한다. 캠퍼스 내에는 50곳 이상의 기숙사가 있는데, 모두가 서로 다른 특색을 지니고 있다. 1학년만 거주하는 기숙사, 흑인들이 다수인 기숙사, 동양인들이 많이 거주하는 기숙사, 각 학년만 따로 거주하는 기숙사, 특정 클럽 학생들끼리만 거주하는 기숙사 등 매우 다양하다. 내가 1학년 때 거주한 기숙사는 'Twain'이라는 곳이었다. 미국이 낳은 저명한 작가인 Mark Twain의 이름을 딴 곳으로, 전 학년이 거주하는 기숙사였다.

　스탠포드의 신입생 환영회는 대략 일주일에 걸쳐 매우 성대하게 치러졌다. 우리가 기숙사에 도착하자, 여덟 명쯤 되는 고학년 기숙사 사관들이 신입생 한 명 한 명에게 꽃목걸이를 선사하며 입주를 환영해주었다. 그들은 신입생들이 방학 동안 우편으로 제출한 증명사진을 보고 얼굴을 익혀두었는지, 우리 얼굴과 이름을 모두 외우고 있었다.

"안녕, 제임스! 트웨인 기숙사에 온 것을 환영한다!"

내가 기숙사에 첫발을 들여놓는 순간, 저만치 떨어진 곳에서 나를 알아본 기숙사 사관들은 내 이름을 합창하며 환영했다. 나는 그들이 준비한 꽃목걸이를 얼떨결에 목에 걸고, 그들의 안내를 받아 내가 묵을 방에 무사히 들어섰다. 몇 시간 후, 나와 한 해 동안 함께 생활할 룸메이트가 도착했다. 순해 보이는 얼굴의 백인으로, 훤칠하게 큰 키가 매우 인상적인 친구였다. 나는 그에게 악수를 청했다.

"안녕. 나는 제임스라고 해. 만나서 반갑다."

"나도 반가워. 내 이름은 네이튼이야. 우리 앞으로 친하게 지내자."

인사를 나눈 우리는 반가운 마음을 뒤로 한 채, 짐을 푸는 작업에 다시 열중했다.

기숙사에서 첫 한 주를 보내고 스탠포드 캠퍼스와 기숙사 생활에 익숙해질 무렵, 난 룸메이트인 네이튼의 특징을 한 가지 알게 되었다. 언제나 점잖고 이해심 많았던 네이튼은, 자정만 되면 어김없이 불을 끄고 잠자리에 드는 것이었다. 또한 잠을 잘 때면 무척 예민해져, 옆에서 램프를 켜거나 부스럭 하는 소리만 내도 금방 잠에서 깨곤 했다. 그에 반해, 나에게 자정은 대낮과도 같은 시간이었다. 공부 외에도 많은 것을 찾아다니며 분주하게 생활하는 나에게, 자정만 되면 잠자리에 드는 네이튼은 조금 조심스러운 존재일 수밖에 없었다.

어느 날이었다. 자정이 되자 네이튼은 평소처럼 나의 동의를 얻은 뒤, 천장에 달린 형광등을 끄고 잠자리에 들었다. 나는 다음날까지 마쳐야 하는 과제 때문에 조그마한 램프를 켜고 한창 숙제에 열중하고 있었다. 그렇게 한 시간쯤 지났을 무렵, 네이튼이 잠자리에서 벌떡 일어나더니 자기 이불과 베개를 들고 밖으로 나가버렸다. 만난 지 얼마 되지 않은 내게 싫은 소리를 하기가 어려웠는지, 잠을 이루지 못하던 네이튼은 기숙사 라운지로 가서 잠을 청한 것이다. 나는 너무나 미안한 나머지, 더이상 공부를 할 수 없었다. 숙제를 마치고 잠자리에 든 뒤에도, 밖에서 웅크리고 자고 있을 네이튼이 눈앞에 아른거려 제대로 잠을 이룰 수 없었다.

거의 뜬 눈으로 밤을 지새운 나는 아침에 일어나자마자, 등교 준비를 하고 있는 네이튼에게 말을 건넸다.

"네이튼. 나 때문에 밤에 자는 게 불편하지? 정말 미안하다. 나도 너처럼 제시간에 잠자리에 들고 싶은데, 습관을 잘못 들여서 계속 너에게 폐를 끼치는구나. 공동생활을 해야 하는 기숙사인데……. 앞으로 늦은 밤에는 내가 기숙사 도서관이나 학교 도서관에서 공부를 할 테니, 너는 그냥 방에서 자. 알았지?"

결정하기 쉽지 않은 일이었지만, 룸메이트 네이튼과 원만한 관계를 유지하고 싶었던 까닭에 나는 과감하게 제안했다. 내 말을 들은 네이튼은 이렇게 답했다.

"제임스. 너한테 이런 면이 있는 줄 몰랐어. 항상 씩씩하고 활달해서 사소한 일까지 신경 쓸 여유가 없는 친구일 거라고 생각했는데, 의외인걸? 아무튼 고마워. 그래, 그럼 네가 날 위해 희생 좀 해줘. 대신 앞으로 방 청소는 내가 할게."

우리는 금세 가장 친한 친구가 되어버린 듯했다. 이질적인 생활 습관으로 인해 생긴 서로 간의 벽을 지혜롭게 허문 것이다. 이 경험을 통해 나는 한 가지 교훈을 얻었다. 한국인의 '온정'은 어디에서나, 누구와도 통한다는 것이 바로 그것이다. 내가 먼저 스스럼없이 손을 내밀면 상대방도 내 마음을 받아들이게 된다는 것은 분명한 사실이었다. 네이튼과 나는 이 사건을 계기로 더욱 가까워졌고, 함께 생활한 일 년 동안 친하게 지낼 수 있었다.

좀비처럼 많은 천하의 천재들

나는 스탠포드에 입학하기 전까지, 그토록 많은 천재들이 한 데 모인 것을 본적이 없다. 스탠포드의 천재들은 두뇌가 뛰어나며 노력파이기까지 하다. 여러 천재들이 머리를 맞대고 공부하다 보니, 시간이 지날수록 천재들의 수는 더욱 많아질 수밖에 없다. 좀비(zombie)가 등장하는 영화에서 세상이 좀비들에게 점령당하듯, 스탠포드 캠퍼스도 끊임없이 천재들로 넘쳐나는 것이다.

기숙사에 둥지를 튼 나는 스탠포드 천재들의 다양한 면면과 그들의 비하인드 스토리를 알게 되면서 놀라움을 금할 수 없었다. 우선, 내 룸메이트였던 네이튼을 들 수 있다. 그는 겉으로는 순진하고 해맑아 보였지만, 실은 뛰어난 두뇌를 지닌 실력파였다. 그가 컴퓨터의 달인이라는 것과 원반던지기 챔피언이란 사실은 익히 알고 있었지만, 사실 그의 진짜 관심 분야는 따로 있었다. 그건 바로 정치학이었다. 그는 어떤 경우에도 결코 이성을 잃지 않는 냉철함으로써 상대방을 설득하는 특유의 힘을 지니고 있었다.

앞쪽 방의 두 친구도 함께 있으면 심심할 겨를이 없을 정도로 흥미로운 인물들이었다. 그중 존이라는 아이는 명석한 부모님의 피를 이어받아 매우 똑똑하고 끈질긴 근성을 가진 아이였다. 세상에 태어나 단 한 번도 1등과 A학점을 놓쳐본 적이 없다는 존은, 새벽 3시 이전에 잠자리에 드는 경우가 없었다. 매일같이 새벽 3시 이후까지 공부를 하고 잠자리에 든 뒤, 8시에 일어나 강의실로 향했다. 탁월한 바이올린 연주가이기도 한 그는, 아무리 바빠도 하루에 한 시간 이상은 꼭 바이올린을 연습했다. 또한 컴퓨터와 디자인에도 소질이 있어, 1학년을 마치기 전 기숙사 친구 한 명 한 명의 특징을 잘 표현한 앨범을 만들어 각각 나눠주기도 했다.

이 밖에도, 내 방 바로 위층에는 HP의 설립자인 데이브 팩커드의 손자가 프린스턴에서 편입해 와 기숙하고 있었고, 전 미국 대통령 케네디의 손자, 록펠러 가문의 자손 등 유명한 집안의 아이들도 캠퍼스 내에 넘쳐났다. 옆방에는 필라델피아에서 만난 적 있는 제키라는 흑인 여자아이가 묵고 있었는데, 그녀는 펜실베이니아 주 3년 연속 육상 챔피언이었다. 미국 수영 챔피언, 청소년 테니스 챔피언 등 스포츠 분야에서 전국적으로 이름을 날린 학생들도 쉽게 볼 수 있는 곳이 바로 스탠포드였다.

이런 아이들에게는 공통점이 하나 있었다. 두뇌가 명석하든, 집안이 좋든, 운동을 잘하든, 모두 하나같이 엄청난 노력파라는 점이다. 그들은 분명 오랜 시간 공부에 단련이 된 학생들이었다. 또한 공부 자체를 하나의 절대적 가치로 인식하고 있기 때문에, 같은 공부를 해도 그들이 느끼는 보람은 남달랐다. 난 이런 점에서 스탠포드의 두뇌들을 동경할 수밖에 없었다.

스탠포드에는 체육대학이 따로 없다. 당연히 운동선수들도 다른 학생들과 똑같이 전공과목을 이수해야 한다. 바로 이런 점 때문에 미국 대학의 운동선수들이 높은 평가를 받는 것이다. 그들은 매일 두세 시간씩 운동 연습을 하더라도, 다른 학생들과 똑같이 학과 강의를 듣고 많은 수업량을 소화해내는 초인적 노력을 기울인다. 골프 황제 타이거 우즈가 대표적 사례이다. 그가 전 세계를 통틀어 수년간 최고의 골퍼 자리를 유지하는 것도, 경제학을 전공하면서 골프 연습을 병행한 스탠포드에서의 경험이 큰 뒷받침이 되었을 것이다. 실제로 타이거 우즈의 인터뷰를 보면, 뛰어난 화술과 짜임새 있는 승부 전략 등 그의 지성적인 면을 어렵지 않게 발견할 수 있다.

나를 더욱 놀라게 한 것은, 아름다운 캠퍼스와 온화한 날씨 속에서도 한 치의 흐트러짐 없이 학업에 매진하는 학생들의 모습이었다. 그들은 그러면서도 친구들과 적잖은 시간 동안 어울려 지내고, 자신만의 독특한 재능을 기르기까지 한다. 그들의 하루는 48시간이라고 해도 과언이 아니었다.

주위에 이렇게 쟁쟁한 학생들이 많다는 사실이 내게 심적 부담으로 다가온 것은 첫 학기가 시작된 직후였다. 강의 시간, 학생들의 눈빛은 빛나다 못해 레이저 광선을 쏘는 듯했다. 학생들의 지적 능력과 뛰어난 학구열은 교수를 감동시키고도 남을 정도였다. 수업 중 토론을 할 때면, 학생들은 정치인 뺨치는 화술로 논리 정연하게 자신의 주장을 펴곤 했다. 한번은 어떤 학생의 예리한 발언이 끝나자, 교수님이 "매번 느끼는 것이지만, 스탠포드 학생들은 정말 똑똑합니다. 교수인 나의 고개가 절로 숙여집니다"라며 칭찬을 아끼지 않은 일도 있었다. 이런 일은 스탠포드에서는 보기 드문 광경이 아니었다.

이처럼 많은 '좀비'들에게 물리고 뜯긴 나는, 이전의 평범한 모습은 온데간데없이, 어느 틈엔가 그들과 같은 좀비가 되어가고 있었다.

지쳐가는 영혼

"제임스. 오늘도 밤새는 거야? 잠 좀 자라. 그러다가 건강 해치겠어."

스탠포드에 입학한 뒤 줄곧 밤을 새우며 공부를 하는 나를 보며, 네이튼은 호들갑을 떨었다.

"세상의 위대한 일은 남들이 잘 때 일어난다고 하잖아? 나는 그 말을 믿을래."

나의 태연한 대답에 네이튼은 어이없다는 표정을 지었다. 주위 친구들이 가끔 내게 "시험 기간도 아닌데 그렇게 밤새워 공부하니, 어쩌면 학교에서 박사 학위를 줄지도 모르겠다" 하며 농담을 건네곤 했지만, 실상은 그렇지 못했다. 난 그저 그날 주어진 과제를 다 하려 애썼을 뿐, 그 이상의 것을 노릴 여유를 갖지 못했기 때문이다. 무엇보다도, 읽어야 할 책과 써내야 할 리포트가 산더미 같았다. 특히 책들은 대부분 전문 서적이거나 고전이어서 쉽게 읽히지 않았다. 난 수많은 책과 씨름하며 잠도 잊은 채 하루하루를 버텨나갔다. 고등학교 시절에도 자정을 넘기며 공부한 적은 많았지만, 밤을 꼬박 새우는 게 일상이 되다시피 한 적은 없었다.

대학생이 된 지 넉 달째, 어느새 지쳐버린 나를 발견할 수 있었다. 미래에 대해 비전은 점차 흐려지는 것만 같았고, 앞으로 남은 네 해를 어떻게 버틸지 갑갑하기도 했다. 몸과 마음은 물론, 내 영혼까지도 힘을 잃어가는 듯했다. '어떻게 하면 잘할까?' 하는 생각보다는 '어떻게 하면 살아남을 수 있을까?' 하는 생각이 앞선, 그야말로 절박한 시기였다. 공부에 대한 압박감은 그렇게 날 낭떠러지까지 밀고 갔고, 내 일상도 무의미하게 지나갔다.

생각을 병들게 해서 인생을 망치게 하는 치명적인 기제가 여럿 있는데, 그 대표적인 것이 바로 허무이다. 공부하며 스스로를 압박하는 내게도, 바로 그 허무가 찾아온 것이다. 나는 이때 자살로써 인생을 마감하는 사람들의 심정을 조금이나마 헤아릴 수 있었다. 당시 느낀 심리적 부담이 너무 큰 나머지, 나는 한국에 계신 부모님과 아는 목사님께 전화를 걸어 나를 위해 기도를 해달라고 부탁하기도 했다. 그 무렵 어머니께서는 내게 다음과 같은 성경 말씀을 들려주셨다.

주여, 나는 외롭고 괴롭사오니 내게 돌이키사 나를 긍휼히 여기소서.
내 마음의 근심이 많사오니 나를 곤란에서 끌어내소서. (시편 25:16-17)

미국에 처음 왔을 때 불안과 두려움을 성경으로 달랬던 것처럼, 나는 스탠포드에서도 힘들 때마다 성경에 의지하여 마음의 안식을 찾았다. 힘겹게 읽어 내려가는 성경 속에서 나와 비슷한 상황에 처한 인물들을 발견할 수 있었다. 특히 원수에게 쫓겨 죽음을 목전에 둔 상황에서도 하나님께 감사와 영광을 돌렸던 다윗과 다니엘의 모습은 내게 큰 인상을 남겼다. 공부가 힘들다고 해서 쉬 허무에 빠져버리는 나의 모습과는 사뭇 대조적이었다. 앞으로 살다 보면 이것보다 몇 배는 힘든 일이 수없이 닥쳐올 텐데, 겨우 그 정도로 힘겨워하는 내가 한심스럽기까지 했다.

이처럼 성경은 허무에 빠진 내 자신을 되돌아보게 만들고 마음을 다독여주었다. 나는 마음의 안식처와도 같은 성경을 더욱 깊이 파기 시작했다. 그로부터 며칠이 지나자, 나는 내 어깨를 짓누르는 짐들을 조금씩 내려놓을 수 있었다. 지혜가 생긴 것이었다. 그것은 바로, '항상 최선을 다하되, 결과에 대한 부담감은 갖지 말라'는 교훈이었다.

한국에 계신 아버지께서는 전화를 통해 내게 이렇게 말씀하시곤 했다.

"현영아. 성공은 결코 아무나 이루는 것이 아니란다. 그건 철저한 노력과 끊임없는 자기 계발에서 비롯되지. 지금 네가 공부에 들이는 노력이 헛되고 힘들기만 한 것이라고 생각할지 모르지만, 네 노력의 대가는 이유 없이 사라지지 않을 거야. 그렇다고 건강까지 해쳐가면서 공부를 하라는 말은 아니다. 건강을 잃으면 모든 걸 잃는 것이니, 건강도 잘 돌봐야만 해."

나는 아버지의 말씀을 수시로 떠올렸다.

"What doesn't kill you makes you stronger(나를 죽이지 않은 것은 나를 더 강하게 만든다)"라는 말이 있듯, 나를 힘들게 했던 고독과 허무는 곧 내 영육을 더욱 튼튼히 다져주었다. 힘들여 하는 공부 역시 결코 헛된 것이 아니라는 사실도 되뇌었다. 나는 분명 미래에 대한 투자를 하고 있었던 것이다. 학생인 내가 공부에 많은 시간을 할애하는 것은 지극히 당연한 일이며, 진정 현실에 충실한 삶이라고 느꼈다. 그리고 지금 당장 피곤하다고 잠을 청하면 그저 단꿈밖에 꿀수 없지만, 그 시간에 공부를 하면 보다 원대한 꿈을 이룰 수 있다는 신념을 가졌다.

Full Moon on the Quad―선후배끼리 키스하는 날

10월, 둥근 보름달이 뜨는 자정에 생전 처음 보는 남녀 학생들이 키스를 한다면?

어느 대학이든 전통적인 축제를 갖고 있기 마련이다. 스탠포드에서는 매년 10월, 'Full Moon on the Quad'라는 축제가 열린다. 'Full

Moon'은 보름달을 뜻하고, 'Quad'는 캠퍼스 중심부에 있는 거대한 직사각형 강의 건물을 의미한다. 말 그대로 'Quad에 뜬 보름달'이라는 이름의 축제로, 스탠포드의 전체 행사 중 가장 섹시한(?) 이벤트로 알려져 있다. 이날 밤, 스탠포드 학생들은 보름달이 떠오른 Quad에 모인다. 그 속에서, 서로 처음 보는 4학년과 1학년 선후배 남녀 학생들은 자연스럽게 키스를 한다. 물론 자신의 연인과 키스해도 좋고, 그저 구경만 해도 상관없다. 이런 전통 어린 행사에서 짜릿한 추억을 만들어, 먼 훗날 후배들에게 그날의 멋과 낭만을 전해주는 증인이 될 수 있다면 정말 기분 좋을 것이다.

내가 Full Moon on the Quad에 관한 이야기를 들은 건, 첫 학기가 시작된 지 한 달이 채 되지 않은 무렵의 일이다. 처음 보는 남녀 선후배끼리 키스를 한다는 말에 내가 느낀 당혹감은 매우 컸다. 상상만 해도 얼굴이 화끈거렸다. 아무리 자유분방한 미국 학생들이라지만 처음 보는 남녀 선후배끼리, 그것도 군중 속에서 키스를 한다는 게 도무지 이해되지 않았다. 그리고 그게 별것 아니라는 듯 전통으로 이어져오고 있다는 사실 또한, 한국인인 나의 사고방식으로는 도무지 이해할 수 없었다.

"제임스! 너도 이번 기회에 금발의 미녀와 키스 한번 해보는 게 어때? 흔치 않은 기회라는 것, 너도 알지? 그저 즐기라고 여는 축제이니 부끄러워할 필요도 없어. 본능적인 욕망을 채워보라는 취지지. 이건 그야말로 합법화된 탈선이란 말이야. 어때 끌리지 않아?"

룸메이트 네이튼이 웃으며 내 옆구리를 쿡쿡 찔렀다.

"오늘밤 자정? 글쎄다. 그때 분위기 봐서 결정하지, 뭐……."

나는 잠시 당황스러웠지만, 불현듯 가슴 한구석에서 호기심이 치미는 것을 발견하곤 흠칫 놀랐다. 자정이 다가올수록 나의 마음은 짜릿한 상상으로 더욱 부풀어 올랐다.

어느덧 밤이 깊어지고, 나는 기숙사 친구들과 삼삼오오 짝을 지어 Quad로 향했다. 혹시나 찾아올지 모를 그 '행운의 순간'에 대비해, 나는 이도 깨끗이 닦은 상태였다. 어떤 녀석은 가글액으로 입가심까지 했다며 호들갑을 떨기도 했다. 자정을 한 시간쯤 앞둔 무렵, Quad에서는 여러 동아리들의 다채로운 행사가 한창 펼쳐지고 있었다. 수천 명에 이르는 학생들의 얼굴에는 흥분한 기색이 역력했다. 곧 멋진 키스신을 펼쳐 보일 기대에 너도나도 한껏 부풀어 있었다.

잠시 후, 칠흑 같은 어둠 저편에서 요란한 복장을 한 마칭밴드가 흥겨운 음악을 연주하며 학생들이 모인 광장으로 달려오기 시작했다. 그 순간 믿을 수 없는 광경이 펼쳐졌다. 마칭밴드 단원들과 함께 나타난 20여 명의 남녀 학생들이, 완전한 나체로 Quad를 이리저리 뛰어다니며 광란의 춤을 추는 게 아닌가! 몸 전체에 울긋불긋한 칠을 하기는 했지만, 그들의 모든 신체 부위는 적나라하게 드러났다. 나는 내 눈을 의심할 수밖에 없었다.

'아무리 미국 문화가 개방적이라지만, 어떻게 저럴 수 있지? 당장은 괜찮더라도, 내일부터 어떻게 얼굴을 들고 학교 안을 돌아다니려고?'

자정이 임박하자 학생들은 누가 먼저랄 것도 없이 카운트다운에 들어갔다.

"십, 구, 팔, 칠, 육, 오, 사, 삼, 이, 일, 영!"

자정이 되는 순간 Quad는 다시 한 번 흥분의 도가니로 변했다. 키스를 하겠다고 마음먹은 학생들은 처음 보는 학생들과 부둥켜안고 입맞춤하기 시작했다. 학년은 아무 상관이 없었다. 그저 아무나 잡고 키스를 하는 것이었다. 나는 속으로 '속았다!' 하는 생각이 들었다. 1학년과 4학년 선후배만이 키스를 한다는 건 주최 측의 거짓말이었던 것이다. 마칭밴드는 휘영청 밝은 달빛 아래서 더욱 열정적인 연주를 선보였다. 인파 속에는 이미 술에 취해 반쯤 정신이 나간 녀석도 있었고, 분위기에 취해 마냥 뛰어다니는 녀석들도 있었다. '이 축제가 아니면 언제 다시 이런 황홀한 기회를 가질 수 있겠는가?' 나의 설레는 마음은 최고조에 달했다.

"야, 네이튼! 우리도 미친 척하고 저 키스하는 무리에 끼어볼까?"

"……."

"야, 너 왜 대답이……."

그림자처럼 나를 졸졸 따라다니던 녀석의 대답이 없자, 난 한마디 해주려고 휙 돌아섰다. 그런데 네이튼의 모습은 보이지 않았다.

"요 녀석, 또 어디로 샌 거야?"

내가 분위기에 심취한 사이, 네이튼은 나를 버려두고 홀연히 사라져버린 것이다. 한마디 말도 없이 사라진 녀석이 무척 얄미웠다. 한편, 키스를 할 만반의 준비를 하고 나온 나였지만, 막상 그 자리에 서니 용기가 나지 않았다. 나는 몇몇 용기 없는 기숙사 친구들과 함께, Quad 한복판에 말뚝처럼 서 있어야만 했다. 주위는 키스를 즐기는 용감한 학생들로 가득했다. 나와 함께 선 친구들도 키스하는 아이들을 물끄러미 바라보고만 있었다. 그들도 나와 같은 심정이었을 것이다. 자기들은 모르는 사람과는 키스를 하지 않는다고 말하면서도, 그들의 눈빛엔 부러워하는 기색이 완연했다.

축제가 끝나고 새벽 2시가 되어서야 학생들은 흩어지기 시작했다. 나 역시 기숙사 친구들과 함께 씁쓸한 여운을 안은 채 기숙사로 돌아와야만 했다. 방에 들어섰을 때, 네이튼은 아직 도착하지 않은 상태였다. 잠시 후 방에 들어온 네이튼의 얼굴에는 야릇한 미소가 담겨 있었다.

"야, 네이튼! 너 도대체 어디로 사라졌던 거야? 한참 찾았잖아!"

네이튼은 미소만 지을 뿐 내 질문에는 묵묵부답이었다. 조금 화가 났지만, 나는 너무 피곤한 나머지 침대에 눕자마자 이내 잠들어버렸다.

이튿날, 나는 기숙사 친구들과 함께 점심을 먹다가 놀라운 소식을 접했다. 친구 한 명이 네이튼의 어젯밤 행각을 폭로한 것이다. 내가 그렇게 찾아도 보이지 않던 네이튼이, 용감하게도 Full Moon on the Quad 행사를 '제대로' 즐기고 있더라는 것이다. 축제에서 함께 행동하기로 약속한 그가 한마디 말도 없이 사라진 이유를 알고 나니, 나는 음식이 목구멍에 콱 걸린 듯한 느낌을 받았다.

"네이튼, 이런 배신자!"

음악이 내게 주는 경이로운 힘

바쁜 스탠포드 생활 속에서도, 음악에 대한 내 관심은 수그러들지
않았다. 오히려 그 반대였다. 나는 음악 활동의 범위를 어느 한 분야
에 국한시키고 싶지 않았다. 다양한 음악들의 색다른 맛을 경험해보
고 싶다는 욕구가 나를 스탠포드 음악 동아리로 이끌었다. 놀랍게도
스탠포드에는 숨은 재주꾼이 많았다. 그들을 만난 것은 내겐 큰 행운
이었다. 1학년 때는 스탠포드 교내 뮤지컬 'Gaieties'에 입단하면서
Pit 밴드에 들어가 베이스 연주를 했다. 또한 'Two Mikes from
Jersey'라는 교내 그룹사운드에 합류해, 콘서트 무대에서 베이스 기타
실력을 한껏 선보이며 열정을 불태우기도 했다.

나의 활동 무대는 교내에 머물지 않았다. 한국과 미국을 오가며 가
수들의 음반 작업에 참여해 연주를 하곤 했는데, 이때 많은 프로 뮤지
션들과 자연스레 친분을 쌓을 수 있었다. 필라델피아에서 처음 만난
뒤 절친한 사이가 된 프로 뮤지션 장주영 형은, 현재 음반사 사장 겸
전문 프로듀서로서 왕성한 활동을 하고 있다. 나는 한때 그의 적극적
인 권유로 뮤지션이 되려는 꿈을 꾼 적도 있다.

잠시나마 뮤지션으로서 활동한 적도 있다. 한국에 머물던 때, 중학
교 동창인 성민이와 'M.A.Y.B.E.'라는 밴드를 결성해 홍대와 신촌의

클럽에서 활동한 것이다. 성민이는 나처럼 일찍이 춤에 발을 들여놓은 아이였다. 같은 중학교에 입학한 우리는 곧 서로를 알아봤고, 금세 지기지우가 되었다. 우리는 수학여행 장기자랑 시간 때 전교생 앞에서 함께 춤을 선보이기도 한 사이였다.

내가 개인적으로 선호하는 음악은 재즈와 가스펠이다. 이런 취향을 살려, 교회 찬양팀의 베이스 기타 주자로도 활발한 활동을 했다. 대표적인 예로, 한국 CCM(Contemporary Christian Music) 계에서 유명한 스캇 브레너(Scott Brenner) 목사님의 밴드 '다윗의 장막'에서의 활동을 들 수 있다. 또한 드럼에도 소질이 있었던 난 이따금 드럼을 연주하며 음악 영역을 조금씩 넓혀갔다. 이처럼 나는 내게 주어진 음악 활동의 기회를 항상 최대한 활용했다.

다양한 음악을 경험하다 보면 인생이 풍성해짐을 느낄 수 있다. 음악은 사람의 혼을 표현하는 것이기 때문이다. 음악을 좋아하는 나는, "음악은 내 영혼이 호흡하는 공기이다"라고 감히 말할 수 있다. 모든 생물이 공기 없이 살 수 없듯, 내 영혼도 음악 속에서 숨 쉬지 않고는 단 일 분도 견디지 못할 것이다.

열정, 그것은 내 음악혼의 표현 방식이다. 음악에 한창 빠져 있노라면 상상력과 창의력이 풍부해지는 느낌이 든다. 분주한 세상 속에서 살아가다가도, 종종 무엇에 홀린 듯 음악을 즐기며 생각에 잠기곤 한다. 상상 속에선 무엇이든 가능하다. 상상의 날개를 펼 때, 비로소 난 불가능이라는 벽을 지우개로 지울 수 있다.

음악은, 내 삶을 밝히는 강렬하고 눈부신 감동이다.

경영컨설팅, 그리고 베인 앤 컴퍼니

'경영컨설팅(Management Consulting)'은 미국에서 생겨난 직업 분야로, 많은 명문대 학생들이 선망하는 직종이다. 고액 연봉과 더불어 경영에 대한 현장 경험을 쌓을 수 있다는 점에서, 전문성으로 무장한 엘리트들이 누리는 특권과도 같은 직업이다.

경력을 중요하게 여기는 미국 사회에서 인턴십, 즉 현장 중심의 직무 경력은 학교 성적만큼이나 중요한 의미를 갖는다. 학생 신분으로는 미국의 내로라하는 기업에 들어가기가 여간 어려운 게 아니기 때문에, 대학 재학 중 적당한 보수를 받으면서 실무 경험을 쌓는 인턴십이야말로 꿩 먹고 알 먹는 기회라고 할 수 있다. 또한 대학 졸업 후 선택할 직업 분야를 탐색하는 데도 큰 도움이 된다.

대학 시절, 나는 여름방학만큼은 한국에서 가족과 함께 지내며 일을 하고 싶었다. 그래서 알아보니, 한국에 진출한 미국 컨설팅 회사들이 눈에 띄었다. 나는 그 회사들의 한국 지사를 통해, 나와 같은 학부생이 여름방학 기간 동안 인턴으로 일할 수 있는지 알아보았다. 다행히도 대여섯 곳에서 학부생에게 인턴십 기회를 제공하고 있었다. 나는 서둘러 그 회사들에 이력서와 자기소개서를 보내고 연락이 오기를 기다렸다. 이 회사들은 대부분 일정한 모집 기간을 두고 있는 것이 아니라, 수시로 받아놓은 서류를 심사하여 인턴십 대상자를 물색했다. 1차 합격자 몇 명만이 면접을 볼 수 있었는데, 면접 과정은 매우 신중하여 적게는 두 차례, 많게는 세 차례까지 보는 일도 있었다.

봄 학기가 거의 끝나가던 어느 날, 기숙사 방으로 전화가 걸려왔다. 베인 앤 컴퍼니(Bain & Company)라는 미국 컨설팅 회사의 한국 지사에서 걸려온 전화였다. 베인은 졸업 전 학부생들을 상대로 RA(Research Assistant)라는 인턴 제도를 실시했는데, 내가 면접 대상자로 선발된 것이다. 나는 흥분된 마음을 가라앉히고 면접 날짜와 시간을 차근차근 받아 적었다. 학기가 끝나지 않은 시기였던 터라, 미국에서 전화 통화로 면접을 볼 수밖에 없었다. 면접은 1차 합격을 통보받은 날로부터 사흘 뒤에 있을 거라고 했다. 경영컨설팅에 관한 지식이 전무했던 나는, 컨설팅 경험이 있는 주위 선배들과 인터넷을 통해 자료를 수집하며 면접을 준비했다. 베인에 대해서도 이때 비로소 알게 되었다. 베인은 맥킨지, 보스턴컨설팅과 더불어, 전 세계 컨설팅 업계에서 3대 산맥을 이루는 최정상급 회사였다. 이러한 사실에 고무된 나는 더욱 열심히 면접 준비에 임했다. 인터넷에서 찾아낸 경영컨설팅 관련 자료를 모조리 읽고 외웠다. 면접 준비와 기말고사 공부를 병행했기 때문에, 사흘 동안 잠자는 시간도 크게 줄여야 했다.

면접 당일, 약속된 시간에 한국 지사로부터 전화가 걸려왔다. 나는 '올 것이 왔구나' 하는 마음으로 수화기를 들었다. 다행히 면접관의 말씨가 차분하고 부드러워 긴장감을 조금이나마 덜 수 있었다. 본격적인 면접에 들어서자 면접관은 질문 공세를 펼쳤다. 많고 많은 일 중에서도 경영컨설팅을 택한 이유는 무엇인가, 왜 베인을 선택하고 지원했는가, 가장 좋아하는 강의는 무엇인가, 취미와 특기는 무엇인가, 하루에 몇 시간이나 공부하는가 등 다양한 질문을 던졌다. 개인의 적성과 사고력을 측정하는 'Fit Interview(적성검사면접)'를 실시한 것이다.

Fit Interview가 끝나자 '케이스 인터뷰(Case Interview)'라 불리는 본격적인 문제 풀이 면접에 들어갔다.

"서울지하철이 2호선으로 하루에 벌어들이는 수익을 계산해 보세요."

너무나도 막연한 문제였다. 하지만 난, 여기서 중요한 것은 계산의 정확성이 아니라 합리적이고도 독창적인 접근 방법이라고 생각했다. 나는 잠시 생각할 시간을 가졌다. 서둘러 아무렇게나 대답했다가는 감점이 될 수 있기 때문이었다. 나는 먼저 하루에 지하철 2호선을 이용하는 승객들의 수를 추산하고, 왕복할 승객 수를 따로 감안했다. 또한 수익은 운임만이 아니라 광고로도 낼 수 있을 것이고, 각종 매장 운영도 빼놓을 수 없는 부분임을 고려하여, 종합적으로 수입 종목, 분야를 나열하는 방식으로 추산하기로 결정했다. 그 사항들을 모두 반영해 계산하니 대략 20억 원이라는 답이 나왔다. 나는 이 예상치와 문제 접근 방법을 전화기 너머 있는 면접관에게 소상히 설명했다.

면접이 모두 끝나자, 면접관은 궁금한 점이 있으면 물어보라고 했다. 나는 '이때다!'라고 생각하며, 케이스 인터뷰에서 불만족스러웠던 부분을 만회하려는 작전을 폈다.

"컨설턴트에게는 어떠한 자질과 능력이 필요합니까?"

나의 질문에 면접관은 또박또박 설명해주었다.

"컨설턴트가 하는 일은 리서치(research)로부터 시작됩니다. 클라이언트의 회사 실정과 문제점을 세밀히 파악하여 그 자료를 분석(analysis)하고, 이를 바탕으로 작성한 권고안(recommendation)을 클라이언트에게 제시하여 그 회사가 안고 있는 문제점을 해결하도록 돕는 거죠. 따라서 이러한 작업들을 충분히 소화해내는 능력을 지닌 사람이 컨설턴트로서 적합한 사람이라고 할 수 있습니다."

면접관이 거론한 기술들은 모두 대학 강의를 통해 기본적으로 익힌 것들이었기에, 나는 자신감을 갖고 이렇게 말했다.

"방금 하신 말씀을 종합하면 리서치, 분석, 권고안 작성, 이 세 가지가 컨설턴트의 기본 요소인 듯한데, 전 이 세 가지를 고루 갖췄다고 생각합니다."

조금은 당돌한 발언일 수도 있지만, 면접관에게 강한 인상을 심어주고자 서슴없이 내 생각을 말했다. 최후의 PR 기회인 셈이었다. 나는 내가 컨설턴트의 기본 자격을 갖췄다고 주장하는 까닭을 논리 정연하게 설명했다.

우선 스탠포드에서 수강한 강의의 대부분이 논문이나 리포트 작성을 목표로 두고 진행되었음을 강조했다. 따라서 리서치 실력은 물론, 리서치로 얻은 방대한 자료를 분석하여 견해를 정리하는 작업에도 자신이 있다고 말했다. 또한 완성한 논문은 Power Point를 활용해 교수님과 학우들 앞에서 발표하곤 했는데, 이런 시청각적 자료를 활용한 발표는 고교 시절부터 해온 일이라 꽤 익숙하다는 점을 조리 있게 설명했다. 나의 말을 경청한 면접관은 "잘 알았다. 좋은 결과가 있길 바란다"라는 말로써 나에 대한 전화 면접을 마쳤다.

그로부터 나흘이 지났다. 수업을 마치고 기숙사로 돌아와 공부를 하고 있는데 갑자기 전화벨이 울렸다. 나는 면접 결과를 통보하는 전화일 것이라고 직감했다.

"여보세요?"

"안녕하세요, 한국의 베인 앤 컴퍼니입니다. 제임스 씨께서 이번 면접에 합격하셨습니다. 원래 우리 회사의 면접은 2차까지 진행되는데, 면접관께서 제임스 씨가 마음에 드셨는지 1차만으로 합격 처리 하셨습니다. 축하합니다."

나는 날아갈 듯 기뻤다. 처음으로 사회 경험을 하게 되었다는 흥분에, 나는 그날부터 며칠간 밤잠을 설쳤다.

방학을 맞아 한국에 돌아온 날, 나는 베인에 첫 출근을 했다. 곧 한 프로젝트 팀에 투입되었고, 여름 내내 동고동락할 팀원들을 만났다. 귀국 첫날부터 출근을 한 까닭에 시차 적응이 안 되어 조금 피곤했지만, 첫 직장 생활을 하게 되었다는 보람에 마음만은 거뜬했다.

일곱 명의 팀원 가운데 가장 나이가 어린 나는, 편하게 대해주는 팀원들 덕분에 편안한 마음으로 일을 시작할 수 있었다. 물론 예상했던 대로 근무 시간은 길고 업무량 또한 많았다. 자정을 넘겨 퇴근하는 날도 허다했다. 하지만 다행히도 팀원들은, 일을 할 때는 집중적으로 몰두하고, 휴식을 취할 때에는 확실하게 쉬는 자세를 지니고 있었다. 이처럼 화기애애하고도 합리적인 팀 분위기는, 내가 직장 생활에 적응하는 데 큰 도움을 주었다.

내가 투입된 프로젝트 팀은 베인의 고객사인 한 대기업의 특정 부서를 맡고 있었다. 나는 우선 그 기업에 대한 전문적 지식을 쌓으려 노력했다. 컨설턴트들은 고객사의 미래 방향을 결정하는 데 핵심이 되는 여러 문제를 해결하기 위해 내부적으로 심층적인 토론을 벌임은 물론, 각 분야 전문가들과의 긴밀한 작업도 수행했다. 프로젝트 팀에서 갖는 토의 시간은, 대학에서나 볼 수 있는 열띤 토론 시간을 방불케 했다. 나는 이런 프로젝트 팀의 일원으로서, 컨설턴트들을 최대한 보조하며 내 역량을 최대한 발휘하고자 애썼다. 때로는 직접 토론에 참여해 내 견해를 제시하며 팀 활동에 기여하기도 했다. 또한 단기간 내에 양질의 리서치를 수행해 팀원들이 만족할 만한 결과물을 뽑아내는 등, 팀 내에서 두각을 나타냈다.

베인에서의 인턴 생활을 통해 얻은 가장 소중한 것은, 바로 함께 일한 사람들이었다. 팀원 대부분 지성과 포용력을 갖춘 훌륭한 분들이었다. 내게 인생 선배가 되어준 이들을 보며, 난 좋은 사회인이 갖춰야 할 자세를 배울 수 있었다. 뿐만 아니라, 원활한 팀워크를 통해 개인의 지성이나 사고력의 합보다도 훨씬 우수한 아이디어가 도출되는 것을 보고, 역시 여럿이 모여 효율적으로 일할 때 그 능률은 배가된다는 것을 깨달았다.

내가 인턴 생활을 마치고 미국으로 되돌아갈 때, 팀원들은 매우 아쉬워했다. 석 달 동안 동고동락하며 만든 추억이 너무나 많았기 때문이다. 팀원들은 나를 위해 근사한 송별회를 열어주었고, 나는 이들의 따뜻한 마음씨와 끈끈한 우정에 감격했다. 숨 가쁘게 보낸 베인에서의 석 달은, 진정 내 인생에 큰 획을 그은 소중한 시간이었다. 주어진 책임을 적극적으로 수행함으로써 내가 속한 그룹에 좋은 영향을 끼쳤다는 성취감은, 지금 생각해도 뿌듯한 감정을 불러일으킨다.

스탠포드 동문회를 주최하다

12월의 어느 추운 저녁, 당시 한국에 머물고 있던 난, 스탠포드에서 같은 수업을 들으며 친해진 브라이언에게서 전화를 한 통 받았다. 브라이언은 순수 미국인임에도 불구하고 한국에 관심이 많아, 당시 한국 대학을 다니며 열심히 한국어를 배우고 있었다. 그는 스탠포드 동문들끼리 모여 조촐한 식사를 하고 있다며, 나도 합석하면 좋겠다고 이야기했다.

연락을 받고 기쁜 마음으로 달려간 곳에는 스무 명 정도의 사람들이 자리하고 있었다. 나는 한국에서 스탠포드라는 이름 아래 이렇게 다양한 사람들이 모일 수 있다는 사실에 놀라워했다. 시간이 어떻게 지나가는지 모를 정도로 선배들의 이야기에 심취해 있다 보니, 덩달아 나의 미래도 조금씩 또렷해지는 듯한 기분이 들었다. 선배들로부터 건네받은 명함을 하나씩 살펴보았다. 그들이 종사하고 있는 직종은 다양했는데, 그중에서도 금융업 종사자가 많다는 점이 주목할 만했다. 그 밖에 대기업 간부, 사업가, 외교관, 변호사, 컨설턴트, 교수 등의 직종도 눈에 띄었다.

그날 모임에 참석한 사람 중 유일하게 스탠포드 학부를 졸업하지 않은 사람이 있었다. 스탠포드 MBA 졸업생인 데이브 윤 선배였다. 데이브 선배는 내가 인턴 생활을 한 베인에서 컨설턴트로 일하고 있어, 나와는 이미 잘 아는 사이였다. 그는 하버드에서 학부를 졸업한 뒤 한국 하버드 동문회를 주최하고 있던 중, 한국에서 스탠포드 학부 동문회가 활성화되지 않았다는 것을 알고는, 자신이 알고 지내던 스탠포드 졸업생들을 중심으로 조촐하게 모임을 주최했던 것이다.

데이브 선배는 모임이 끝나갈 무렵, 자신은 하버드 학부 졸업생이기 때문에 스탠포드의 공식적인 학부 졸업생 동문회를 주최하기에는 무리가 있다고 말했다. 우리는 그 말에 공감하고, 곧 공식 주최자를 선발하기로 했다. 그런데 한 선배가 갑자기 나를 지목했다. 그 선배의 이름은 박준으로, 나의 10년 선배였다. 한 외국계 대기업에서 투자전문가로 일하고 있던 그는, 이따금 내게 진로 상담을 해준 친절한 선배였다.

"제임스가 해보는 것이 좋을 것 같네요. 평소에 제임스를 유심히 지켜봤는데, 발도 넓고 사교성이 좋아서 잘할 수 있을 거예요. 어린 만큼 참신한 아이디어도 많을 것이고……. 우리, 새로운 세대의 모임을 기대해보는 게 어때요?"

난 예상치 못한 제안을 받고는, 어린 내가 과연 선배들을 모시고 잘
할 수 있을지 고민했다. 하지만 곧 마음을 다잡고 내게 주어진 소임을
다하기로 결심했다.

일단 동문회 행사는 시기를 잘 잡는 것이 매우 중요하다고 생각했
다. 이를 위해 첫 공식 동문회 행사를 12월 말로 잡았다. 송년회와 겸
할 수 있는 시기를 택한 것이다. 일정을 정하고 나서, 데이브 선배가
가지고 있던 연락처를 토대로 졸업생들의 소재를 파악하기 시작했다.
여기저기 퍼져 있는 동문을 찾기 위해 온갖 방법을 동원해야 했다. 지
인을 통해 수소문하고, 포털사이트의 검색엔진을 통해 사회 각계각층
에 있는 선배님들을 찾았다. 그렇게 일주일 동안 찾아 헤맨 끝에, 약
60명 정도의 스탠포드 학부 졸업생들이 한국에 거주하고 있다는 결론
을 얻었다.

나는 이들 모두에게 이메일을 보내고 직접 전화도 걸어 동문회 일
정을 알렸다. 한국에서 래퍼로 활동하고 있는 타블로 선배에게도 연
락을 취하는 등, 한 명이라도 빠트릴세라 꼼꼼히 동문회를 기획해 나
갔다. 그러던 중 큰 문제에 봉착했다. 연말인 까닭에 동문들 대부분
스케줄이 꽉 차 있어, 참석 가능한 동문의 수가 그리 많지 않았던 것
이다. 하지만 한국에서 개최되는 최초의 공식 스탠포드 동문회인 만
큼, 많은 사람들이 참석한 가운데 성대하게 치러졌으면 하는 바람을
떨치지 못했다.

동문회 날짜가 다가옴에 따라 부담감은 조금씩 커져갔다. 해야 할
일도 한두 가지가 아니었다. 예약한 호텔을 사전 답사해 인원수에 맞

게 자리를 배치하고, 뷔페 음식도 직접 확인해야 했다. 전체 공지를 위해 이메일을 쓰는 것도 쉬운 일이 아니었다. 모든 선배가 읽을 편지이기에, 문장 하나하나에 심혈을 기울이지 않을 수 없었다. 플래카드와 참석자 명찰도 직접 주문 제작했고, 분위기를 화기애애하게 만들어줄 각종 이벤트도 준비했다. 약 2주에 걸쳐 이 모든 것을 진행하면서, 난 내 모든 힘과 열정을 쏟았다.

동문회 당일이 되었다. 2주간의 노력이 성과가 있었는지, 참석하겠다고 밝힌 인원이 40여 명에 달했다. 난 예정 시간보다 일찍 행사장에 도착해 준비 상황을 점거했다. 친한 동문들에게 미리 연락을 취해 지원 요청도 해놓은 상태였다. 7시가 가까워지자 동문들이 도착하기 시작했고, 저녁 식사와 함께 동문회가 시작되었다.

식사가 끝나갈 무렵, 나는 본격적인 행사를 진행하기 시작했다. 미국 현지에서 태어나 한국말에 익숙하지 않은 동문이 많았기 때문에 사회는 영어로 했다.

"바쁜 와중에도 동문회에 참석해주신 모든 분들께 깊은 감사의 말씀을 드립니다. 저는 오늘 모임을 주최한 제임스 조라고 합니다. 한국에서의 첫 공식 스탠포드 동문회를 추진하면서 몇몇 시행착오를 겪었습니다. 하지만 그 과정에서 좋은 분들을 많이 만나게 되었고, 이것은 제게 주어진 특권이자 영광이라는 생각이 들었습니다. 이번 모임이, 앞으로 한국의 모든 스탠포드 동문이 하나로 뭉치는 계기가 되었으면 좋겠습니다."

내 말이 끝나자 참석자 모두 힘껏 박수를 보내왔다. 나는 내 옆자리에 앉은 사람을 시작으로, 한 명씩 자기소개를 하도록 했다. 모든 사람의 자기소개가 끝나자 자리는 한결 부드러워졌다. 행사는 시종일관 화기애애한 분위기 속에 진행되었다. 선배들은 한국에 스탠포드 동문이 이렇게 많은 줄 몰랐다며, 기대한 것보다 훨씬 훌륭한 동문회 행사였다고 칭찬을 아끼지 않았다. 사람들의 행복한 표정을 보니, 행사를 준비하며 쌓인 피로가 눈 녹듯 사라졌다.

이 행사를 시작으로, 스탠포드 동문들은 지금까지 만남을 이어오며 친목을 다지고 있다. 물론 동문회를 개최할 때마다 준비 과정에서 적잖이 애를 써야 한다. 하지만 세계를 무대로 활동하고 있는 스탠포드 사람들 사이에서 가교 역할을 하고 있다는 것을 생각하면, 내 마음 한 구석은 여지없이 벅차오른다.

이처럼 동문회를 성공적으로 조직한 뒤, 나는 미국으로 돌아왔다. 한국에서 좋은 만남과 충분한 휴식을 통해 에너지를 보충한 덕에, 내 몸과 마음은 공부와 한바탕 전쟁을 치를 만반의 준비가 되어 있었다. 미래를 위한 투자에 매진할 각오로, 난 다시금 편안한 생활을 접고 다음 학기를 준비해나갔다.

스탠포드에서 문전 박대 당한 부시 대통령

"Bush, out of Iraq!(부시, 이라크에서 철수하라!)"
부시 대통령이 스탠포드를 방문한 날 캠퍼스 안팎에서 울려 퍼진 구호이다. 미국이 이라크를 침공한 후, 미국의 평화주의자들은 미국 정부와 부시 대통령을 규탄하며 이 구호를 부르짖었다.

부시 대통령의 스탠포드 방문 계획이 알려진 건 봄 학기 시작 직후의 일이었다. 그는 실리콘밸리 지원·육성책의 일환으로 산학협동체제 구축 문제를 협의하고자 스탠포드에 방문한다고 했다. 부시 대통령의 방문 계획이 알려진 후, 며칠 사이에 캠퍼스 전역에는 이라크 전쟁의 실상을 알리는 대자보와 정부를 비판하는 선전물이 나붙었다.

부시 대통령 방문 당일, 하늘은 구름 한 점 없이 맑았다. 많은 학생들은 일찌감치 무리를 지어, 이라크 전쟁의 부당함과 부시 대통령의 정책 실패를 알리는 피켓과 깃발을 들고 시위를 벌였다. 한편에는 교직원과 교수, 학생 등 수천 명이 도열해, 내리쬐는 햇볕을 받으며 대통령의 방문을 기다리고 있었다. 대통령을 보호하기 위해 투입된 수백 명의 경찰 병력은 일렬로 줄을 지어 길을 통제하고 있었다. 그들은 한 건의 도발도 허용하지 않겠다는 듯 시위대를 응시하며 삼엄한 경비를 펼쳤다.

캠퍼스의 탑에 설치된 시계가 4시를 알렸다. 잠시 후 학생들의 머리 위에 커다란 헬리콥터 몇 대가 나타났고, 경찰과 FBI 소속으로 보이는 차량들이 분주하게 도로를 오갔다. 경찰 오토바이 대여섯 대도 요란한 소리를 내며 우리 앞을 지나갔다. 나와 친구들은 대통령이 나타나는 게 아닌가 싶어 그 행렬에서 눈을 떼지 못했다. 하지만 그는 나타나지 않았다. 시위대와 영접 인파가 너무 많아 쉽게 들어설 수 없는 듯했다.

그렇게 삼십 분이 더 흘렀다. 갑자기 커다란 소방차 한 대가 사이렌을 울리며 시위대를 향해 돌진했다. 부시 대통령이 들어올 통로를 확보하기 위한 것이었다. 비교적 차분한 태도로 시위에 임하던 학생들은 그들을 향해 차량이 돌진했다는 사실에 분노했고, 이는 결과적으로 부시 대통령이 문전에서 박대만 당한 채 돌아서야만 한 원인이 되었다. 성난 학생들과 경찰 병력 사이에 격렬한 몸싸움이 벌어졌다. 그들은 한 치의 양보도 없이 대치했다. 몇몇 학생들은 도로에 드러누웠고, 수백 명의 학생들은 "Democracy!(민주주의!)"를 외치며 경찰과 소방차의 돌진에 맞서 배수진을 쳤다.

이십여 분에 걸쳐 밀고 당기는 싸움이 이어진 끝에, 학생 세 명이 경찰에 체포되었다. 그 순간 나는 놀라지 않을 수 없었다. 체포된 학생 중 한 명이 내 친구인 디오고였기 때문이다. 디오고와 난 1학년 때부터 같은 기숙사에 살며 음악 활동도 함께 한 절친한 사이였다. 코앞에서 친구가 붙잡혀가고 있었지만, 그를 위해 내가 할 수 있는 일은 아무것도 없었다. 내 룸메이트는 친분이 있는 변호사에게 전화를 걸어 체포된 학생들의 신변 보호를 부탁했다.

경찰은 체포한 학생들을 무자비하게 다루었다. 그들은 학생들을 질질 끌고 가 길바닥에 엎어놓고는, 수갑을 채우고 몸수색을 해 소지품을 압수했다. 그걸 지켜보던 학생들은 체포된 학생들을 풀어주라고 목이 터져라 외쳐댔다. 하지만 경찰은 대꾸 없이 자신들의 일에만 몰두했다. 곧 경찰 밴 차량 한 대가 도착했고, 그들은 끝내 압송되어 갔

부시 대통령의 스탠포드 방문을 반대하는 시위를 하다가 무장 경찰들에게 끌려가는 디오고

다. 그 사이, 부시 대통령은 스탠포드 캠퍼스에 한 발짝도 들여놓지 못한 채 돌아가야만 했다. 무장한 경찰의 완력도 자유분방한 서부의 상아탑 스탠포드를 맘대로 제압할 수는 없었다.

얼마 후, 난 디오고에게 안부를 묻는 이메일을 보냈다. 디오고는 자신이 처한 난처한 상황을 회신 메일에 적어 보내왔다. 연행 직후 풀려나기는 했지만, 며칠 후 열린 1심 재판에서 1년의 실형과 5천 달러의 벌금을 부과받았다는 것이다. 그는 당황스럽기는 하지만, 곧 항소할 계획이라고 말했다. 나는 디오고에게 "너는 우리들의 영웅이야!" 하고 위로해주었다. 하지만 큰 위기를 혼자 감당해야 하는 그의 처지를 보고 있자니 너무나 안타까웠다.

PART 5

스탠포드의 특별한 수업, 소중한 배움

한국에는 '몸에 좋은 약은 입에 쓰다' 라는 속담이 있습니다. 나에 대한 남의 지적이 당장은 서운할지 모르지만, 그것을 받아들여 잘못된 점을 고치고자 노력하면 내게 큰 도움이 된다는 뜻이죠. 미국을 좋아하는 사람으로서 바라건대, 미국 정부는 전 세계에 퍼진 반미주의의 실체를 제대로 인지하고, 그것의 개선을 위해 노력했으면 합니다. 특히 한반도에서 일고 있는 반미주의 물결에도 큰 관심을 갖고 현명하게 대처해주길 바랍니다.

스탠포드의 학제

스탠포드의 학제는 쿼터(quarter)제로, 일 년이 세 학기로 나뉜다. 과목들을 살펴보면, 우선 스탠포드 학부생이라면 누구나 의무적으로 일 년간 수강해야 하는 과목들을 들 수 있다. 인문학개론을 다룬 IHUM(Introduction to Humanities)과 PWR(Program in Writing and Rhetoric)가 그것인데, 사 년의 재학 기간 동안 지겹도록 반복해야 하는 논문 및 토론의 기본을 다져주는 필수 과목이다. 한편 3학기 동안 의무적으로 수강해야 하는 제2외국어와 각종 교양 과목은 물론, 자신의 전공과 상관없이 수학, 공학, 자연과학, 사회과학 등 다른 분야의 전공과목도 이수해야 한다. 이런 과정을 통해 학생들은 다양한 분야에 해박한 지식을 갖춘 유능한 인재로 육성된다.

스탠포드의 교수진도 자랑할 만하다. 탁월한 연구 실적과 수업 진행

능력을 겸비한 스탠포드의 교수들은, 학생들이 자신의 잠재력을 발굴, 육성하도록 도와주는 역할을 수행한다. 물고기를 직접 낚아주는 것이 아니라 물고기 잡는 방법을 가르쳐, 학생들이 더 큰 수확을 거둘 수 있도록 돕는 것이다. 이러한 교수들의 태도는, 창의성, 적극성, 능동성을 인재 육성의 근간으로 삼는 스탠포드의 정신을 대변한다.

스탠포드의 교수 대 학생 비율은 대략 1 : 7 정도이다. 교수 한 명이 일곱 명의 학생을 담당하는 셈이어서, 학생 개개인에게 충분한 관심을 기울일 수 있다. 주요 전공과목이나 인기 과목은 오십 명, 때로는 백 명이 넘는 학생들이 수강하는 경우도 있지만, 일반 과목의 평균 수강 학생 수는 다섯 명에서 스무 명 정도에 불과하다. 또한 아무리 수강생이 적어도 교수 한 명에 조교 한 명이 배치된다. 이런 까닭에, 스탠포드에서 교수가 자신의 강의를 수강하는 학생들의 이름을 모조리 외우는 것은 결코 드문 일이 아니다.

학생들은 시간에 구애받지 않고 교수와 조교에게 개별 면담을 요청할 수 있고, 교수 역시 자신을 찾아오는 학생 한 명 한 명에게 관심을 갖고 지도한다. 스탠포드의 교수들은 강의실과 연구실에서의 교육은 물론 학생 개개인을 상대로 한 일대일 수업도 자신의 의무로 여기기 때문이다. 세계적인 석학인 교수들이 학생 한 명 한 명과 머리를 맞대고 있는 소탈한 모습을 보고 있노라면, 그분들이야말로 '참스승' 이라는 생각이 든다. 교수들은 학생이 면담을 하기 위해 찾아오는 것을 매우 고맙고 반갑게 생각한다면서, 제발 자주 찾아와 달라고 부탁할 정도이다.

이처럼 훈훈한 사제 관계를 통해, 학생들은 자신의 잠재력과 가치를 향상시키는 동시에, 교수와의 인간적 유대를 더욱 돈독히 할 수 있다. 말 그대로, '가족적인 분위기'를 형성하게 되는 것이다. 자연스레, 한 교수님을 은사 또는 지도 교수로 모시는 동문들끼리도 친밀한 관계를 형성하게 되고, 이는 끈끈한 인맥으로 이어진다. 이 인맥을 통해 세계 각지의 다양한 사람들과 친분을 맺을 수 있다는 점은, 스탠포드 학생들이 얻는 가장 큰 혜택일 것이다.

스탠포드가 오랜 세월 지켜온 'Honor Code'의 전통도 빼놓을 수 없다. 학생들의 명예를 존중하자는 취지로 수십 년 전부터 시행된 무감독 시험 제도이다. 이 제도는, 스탠포드 학생들은 정직을 신념 삼아 세계의 지도자가 될 인재들이기에 결코 부정행위를 저지르지 않는다는 자긍심에 뿌리를 두고 있다. 스탠포드에 입학하는 모든 학생은 '스탠포드 명예헌장'을 준수하겠다는 서약을 해야 한다. 이 서약의 내용은 시험에 임하거나 과제물을 작성할 때 부정행위를 하지 않겠다는 것이며, 실제로 교수와 조교들은 시험 감독을 하지 않는다. 혹여 부정행위가 발생하더라도 그것은 학생들이 자율적으로 처리할 뿐, 교수가 이에 관여하여 학생들의 명예를 침해하는 일은 없다.

부정행위를 하다가 적발된 학생이 학칙에 따라 처벌받는 것은 당연하다. 처음 위반했을 때는 한 학기 정학과 40시간의 사회봉사 활동을 해야 한다. 두 번째 위반 시에는 세 학기 정학 처분과 함께, 처음 위반 시보다 더 오랜 시간의 사회봉사 활동을 해야 한다. 부정행위 정도에 따라서 퇴학 조치가 내려질 수도 있다. 실제로 시험장에서 커닝을 하다가 다른 학생의 눈에 띄어 적발되거나, 타인의 논문이나 자료를 출처 명시 없이 인용했다가 적발되는 경우가 종종 있다. 심지어 논문, 리포트 끝부분에 기재하는 참고 서적이나 저자명 혹은 인용 면수를 잘못 기입해 부정행위로 간주되는 일도 있다. 이런 엄격한 제도를 통해, 스탠포드는 학생들에게 엘리트로서 긍지와 책임감을 일깨워준다.

스탠포드는 성적 부진이나 학업 태만 등 부정적 결과의 책임을 학생에게만 묻지는 않는다. 교수의 지도력이나 열의 부족을 학생의 학업 부진 요인으로 간주해, 교수 평가에 고스란히 반영시키는 것이다. 따라서 학생의 학업 결과가 부진할 경우, 지도 교수가 먼저 학생에게 연락을 취해 개별 면담을 갖는 등 큰 관심을 기울이게 된다. 지도 교수는 개별 면담을 통해 문제점을 정확히 진단하여 해결책을 제시하고 학생을 격려한다. 이처럼 스탠포드는 학생과 교수 사이의 끈끈한 관계 형성을 도모해, 학생들의 학업 능력과 리더십을 육성하는 데 큰 노력을 기울이고 있다.

스탠포드에서 가장 인기 있는 강의, '수면과 꿈'

"Drowsiness is Red Alert!(졸음은 빨간 신호이다!)"
나는 신입생 때 '수면과 꿈(Sleep and Dreams)'이라는 과목을 수강했다. 이 강의를 맡은 윌리엄 디멘트(William Dement) 교수님은 수면 연구 분야의 세계적 거장으로, 매 강의 시간마다 "졸음은 빨간 신호다!"라고 외치시곤 했다. 수면을 충분히 취하지 않는 현대인에게 "잠 좀 자라!"고 부르짖은 것이다. 강의는 수면 부족 현상이 일어나는 이유, 수면 부족으로 인한 사고, 몽유병 등 수면과 꿈에 대한 내용으로 채워졌다. 특히, 공부에 짓눌려 수면 부족에 시달리는 스탠포드 학생들에게 잠의 중요성을 일깨워주는 데 큰 목적을 두었다. 이렇다 보니 '수면과 꿈'은 학생들 사이에서 인기 있는 강의가 되었고, 스탠포드 역사상 최다 수강생 수를 기록한 과목이 되었다. 강의실에 들어선 학생 수만 800여 명. 강의 초반에는 300명 정도의 학생이 바닥에 앉거나 서서 강의를 듣다가, 나중에는 학교에서 가장 큰 강당으로 장소를 옮겨 강의를 진행해야만 했다. 이 강의의 조교 인원만 20명이 넘었다.

스탠포드에서 디멘트 교수님의 인기는 하늘을 찔렀다. 교수님의 강의에 대한 소문은 외부에까지 전해져, 미국의 한 방송사에서 강의 장면을 촬영해간 적도 있다. 화술과 재치, 명쾌한 학문적 지식을 모두 갖춘 교수님의 강의는 흥미진진한 공연을 연상시켰다. 강의 중반에는 그날 주제에 걸맞은 음악이 흘러나왔고, 후반에는 주제와 관련한 영화가 상영되었다. 또한 이해를 돕기 위해 즉석 실험을 펼치는 등, 일반적인 강의에서는 경험하기 힘든 볼거리가 제공되었다. 한 시간이 어떻게 지나갔는지 모를 정도로 강의는 흥미로웠다. 강의에 대한 이런 열정이 그를 명교수의 반열에 오르게 했을 것이다.

이 강의에는 매우 특이한 점이 하나 있다. 강의 시간에 조는 학생은 가산점을 받는다는 것이다. 이는 학생들에게 수면의 중요성을 일깨워주기 위한 독특한 교수법이었다. 학기 초, "졸면 가산점을 주겠다"는 교수님의 말씀을 학생들은 대부분 반신반의했다. 하지만 어느 날 한쪽 구석에서 조는 학생을 호명하며 가산점을 주는 것을 목격하고는 다들 눈이 휘둥그레졌다. 이를 악용해 조는 시늉을 해볼 수도 있겠지만, 교수님과 조교에게는 진짜인지 아닌지 구분하는 노하우가 있다고 하니, 괜히 조는 척하다 걸리면 부정행위한 꼴이 되고 만다.

디멘트 교수님은 강의 시간에 발표나 질문을 하는 학생에게도 가산점을 주었다. 그러나 800여 명의 이목이 집중되는 강의실에서 손을 번쩍 들고 발표나 질문을 한다는 것은, 높은 다리 위에서 번지점프를 하는 것만큼이나 가슴이 콩알만 해지는 일이었다. 실수로 말을 얼버무리거나 엉뚱한 질문을 던졌을 때, 800여 명으로부터 받을 눈초리를 감당해내는 것은 그리 쉬운 일이 아닐 것이다. 하지만 난, 그런 말도 안 되는 일을 기어코 저지르고야 말았다. 어느 날 친구들과 나란히 앉아 디멘트 교수님의 강의를 듣던 중, 나도 모르게 손을 번쩍 든 것이다. 궁금한 것을 해소하지 않고는 견디지 못하는 성격이 화근이었다.

'맞다! 팔백 명이 듣는 수업이지!'

난 잽싸게 손을 내렸다. 하지만 난 강의실 한복판에 앉아 있었고, 치켜든 내 손은 교수님의 눈에 너무나도 선명하게 보였다. 교수님은 나를 가리키며 말씀하셨다.

"거기, 학생. 방금 손 든 것 맞지? 무슨 질문이 있나?"

"……"

그 순간, 천육백 개의 눈이 일제히 나를 향했다. 커다란 강의실에는 정적이 흐르기 시작했다.

"저……, 디멘트 교수님. 방금 교수님께서 하신 말씀 중에 이해가 가지 않는 부분이 있는데요……."

나는 겨우 입을 열었지만, 내게 쏠린 시선이 너무 뜨겁게 느껴져서 말끝을 흐릴 수밖에 없었다. 하지만 나는 곧 정신을 차리고, 골리앗 앞에 선 다윗처럼 말을 이어갔다.

"어제 과제로 읽은 교재 내용에 따르면, 수면이 부족할 경우 기억장애가 생기고 판단이 흐려지며 반응 시간이 길어져, 결과적으로 사고의 위험이 높아진다고 했습니다. 그런데 방금 교수님께서는 그것과는 상반되는 말씀을 하신 것 같은데, 설명을 부탁드려도 괜찮을까요?"

난 용감하게도, 수면 연구 분야의 대가인 교수님을 앞에 두고 내 짧은 지식을 활용해 조목조목 반문을 한 것이다. 겨우 말을 끝낸 난, 문득 정신이 몽롱해지는 것을 느꼈다. 잠시 후 교수님께서 입을 떼셨다.

"좋은 지적을 해주었네. 학생 이름이 뭐지?"

"네? 저는…… 제임스 조라고 합니다."

"이봐, 조교. 제임스 학생에게 가산점을 주도록!"

역시 디멘트 교수님은 학생의 의견을 유연하게 받아들이는 개방적인 성격의 소유자였다. 교수님은 내 의문이 충분히 제기될 만한 것이라고 전제한 뒤, 문제가 된 부분에 대해 자세히 부연 설명 해주셨다.

수업이 끝난 뒤, 한 친구가 내게 말했다.

"제임스. 아까 너 때문에 나까지 심장이 멎을 뻔했던 것 알아? 네가 얼어붙어버리면 어쩌나 하고 얼마나 걱정했다고."

우리는 서로 마주보며 한바탕 웃어젖혔다.

그 학기를 끝마치며 성적표를 받아 본 난 놀라지 않을 수 없었다. 등골이 서늘해졌던 용감한 발표 덕분이었는지, '수면과 꿈' 과목란에 A+라는 놀라운 학점이 적혀 있었다. 스탠포드에 입학한 뒤 처음으로 받은 A+ 학점을 디멘트 교수님으로부터 얻어낸 것이다.

장승우 전 장관님의 '한국 경제' 강의

미국으로 건너가 그곳 문화에 적응하고 주어진 학업에 열중하는 동안, 나는 한국의 시사에 대해 큰 관심을 쏟을 수 없었다. 당연히 당시 한국의 경제 흐름에 대해서도 아는 바가 별로 없었다. 그러던 중, 나는 개설 강의 목록에서 'Korean Economy(한국 경제)'라는 과목을 발견했다. 한국의 경제 상황에 대해 늘 궁금했던 나로서는 반갑기 그지없는 과목이었다. 한국을 다루는 강의는 중국이나 일본에 대한 강의에 비해 드물게 개설되었던 까닭에, 나는 주저 없이 그 과목을 수강하기로 결심했다.

담당 교수님은 한국 기획예산처와 해양수산부 장관을 역임한 장승우 전 장관님으로, 한 학기 교환교수 자격으로 스탠포드에 오신 것이었다. 수강생은 열 명 정도였고, 석·박사 과정을 밟는 한국 유학생이 대부분이었다. 강의는 한국의 경제 흐름 전반을 다루었다. 특히 한국이 1997년 외환 위기 등 총체적인 경제 위험 상황에 빠지게 된 배경과 그 진행 과정에 대해 집중적으로 공부했다. 한국의 경제 위기 사태는 나와 우리 가족에게도 직접적인 타격을 준 사건이었기에, 나는 이에 대한 깊은 지식을 얻길 원했다. 장 전 장관님을 통해, 한 학기 동안 난 부족함 없이 그것들을 배우고 생각할 수 있었다.

당시 상황에 대해 알면 알수록 안타까움은 더해갔다. 특히 IMF에 손을 벌리는 상황이 올 때까지 사태의 심각성을 인식하지 못하고 대응책을 강구하지 못한 한국 정부에 대해서는 큰 유감이 들었다. 그 사태로 인해 얼마나 많은 한국인이 고통받아야 했던가? 빈부 격차는 더욱 심해졌고, 가정 파탄과 잇따른 자살 등 사회적 대혼란이 야기되었다. 사태 발생 이전부터 경제 대국들의 경고가 있었음은 물론, 이웃 아시아 국가들의 연쇄적인 경제 붕괴를 목격하고 있었음에도 불구하고, 한국 정부는 발등에 불이 떨어지고 나서야 문제의 심각성을 파악했던 것이다. 이처럼 한국의 경제 흐름에 대해 한 학기 동안 열심히 배우고 나니, 고교 시절 나와 우리 가족이 겪은 한국의 경제 위기가 보다 분명한 느낌으로 다가왔다.

장 전 장관님과의 인연은 교실 밖으로도 이어졌다. 'Faculty Night (교수들의 밤)' 행사에 장 전 장관님을 초청해 사제 간의 정을 더욱 돈독히 한 것이다. 'Faculty Night'은 스탠포드 내 각 학부 기숙사에서 한 학기에 한 번씩 열리는 행사로, 학생들이 자신이 수강하는 강의의 교수님을 기숙사 식당으로 초대해 함께 저녁 식사를 하는 자리이다. 매 학기 이 행사에 참여했던 난, 큰 가르침을 주신 장승우 전 장관님과의 자리도 빼놓을 수 없었다. 나는 장 전 장관님과 사모님을 동반 초청했고, 함께 강의를 들은 다른 학생들도 초대했다.

장 전 장관님 내외분과 우리 학생들은 화기애애한 분위기 속에서 만찬을 즐겼다. 교실 밖에서 만난 장 전 장관님은 매우 따뜻하고 정이 많은 분이었다. 사모님 또한 마찬가지였다. 혹시나 그 자리를 불편해하시면 어쩌나 하고 내심 걱정했지만, 나의 우려가 무색하게도 행사 내내 사모님의 얼굴에는 미소가 가득했다. 두 분께서는 우리 한국 유학생들을 격려해주셨고, 갖가지 이야기들로 만찬을 더욱 빛내주셨다.

식사를 마친 뒤 기숙사 식당을 나와 교정을 함께 걸으며, 우리는 더욱 많은 이야기를 나누었다. 형식적인 사제지간을 벗어나 서로의 내면을 교감하면서, 우리 유학생들은 새삼스레 사람 사이의 정을 실감할 수 있었다. 그리 길지 않은 시간 동안의 만남이었지만, 장 전 장관님께서는 우리에게 많은 지식을 주셨고 속 깊은 정을 베푸셨다. 그는 고위 관료를 역임한 한국의 지도자이기 이전에, 제자를 아끼는 인간적인 스승이셨다.

박원순 변호사님의 '한국의 시민사회' 강의

한국 NGO(비정부기구)의 선구자인 박원순 변호사님은, 내가 가장 존경하는 한국인 중 한 분이시다. 2004년, 나는 스탠포드의 강의실에서 변호사님을 처음 만나 뵈었다. 당시 변호사님은 교환교수 자격으로 '한국의 시민사회'라는 강의를 진행하셨고, 나는 그 강의를 들으면서 변호사님과 사제의 정을 쌓아나갔다. 내 졸업논문도 변호사님의 강의에서 영향받아 쓰게 된 것이다.

박 변호사님은 NGO 활동을 통해 한국 민주주의 발전은 물론, 시민 권익 보호와 인권 증진에 크게 이바지하셨다. 이런 활동 덕분에, 변호사님은 아시아에서 가장 영향력 있는 NGO 활동가로 칭송받는다. 이렇게 사회적으로 큰 영향력을 행사하는 분이지만, 정작 본인은 일말의 권위의식도 없이 마냥 겸손하기만 하다. 가식 없고 허세도 부릴 줄 모르는 그분의 순수한 자세는, 사람들로 하여금 존경심을 불러일으키기에 부족함이 없다. 변호사님을 두고 누군가가 말한 '한국에서 가장 청렴한 시민운동가'라는 칭호에 나는 전적으로 동의한다. 한국의 여느 지도자들과는 사뭇 대조적인 풍모를 지닌 박 변호사님은, 몇 해가 지난 지금도 여전히 내게 큰 자극이 되는 분이다.

강의 첫날, 부끄럽게도 나는 박 변호사님의 강의를 잘 알아들을 수 없었다. 한국의 시민사회에 대해 아는 것이 거의 없었기 때문이다. 강의 중 수시로 등장한 'NGO'라는 용어부터 내 고개를 갸웃거리게 만들었다. 나는 속으로 '용어에 대한 정의도 내려주지 않고 수업을 진행하시면 어떡하란 말이지?' 하고 불평했다. 몇 분쯤 강의를 듣다가 더 이상 안 되겠다 싶어, 나는 손을 번쩍 들고 질문을 던졌다.

"변호사님, 엔지오가 뭔가요?"

"……"

한순간, 강의실에는 찬물을 끼얹은 듯한 정적이 흘렀다. 너무 갑작스러운 질문에 당황하셨는지, 변호사님께서는 잠시 머뭇거리다가 이내 입을 여셨다.

"엔지오란 Non-Governmental Organization의 줄임말로, 정부라는 거대한 권력조직에 맞서 시민의 권익을 지켜내는 비정부기구, 즉 시민단체를 뜻합니다."

유창한 영어로 친절히 설명해주신 덕에 내 갑갑한 마음이 확 풀렸다. 하지만 내 질문에 대한 주변 사람들의 반응이 왜 그리 싸늘한지는 여전히 알지 못했다. 강의가 끝나고 나서야 나는 그 이유를 알 수 있었다. 나를 제외한 수강생 대부분이 석·박사 과정의 학생들이었는데, 그들은 NGO의 정의조차 모르는 학생이 그 강의를 수강하리라고는 짐작조차 못 했던 것이다. 다행히 수강생이 열 명 정도였기에 망정이지, 만약 '수면과 꿈'처럼 수많은 학생이 듣는 강의였다면, 나는 며칠 동안 학교에서 얼굴도 들고 다니지 못했을 것이다.

비록 어렵사리 시작된 강의였지만, 나는 한 학기 동안 적극적으로 강의에 참여함으로써 한국의 시민사회에 대해 많은 것을 배울 수 있었다. 박 변호사님께서는 한국 NGO의 다양한 스펙트럼과 그 활동상에 대해 소상히 설명해주셨다. 변호사님의 말씀에 따르자면, 한국의 NGO는 환경운동, 인권운동, 부정부패방지운동, 여성운동, 언론개혁운동, 소비자운동 등 다방면에 걸쳐 엄청난 영향력을 발휘하고 있다고 했다. 실제로 사회 각 분야에서 활약하고 있는 이 단체들은, 모든 시민의 권익을 보호함으로써 우리 삶의 질을 높이는 데 크게 기여하고 있다. 사회 발전의 견인차 역할을 충실히 수행하고 있는 것이다. 한편 박 변호사님의 강의는 평소 내가 알고 싶어하던 한국의 경제, 정치, 사회, 문화 등 다양한 부문을 망라하고 있어, 나에게는 더없이 유익한 강의가 되었다.

수강하는 학생이 많지 않았던 만큼, 강의는 가족적인 분위기 속에서 진행되었다. 어느 날 박 변호사님께서는 수강생 모두를 자신의 집으로 초대해 만찬을 베푸셨다. 이날 몇몇 학생은 재료를 들고 와 즉석에서 요리를 만들어 내놓았다. 박사 과정을 밟고 있던 폴이라는 학생은 예전에 일식집에서 일한 적이 있다며, 우리에게 싱싱한 생선회를 떠주기도 했다. 음식을 나누며 이야기꽃을 피우는 사이, 우리는 금세 친한 친구가 되어 화기애애한 저녁 시간을 보냈다. 서로 잘 알지 못해 서먹서먹했던 분위기는 온데간데없었다. 변호사님께서 내놓은 와인으로 분위기는 한층 더 흥겨워졌다.

스탠포드 교환교수 기간을 마친 박 변호사님은 한국으로 돌아가 본업에 복귀하셨다. 나는 졸업 후 한국에 돌아와서 이따금 변호사님을 찾아뵙곤 했다. 변호사님께서는 바쁜 일정에도 불구하고 언제나 나를 반갑게 맞아주셨고, 따뜻한 격려도 잊지 않으셨다. 모범적인 모습으로 매사에 성실히 임해야겠다는 동기를 부여해주시는 박원순 변호사님께 깊은 감사 말씀을 전하고 싶다.

스탠포드의 매운맛을 보다 ─MBA 강의

스탠포드 경영대학원은 유에스뉴스(US News)의 대학원 평가에서 MBA 부문 공동 1위를 차지한 바 있는 최고의 교육기관이다. 최소 3년 이상의 직장 경력을 갖춘 경영학 석사 과정 학생들은, 이곳에서 양질의 교육을 제공받고 있다. 이들은 거리낌 없이 억만장자의 꿈을 이야기하고, 구글과 야후의 신화를 거론하며 벤처 창업에 지대한 관심을 보인다. 창업 관련 강의로 가득 찬 커리큘럼은, 학생들의 이런 관심사를 그대로 반영한다.

스탠포드 MBA 과정에서 누릴 수 있는 혜택 가운데 대표적인 것 하나를 꼽자면, 자연스레 형성되는 수많은 친목 모임을 들 수 있다. 사교의 장이 되는 이 모임을 통해 학생들은 고된 학업 속에서도 즐거움을 영위할 수 있음은 물론, 풍부한 인적 네트워크를 형성함으로써 비즈니스 세계에서 필요한 자원을 얻을 수도 있다. 세계 각국의 유명 비즈니스맨이나 글로벌 기업의 간부들을 만나 어려움 없이 친해질 수 있는 곳이 바로 이 모임들이다.

나는 MBA 과정에 개설된 강의를 수강하는 방법을 통해, 학부생으로는 드물게 MBA 과정 학생들과 교류할 수 있는 기회를 가졌다. 세계 각국에서 온 비즈니스 엘리트들과 머리를 맞대고 공부하는 특권을 누린 것이다. 내가 스탠포드에서 수강한 MBA 강의 중 가장 기억에 남는 강의는 '중국에서의 사업 활동(Doing Business in China)' 이었다. MBA 과정 학생들과 학부생들이 함께 듣는 경영학 관련 강의로서, 중국에서 사업을 시작하는 과정을 다룬 토론식 강의였다. 강의 진도가 매우 빠르고 내용도 퍽 난해하다는 점은, 학부 개설 과목들과 확연히 구분되는 특징이었다. 학기 초, 쉰 명쯤 되는 수강생들은 대략 7~8개 팀으로 나뉘어 중국에서 사업을 펼치는 모의 실습을 했다. 우리 팀은 총 여덟 명으로 구성되었는데, 그중 학부생은 나를 포함해 고작 두 명뿐이었다.

첫 팀 미팅이 있는 날이었다. 수업을 마친 뒤, 우리 팀은 교실에 모여 우리가 다룰 사업 종목과 접근 방법 등에 대한 토론을 벌였다. 팀원 각각의 직위를 정했고 업무도 분담했다. 우리는 자유롭게 의견을 제시하며, 능률적이고 심도 있는 토론을 진행해나갔다. 그러나 어느 순간 토론은 내가 잘 알지 못하는 주제로 넘어가기 일쑤였고, 난 내용을 파악하기조차 힘든 상황에 빠져버렸다. 나는 입을 꼭 다문 채 토론을 지켜보다가, 이따금 상대방의 말에 동의한다는 듯 살짝 미소 지으며, "That's what I am saying, you know?(그게 바로 내가 하고 싶은 말이야)" 하고 말했다. 이때 적극적인 제스처를 취하는 것도 잊지 않았다. 황망한 심정을 들키지 않기 위한 내 나름의 임기응변 수단이었다.

그렇게 십 분쯤 지날 무렵, 테이블 저편에 앉은 MBA 과정 여학생 한 명이 갑자기 토론을 중지시키고는, 나를 지목하며 입을 열었다.

"잠깐, 네 역할은 뭐야? 도대체 왜 아무 말도 없는 거지?"

순간 모든 팀원의 시선이 나에게로 쏠렸고, 나는 너무 놀라 그대로 굳어버렸다. 토론 내용을 제대로 이해하지 못하겠다고 털어놓으면 더

창피할 것 같아, 난 묵묵부답으로 그 상황을 모면하고자 했다. 하지만 그 여학생의 질책은 끊이지 않았다.

"너도 팀의 일원이야. 팀의 발전에 기여하려면 입을 열어 무슨 말이라도 해야 하지 않겠니? 계속 벙어리처럼 앉아 있기만 한다면, 넌 우리 팀에 있을 자격이 없어."

늘 자신감이 넘치던 나에게, 그 여학생의 발언은 큰 충격으로 다가왔다. MBA 강의를 듣기로 결심했을 때의 당찬 모습은 온데간데없었다. 처음 미국에 와 영어 한마디 제대로 못하던 시절의 끔찍한 경험이 재현되는 듯했다.

"미안. 앞으로는 토론에 적극 참여하도록 노력할게."

나의 애처로운 한마디에 그 여학생은 질책을 멈췄다. 하지만 이미 팀 분위기는 싸늘해질 만큼 싸늘해져 있었다. 팀원들은 나를 힐끔힐끔 쳐다보았다.

"오늘은 여기까지만 하자. 각자 맡은 과제를 충실히 해오고, 다음 강의 때 다시 모이자."

어느 남학생이 얼음처럼 차가운 분위기를 깨며 말을 꺼냈다. 한참 동안 어색해하며 앉아 있던 팀원들은 서로 눈치를 살피며 하나 둘씩 강의실을 빠져나갔다. 나를 쏘아붙인 여학생 역시 나머지 학생들과 함께 자리를 떴다. 하지만 난 자리에서 일어설 수 없었다. 한껏 구겨진 자존심이 나를 괴롭혔기 때문이다.

끔찍했던 나의 첫 MBA 토론 수업은 느슨해진 나를 다잡는 계기가 되었다. 그날 이후로 MBA 토론은 언제나 내 머릿속을 맴돌았다. 집에 돌아와 공부를 할 때면 MBA 교과서를 먼저 펼쳤고, 노트에 빼곡히 받아 적은 강의 내용을 달달 외웠다. 그것은 잃어버린 내 자존심을 되찾기 위한 처절한 사투였다.

나의 노력은 오래지 않아 빛을 발하기 시작했다. 두 번째 프로젝트가 각 팀에게 주어지자, 나는 연륜 있는 MBA 학생들을 제치고 팀의 리더를 자청했다. 나는 우리 팀을 최고로 만들겠다고 다짐했다. 우리는 이전과 같이 일주일에 두 번 정도 모여, 프로젝트를 놓고 열띤 토론을 펼쳤다. 난 더이상 벙어리가 아니었다. 학기 초에 경험한 치욕을 만회하기 위해 토론에 철저히 대비했고, 토론을 주도하며 팀 리더로서 입지를 굳혀나갔다. 그 결과, 우리 팀은 전체 팀 가운데 둘째로 높은 수익을 올린 팀이 되었다. 팀원들은 내가 보인 리더로서의 열의를 크게 칭찬해주었다. 이로써 난 자존심을 완전히 되찾을 수 있었다. 만약 그때 수치심을 견디지 못하고 스스로를 방기했다면, 이런 도약은 결코 이루지 못했을 것이다.

그 일을 겪은 뒤, 나는 학부생에게 개방된 MBA 강의가 있으면 빼놓지 않고 수강했다. 또한 각종 비즈니스 모임에 참석하는 등, 내게 주어진 기회는 모두 찾아 누렸다. 나는 이런 활동을 통해 MBA 학생들과 친분을 쌓아갔고, 나보다 한발 앞서 나간 그들을 보며 스스로를 더욱 다그쳤다.

젊은 패기와 포부

나는 장승우 전 장관님의 '한국 경제' 강의, 그리고 박원순 변호사님의 '한국의 시민사회' 강의를 들으면서 한국의 경제, 정치, 사회, 역사, 문화 등 다양한 분야에 큰 관심을 갖게 되었다. 그러던 중, 스탠포드의 전임 교수이신 신기욱 교수님을 알게 되었다. 스탠포드 아시아태평양 연구소장직을 맡고 계신 신 교수님은, 미국 학계에서 동아시아학 분야의 석학으로 정평이 나 있는 분이다. 신 교수님의 이런 학문적 업적은 나의 전공 선택에 큰 영향을 주었다. 2학년을 마칠 무렵 나는 전공을 동아시아학으로 정했고, 지도 교수이신 신 교수님 아래에서 남북한, 중국, 일본 등 동아시아 국가들의 면면을 깊이 공부했다.

숲 안에서는 숲을 바라볼 수 없다. 숲의 규모를 알 수 없고, 다른 숲과 비교해볼 수도 없다. 단지 숲의 모습이 이러저러하겠지 하고 추측할 수 있을 뿐이다. 동아시아에 대한 학문적 연구 또한 그렇다. 동아시아라는 숲을 제대로 관찰하려면 미시적(micro) 관점과 거시적(macro) 안목을 모두 활용해야 한다. 멀리서 동아시아라는 숲 전체를 조망하고, 그 안으로 들어가 세세한 부분을 면밀히 살펴보는 양면의 접근 없이는 제대로 된 관찰이 불가능한 것이다. '북한학'만 해도 그렇다. 우리는 북한이라는 대상을 알고자 할 때, 기존 한국의 시각으로만 접근하기 일쑤다. 이때 우리의 시야는 상당히 협소하고 미시적인 차원에 머물곤 한다. 하지만 내 경험에 의하면, 바다 건너 미국에서 북한을 바라볼 때, 보다 객관적이고 종합적인 관점에서 북한을 관찰

할 수 있었다. 한반도라는 공간적 한계를 벗어나 북한을 객관적 대상으로 놓고 관찰하다 보니, 그 실체적 진실을 파악하는 게 훨씬 용이했던 것이다.

스탠포드에는 미국의 전직 대통령이자 스탠포드 동문인 허버트 후버(Herbert Clark Hoover, 1874~1964)를 기념해 설립한 후버연구소(Hoover Institution)가 있다. 이곳은 글로벌 싱크 탱크로 평가받는 연구 기관으로, 미국은 물론 세계 정상의 정치 경제 전문가들이 머물며 국제 현안을 연구하는 곳으로 유명하다. 이곳 후버연구소 덕에 나는 학업 관련 각종 편의를 누릴 수 있었다. 스탠포드 전 구성원에게 학문과 관련된 모든 것을 공개하고 제공한다는 것이 스탠포드의 기본 방침이다. 따라서 일개 학부생도 후버 연구소의 문턱을 아무 문제 없이 넘나들 수 있었다.

스탠포드 안에는 내가 관심을 둔 학문 분야에 대한 거의 모든 자료가 준비되어 있었다. 이렇다 보니, 공부하는 과정에서 이런저런 게 아쉽다는 핑계를 대는 건 원천적으로 불가능했다. 모든 건 내가 하기 나름이었다. 학교 내에 완비된 최상의 시스템을 활용해 지적인 무장을 갖추는 동시에, 변화하는 세태에 적응하기 위한 지독한 노력을 병행해야 했다. 이를 위해, 아침에 일어나자마자 영어 및 한국어로 된 일간지와 인터넷 해외 토픽 뉴스를 읽어, 당대 지구촌의 움직임을 파악하고 정리했다. 이는 정치, 경제, 외교 등 국제적 역학 관계를 파악하는 데 큰 도움이 되었다.

미국에서 공부하는 동안, 나는 굳은 신념 한 가지를 가슴속에 고이 품고 있었다. 그건 바로, '내가 정한 학문의 길을 최대한 갈고 닦아, 어느 누구보다도 뛰어난 능력을 갖춘 전문가로 성장하자'는 것이다. 전문성을 갖추지 못한 채 사회에 진출한다면, 어느 자리에 가도 허둥지둥할 수밖에 없다. 이런 상태에서는 아무도 나를 인정하지도, 따르려 하지도 않을 것이다. 그래서 난 내 관심 분야의 전문 지식을 최대한 쌓으려고 노력했고, 지금까지 꾸준히 학문에 전념해 목표를 하나하나 성취할 수 있었다.

5년 후, 혹은 10년 후, 나는 한국의 젊은이로서 어떤 모습으로 살아가고 있을까? 나는 오늘도 꿈을 꾼다. 어떤 날은 국제기구에 몸담은 외교관이 되어 한국의 대표로서 활약하는 꿈을 꾸고, 또 어떤 날은 금융 전문가가 되어 뉴욕 월가를 누비는 꿈을 꾼다. 경제 전문가가 되어 경제 대국 한국을 만드는 주역이 되는 꿈을 꾸기도 한다. 이 모든 꿈들은, 미래를 향한 나의 항로를 비추는 등대이다.

또 하나의 깨달음, 졸업논문

나는 스탠포드에서 동아시아학을 전공하며 한국 관련 강의는 모조리 수강할 만큼 한국에 대해 지대한 관심을 가졌다. '한국 경제' '한국의 시민사회' '한미 관계' '한국의 국제정치' '한국사' 등을 수강하며 한국 관련 지식을 쌓았고, 굵직한 이슈들에 대해 분석하고 토론하는 과정에서 전문성을 기를 수 있었다. 남북한과 미국 간의 관계를 연구하는 데는 윌리엄 페리(William Perry) 교수님의 지도가 큰 도움이 되었다. 한국에도 잘 알려진 페리 교수님은 클린턴 정부 시절 국방부 장관을 역임하셨고, 이후 대북정책조정관(North Korea Policy Coordinator)으로서 미국과 북한 간의 관계를 조정하는 데 큰 역할을 하신 분이다. 나는 종종 페리 교수님을 찾아가 북한 관련 정보들을 자문하고 각종 연구 자료를 구했다.

3학년을 마감할 무렵 나는 졸업논문을 준비하기 시작했다. 평소 남북한과 미국 간의 관계에 관심이 많았던 난, 논문 주제를 '한국 반미주의의 새로운 물결(New Wave of Anti-Americanism in Korea)'로 정했다. 내가 한국 사회의 반미주의에 주목한 건, 박원순 변호사님의 강의 중 한미 동맹 문제를 다룬 부분을 접한 뒤의 일이다. 한국 사회 내에 확산되고 있는 반미 감정이 한미 동맹 관계에 어떤 영향을 미치는지 전망해볼 수 있었던 것이다. 나는 이때 얻은 지식과 각종 자료를 토대로 졸업논문을 작성하기로 결심했다.

내가 졸업논문 주제로 한국의 반미주의를 다루기로 결정한 데는 내 친구 디오고의 영향도 컸다. 21세기에 접어들면서 반미주의는 전 세계로 확산되는 추세를 보였고, 미국에 대한 외부 세력의 저항과 공격은 한층 격렬해졌다. 이는 반(反)부시주의 현상으로도 이어졌는데, 부시의 세계 전략에 반대하는 외국은 물론 미국인들조차 자국 정부를 불신하는 결과를 초래했다. 내가 스탠포드에서 목격한 부시 방문 반대 시위는 그 대표적인 사례였다. 디오고를 비롯한 많은 학생들이 공권력에 맞서 벌인 격렬한 시위는, 우리 주변에서 반미 혹은 반부시주의가 얼마나 큰 기세로 퍼져나가고 있는지를 적나라하게 보여주었다.

나는 논문의 구성안을 확정한 뒤 바로 집필에 들어갔다. 한국전쟁 이후 50년 넘게 유지된 한미 동맹의 형성 배경과 그 시작을 다루는 동시에, 한국 사회에서 반미주의가 형성된 원인을 집중 분석해 한국과 미국이 풀어야 할 과제를 서술했다. 이와 함께, 남한-북한-미국 간 관계를 6자 회담의 파트너인 중국, 일본, 러시아의 시각에서 조명하는 등, 동아시아 국제 정치의 현안을 면밀히 분석했다. 수개월에 걸쳐 각종 자료를 수집하고 분석함으로써 논문의 질적 수준을 크게 향상시킬 수 있었다. 한 학기 동안 방문자 학생 자격으로 고려대 국제대학원에 머물며 연구한 남북한 및 동북아 외교 정세에 대한 내용들도 논문 작성에 큰 도움이 되었다.

졸업논문이 거의 완성될 무렵, 나는 학과 대표 자격으로 여러 교수님과 학우들 앞에서 내 논문의 요지를 발표하는 시간을 가졌다. 내 발표를 듣기 위해 모인 사람들로 강당 안은 가득 차 있었다. 나는 발표의 서두에서, 미국 지성인들은 한반도에 반미주의가 번지는 원인을 보다 냉철한 자세로써 분석해야 한다고 주장했다. 이어, 미국 정부가 견지하고 있는 남북한에 대한 그릇된 시선을 꼬집었다.

예전부터 미국은, 한국과의 동맹 관계가 동등한 위치에서 맺어진 공정한 체제라고 주장해왔다. 하지만 미국, 특히 부시 정부는 그동안

나는 졸업논문 발표를 통해 한미 관계의 문제점을 지적하고 개선 방안을 제시했다. 프레젠테이션 배경은 훈민정음이었다.

얄팍한 자세로 한국을 대해온 게 사실이다. 일본에 대해서는 매우 호의적인 자세를 취하고, 중국에게는 신중하고도 조심스러운 자세를 취하는 것과는 사뭇 대조적이다. 또한 부시 정부는 북한을 '악의 축(Axis of Evil)'으로 규정해 이라크 다음으로 적대시하는 가운데, 계속해서 북한의 목을 조르는 정책을 펼치고 있다. 나는 이처럼 남북한을 성의 없이 대하는 강대국 미국의 자의적 행태가 한국의 반미주의를 더욱 부추기고 있다고 설명했다.

이와 더불어, 오늘날 한국인들 사이에서 미국에 대한 이미지가 어떻게 변화하고 있는지, 그 변화의 이유는 무엇인지를 들려주었다. 미국은 한국전쟁 이후 산업 기반이 완전 붕괴된 한국에 대규모 경제 원조를 해준 우방으로서, 한국인들에게는 오랜 기간 동안 매우 고마운 존재로 각인되어 있었다. 하지만 오늘날 한국인들의 뇌리 속에서 그 '고마움의 기억'은 빠르게 희석되고 있는 게 사실이다. 나는 이러한 현상의 원인이 된 사건들을 하나하나 짚어가며 설명했다. 내가 거론한 사건들에는 윤금이 씨 살해 사건, 광주민주화운동, 미군 장갑차에 의한 여중생 사망 사건 등이 있었는데, 이는 인권과도 밀접한 관련을 갖는 사건들이어서, 인권 문제에 관심이 많은 미국인들에게 큰 호소력을 발휘했다.

발표가 끝난 뒤 질의응답 시간을 가졌다.

"제 발표를 끝까지 경청해주셔서 대단히 감사합니다. 이제 질의응답 시간을 갖겠습니다. 궁금한 점이 있는 분은 질문해주시기 바랍니다."

서로 눈치를 살피던 사람들은 이내 하나 둘 손을 들고 질문하기 시작했다. 나는 발표를 앞두고 만반의 준비를 했던 터라 갖가지 질문에 당황하지 않고 답변할 수 있었다. 꽤 많은 질문과 답변이 오간 뒤 이 정도면 충분하겠지 하는 생각이 들 무렵, 뒤쪽에 앉은 한 사람이 손을 들었다. 나는 마지막 질문이라고 생각하고 그 사람을 지목했다.

"당신은 반미주의자입니까? 아니면 친미주의자입니까?"

그의 질문은 상당히 도발적이었다. 갑작스레 튀어나온 그 질문에 강당 안은 술렁이기 시작했다. 나 역시 당황할 수밖에 없었다. 객관적 연구자의 입장에서 남-북-미 관계에 대한 논문을 썼을 뿐, 결코 특정한 경향성을 가지고 쓴 것은 아니었기 때문이다. 나는 당황한 나머지 잠시 머뭇거렸다. 강당 안은 더욱 술렁였고, 질문을 던진 사람은 한 치의 양보도 없이 나를 압박했다.

"왜 아무런 말씀도 없으시죠? 오랜 준비를 거쳐 작성한 졸업논문인 만큼, 자신의 관점이나 의견이 뚜렷할 것 같은데요?"

"저……, 잠시 시간을 주시겠습니까?"

나는 양해를 구한 뒤 잠시 생각에 잠겼다. 이는 임기응변을 위한 것이 아니었다. 나 역시 한번쯤은 분명히 짚고 넘어가야 할 문제라는 생각이 들었던 것이다. 생각을 웬만큼 정리한 나는 곧 입을 열었다.

"기다리게 해서 죄송합니다. 제 입장을 말씀드리지요. 저는 반미주의자도 아니고 친미주의자도 아니라는 사실을 분명히 밝히고 싶습니다. 만약 제가 반미주의자라면, 미국 교육 제도의 혜택을 받으며 살아온 저의 지난 십여 년은 지독한 자기기만의 시간일 테지요. 하지만 저는 제 선택에 후회가 없을뿐더러, 미국으로부터 받은 배움의 기회에 대해서도 매우 고맙게 생각하고 있습니다. 문제는, 미국에 대한 제 개인적인 애정이 곧장 친미주의로 연결될 수는 없다는 것입니다. 국가 대 국가 차원에서 빚어지는 갈등이 분명히 존재하니까요. 오늘도 한반도에서는 미국과 한국, 미국과 북한 간의 불공평하고 불공정한 일들이 일어나고 있습니다. 제가 미국을 좋아한다고 해서, 미국 정부가 펼치는 모든 대(對)한반도 정책에 찬성할 수는 없는 일이지요."

나는 한숨 돌린 뒤 답변을 이어갔다.

"저는 미국에서 공부하는 외국인 학생으로서, 지극히 객관적인 관점에서 미국에 대해 말하고 있습니다. 한미 관계의 실태를 파헤치는 제 작업이 본의 아니게 감정적으로 받아들여졌다면 사과드립니다. 하지만 이것만은 알아주셨으면 합니다. 한국에는 '몸에 좋은 약은 입에 쓰다'라는 속담이 있습니다. 나에 대한 남의 지적이 당장은 서운할지 모르지만, 그것을 받아들여 잘못된 점을 고치고자 노력하면 내게 큰 도움이 된다는 뜻이죠. 미국을 좋아하는 사람으로서 바라건대, 미국 정부는 전 세계에 퍼진 반미주의의 실체를 제대로 인지하고, 그것의 개선을 위해 노력했으면 합니다. 특히 한반도에서 일고 있는 반미주의 물결에도 큰 관심을 갖고 현명하게 대처해주길 바랍니다."

나는 이 대답으로써 한 시간에 걸친 발표를 마쳤다. 강당에 앉아 있던 청중은 자리에서 일어나 나를 향해 힘찬 박수를 보냈다. 우렁찬 박수 소리를 들으니, 지난 몇 개월 동안 지속된 긴장감이 한순간 풀리며 현기증이 조금 일었다. 발표가 끝난 뒤, 한 교수님께서 나에게 다가왔다. 그는 자신이 지금까지 한국에 대해 많은 것을 안다고 자부해왔는데, 내 발표를 듣고 보니 자신의 연구가 많이 부족했던 것 같다고 말했다. 그리고 앞으로는 미국 지성인들도 이런 현실을 올바로 알아, 양국 관계를 전향적으로 개선하는 데 힘써야 할 것이라는 말도 덧붙였다. 최선을 다해 작성한 내 졸업논문에 대해 긍지와 자부심을 갖는 순간이었다.

졸업 연설의 아쉬움, 그리고 졸업

대학생이라면 누구든 졸업 전 마지막 학기를 분주하게 보내기 마련이다. 졸업에 대한 기대를 품을 여유조차 없이 바삐 돌아가는 이 시기는, 나에게도 어김없이 찾아왔다. 졸업을 몇 주 앞둔 난, 잠자는 시간을 줄여가며 기말 시험 대비와 졸업논문 마무리 작업에 매달렸다. 방 한쪽에는 졸업논문 작성에 쓰인 참고 서적들이, 다른 쪽에는 기말 시험 대비용 서적들이 바벨탑처럼 쌓여갔다. 논문 작성을 위한 문서 자료까지 이곳저곳에 널리면서 내 방은 난장판이 되어버렸다.

학업과 과제를 처리하느라 눈코 뜰 새 없었고, 휴식 따위는 생각조차 할 수 없었다. 매일 규칙적으로 해온 운동도 몇 주째 하지 못했다. 이렇다 보니 눈꺼풀이 한없이 무거워졌고, 머릿속은 바이러스 걸린 컴퓨터처럼 멍해졌다. 초조감은 나날이 커져만 갔다. 기말 시험과 졸업논문 제출 시한이 코앞으로 다가왔을 때, 내 몸과 마음은 극도로 지쳐 있었다.

내가 겪은 이 증상은, 대학 4학년생이라면 누구나 한번쯤 경험한다는 'Senior Collegian Syndrome(졸업생 증후군)'이었다. 이 증상은 나뿐 아니라 내 룸메이트에게도 나타났다. 항상 여유롭고 자상하던 그의 표정은, 졸업이 다가오면서 점점 수심 가득한 모습으로 변해갔다. 잠자리에 드는 시간이 점점 늦어졌고, 누군가에게 전화를 걸어 자신의 처지를 하소연하며 흐느끼기까지 했다. 매일 그 모습을 지켜본 나는 측은한 마음이 들었지만, 그를 위해 해줄 수 있는 것은 아무것도 없었다. 나 역시 '졸업생 증후군'에 걸려 허우적대는 처지였기 때문이다.

그렇게 힘겹게 하루하루를 보내던 어느 날, 내 방으로 전화가 한 통 걸려 왔다. 전화를 건 사람은 평소 친분이 있던 동아시아학과 학장님이었다. 학장님은 내게 반가운 소식을 하나 들려주셨다. 매년 졸업식을 앞두고 동아시아학과에서는 우수한 졸업 예정자 가운데 한 사람을 학과 대표로 뽑아 졸업 연설을 시키는데, 내가 그 연설자로 선출되었다는 것이다. 소식을 접한 나는 무척 기뻤다. 하지만 곧 불안감이 엄습했다. 벌써 수십 차례나 많은 사람들 앞에 서서 논문과 과제를 발표해본 나였지만, 이번에는 그 느낌이 사뭇 달랐다.

가장 먼저 든 생각은 시간적 여유가 없다는 것이었다. 졸업까지 남은 시간은 불과 2주 남짓. 졸업논문을 마무리하고 기말 시험을 치르느라 하루에 서너 시간도 채 못 자고 있던 터라, 졸업 연설 준비에까지 마음을 쓸 여유가 없었다. 수많은 졸업생과 그들의 가족, 그리고 여러 교수님들 앞에 나서야 하는 것도 내게는 큰 부담으로 다가왔다. 이때 문득, '학과 대표로 졸업 연설을 하는 것이 큰 영광이긴 하지만, 의무적으로 해야 하는 것은 아니지' 하는 생각이 들었다. 스스로를 설득할 핑계거리를 찾은 것이다. 나는 끝내 학장님께 사양의 말씀을 드렸다. 학장님께서는 내 뜻을 받아들이시고는, 아쉽지만 졸업 연설을 다른 학생에게 맡겨야 하겠다고 말씀하셨다.

나는 안도의 숨을 내쉬고 다시 시험공부를 시작했다. 그런데 이상하게도 집중이 잘 되지 않았다. 예상치 못한 후회감이 내 속에 일기 시작한 것이다.

'인생에서 단 한 번뿐인 기회인데, 너무 성급하게 결정을 내린 것은 아닌가? 학과를 대표해 졸업 연설을 하는 아들을 보면 부모님이 정말 좋아하실 텐데…….'

온 정성을 다해 아들의 유학 생활을 뒷바라지하신 부모님의 얼굴이 떠오르자, 조금 전 내 행동이 부끄럽게 생각되었다. 나는 서둘러 학장님께 전화를 드렸다. 하지만 학장님은 이미 퇴근한 뒤였다. 아쉽지만 다른 방법이 없었다. 다음 날 아침 일찍 학장님을 찾아뵙기로 마음먹고 나서야 다시 공부에 집중할 수 있었다.

다음 날 아침 학장실로 달려간 나는, 학장님을 뵈러 온 이유를 비서에게 설명했다. 그러나 비서가 들려준 이야기는 참으로 실망스러운 것이었다. 내 거절 의사를 들은 학장님께서는 곧 다른 학생에게 졸업 연설을 제의하셨고, 그 학생이 흔쾌히 동의했다는 것이다. 당장의 어려움을 피하고자 내린 어리석은 결정으로, 나는 영광스러운 졸업 연설 기회를 고스란히 다른 학생에게 넘겨주고 말았다. 경솔한 태도를 보인 나 자신을 책망하지 않을 수 없었다.

부모님께서는 내가 졸업 연설의 기회를 스스로 포기했다는 사실을 여전히 알지 못하신다. 이야기를 듣고 아쉬워할 부모님의 모습이 눈에 선해 도저히 말씀드릴 수 없었던 것이다. 하지만 나는 이 일을 통해 오히려 큰 깨달음을 얻었다고 자부한다. 모든 결정에는 책임이 따르고, 그 책임은 고스란히 자신의 몫으로 돌아온다는 사실이 바로 그

것이다. 그리고 막연한 두려움 때문에 중대한 결정을 그르치는 일은 이게 마지막이라고 다짐했다. 앞으로 내 인생에 닥쳐올 중요한 결정의 순간마다 오늘의 후회스러운 경험을 떠올려, 최대한 신중하고 용기 있는 판단을 내리겠다고 마음먹은 것이다.

졸업생 증후군의 고통스러움과 졸업 연설의 아쉬움을 견디는 동안, 졸업은 어느새 내 곁에 다가와 있었다. 졸업논문 작성과 마지막 기말시험도 성공적으로 마친 터라, 졸업을 맞는 내 마음은 무척 홀가분했다. 스탠포드 생활의 대미를 장식하는 졸업식 날이 밝았다. 나는 가족과 함께 아름다운 스탠포드 교정을 거닐며 지난 몇 년간의 삶을 회상했다. 영어 한마디 제대로 할 수 없었던 꼬마 조현영은, 어느새 당당한 스탠포드 졸업생 제임스 조로 거듭나 있었다. 자신과의 약속을 지켜낸 스스로가 무척 대견스러웠다. 잠시 사색에 잠겼던 난, 나를 보며 미소 짓는 부모님과 누나를 발견하고는 덩달아 흐뭇한 미소를 지어보였다.

졸업식은 화려하고 성대하게 치러졌다. 졸업식 행사가 치러진 스탠포드 대운동장은 졸업생과 그들의 가족, 수많은 교수들로 발 디딜 틈 없었다. 시차 적응이 안 되어 힘들어하시던 부모님도, 이날만큼은 만면에 환한 미소를 짓고 계셨다.

"현영아, 그동안 정말 고생 많았다. 지금까지의 네 인생에서 가장 값진 순간이구나."

고된 공부를 마치고 사회에 첫발을 내딛는 아들이 대견스러우셨는지, 아버지께서는 슬며시 내 손을 감싸 쥐셨다. 그 마음만큼 따스한 온기가 내 손에 고스란히 전해졌다.

돌이켜보면, 스탠포드 생활은 내 삶에서 가장 큰 행운의 시간이었다. 최고의 교수진 밑에서 수많은 인재와 겨루며 학문을 갈고 닦는 특권을 누렸으니 말이다. 사람들은 흔히, 아무리 만족스러운 선택도 시간이 지나면 그 빛이 퇴색하기 마련이라고 말한다. 하지만 나의 선택은 결코 퇴색하지 않았다. 자랑스러운 나의 학교 스탠포드는, 자신의 진가를 나날이 내게 확인시켜주었다.

사람들은 종종 내게 스탠포드의 가장 큰 매력은 무엇이냐고 묻는다. 그때마다 나는 망설임 없이 대답한다. 스탠포드는 '끊임없는 성장 기회'와 '사람들을 알아가는 즐거움'을 주는 곳이라고. 내가 겪은 스탠포드는, 학생에게 자신의 가능성을 확인시켜주고 그가 잠재력을 극대화할 수 있도록 관심과 지원을 아끼지 않는 곳이었다. 나는 그런 스탠포드야말로 지성의 천당이라고 생각한다. 그리고 그곳에서 성장한 스탠포드 사람들, 그들은 그저 대단한 학력이나 학식 등 겉껍질만을 갖춘 사람들이 아니었다. 그들은 학문에 대한 무서운 열정 뒤에 무한한 인간미를 지닌, 항상 나를 겸허하게 만드는 사람들이었다. 그들과 함께 공부하며 미래를 꿈꾸었다는 사실은, 내 인생 최고의 행운일 것이다.

스탠포드 진학, 그것은 내 인생에서 가장 탁월한 선택이었다

제임스가 들려주는 한국과 미국의 교육 이야기

미국 유학이 누구에게나 최선의 길일 수는 없다. 유학을 생각하고 있는 사람이라면, 자기가 꿈꾸는 유학이 생각만큼 만만한 일이 아니라는 사실을 서둘러 깨달아야 한다. 뚜렷한 목적의식 없이 지내다 보면 한국에서보다 더 빨리 도태될 수 있는 것이 바로 유학 생활인 것이다. 그럼에도 불구하고, 나는 꿈이 있는 청소년들에게 '도전은 아름답다' 는 교훈을 전해주고 싶다. 젊음이란 세상 어느 누구에게나 주어진 무한한 가능성의 다른 이름이다. 이 기회를 어떻게 활용할 것인지는 각자의 결정에 달려 있다.

1. 미국 유학이 최선의 길일까?

　21세기에 접어들면서 우리의 활동 무대는 하루가 다르게 넓어지고 있다. 세계화가 급속히 진행되면서 전 세계인이 스스럼없이 왕래하며 이웃과 다름없는 생활을 하게 된 것이다. 이처럼 전 세계가 하나로 융합되는 추세 속에서 부각되고 있는 가치가 있다. 그건 바로 다양성과 개성이다. 개인이 자기만의 뚜렷한 개성을 갖지 않으면, 단일 체계화하는 거대한 세계 속에 묻혀버릴 수밖에 없는 것이다. 내가 유학을 결심한 1990년대 중반, 나는 비록 어린 나이이기는 했지만 평범함으로부터 탈피해 새로운 길을 가고 싶다는 열망을 가졌다. 그래서 나는 낯선 세계로 나아가 내 꿈을 실현하겠다고 마음먹고 '미국 유학'에 도전하기로 결심했다. '운명은 주어지는 것이 아니라 스스로 선택하는 것이다' 라는 말을 믿고, 내 이상을 실현하기 위해 그 낯선 길을 과감히 선택한 것이다.

　미국 유학의 필요성에 대해 의문을 제기하는 사람이 많다. 유학을 놓고 고민하던 십여 년 전에는 나 또한 그런 의문을 가졌던 게 사실이다. 영어를 공용어로 사용하지 않았을 뿐, 한국에도 미국 학교만큼이나 좋은 환경을 갖춘 학교가 많이 있었기 때문이다. 하지만 미국 유학은 단순히 영어를 배우기 위해 떠나는 것이 아니라, 보다 활짝 열린 세계에서 학문을 접하기 위해 떠나는 것이다. 해외 유학생은 미지의 세계에서 다양한 수재들과 경쟁해 살아남아야 하기에, 자연스레 도전 의식과 문제 해결 능력을 배양할 수 있다. 언어와 문화의 장벽이라는 불리한 조건을 떠안고 경쟁을 벌여야 하지만, 그런 어려움을 극복하고 나름의 위상을 정립한다면 큰 인물로 거듭날 수 있는 것이다.

　미국 유학의 가장 큰 장점은 세상을 보는 시야를 넓혀주는 데 있다고 생각한다. '인종의 전시장'이라 불리는 미국에는 세계 각국의 다양한 사람들이 모여 살고 있다. 이런 미국 땅에서 유학 생활을 하다 보면 자연스레 낯선 사람들과 낯선 문화를 접하게 되고, 그 과정에서 새로운 체험을 할 수 있다. 나 역시 미국 유학을 하며, 다양한 인종의 친구들과 스스럼없이 지내는 일상을 통해 많은 것을 배웠다. 나는 미국에 와 난생 처음으로 노란 머리카락과 파란 눈동자를 지닌 친구들을 만났다. 처음에는 언어와 피부색만 다를 뿐 생각은 나와 비슷할 것이라 생각했지만, 곧 그것이 큰 오산임을 깨닫게 되었다. 가치관의 차이에서부터 대상을 보는 관점에 이르기까지, 그들은 나와 전혀 다른 세계의 사람들이라는 사실을 절실히 느껴야만 했다. 그랬던 나는, 전 세계에서 모인 친구들을 통해 다양한 모습을 포용하는 폭넓은 가치관을 새로이 배우게 되었다. 나와 전혀 다른 사람과도 조화를 이룰 수 있다는 가능성을 깨달은 것이다. 그것은 나를 성장시키는 큰 자산이 되었다고 믿고 있다. 이처럼 훌륭한 경험을 쌓을 수 있는 미국 유학에, 나는 보다 많은 후배들이 도전해보길 권한다.

하지만 경제적 뒷받침이 없으면 미국 유학을 가기 힘든 게 현실이다. 미국은 '기회의 땅'으로 불리지만, 유학생이 그 기회를 누리기 위해서는 재정적인 여유가 필수적이다. 그러나 다양한 비용 절감 방법을 활용해 그 문제를 슬기롭게 해결하는 경우를 종종 볼 수 있었다. 국내외의 다양한 장학 혜택을 찾아내어 학비를 충당하거나, 등록금과 주거비용이 덜 드는 곳을 찾아내는 지혜가 바로 그것이다. 이를 위해서는 유학 경험자를 만나거나 유학 관련 온라인 커뮤니티, 각종 유학 설명회에 참석해 각종 정보를 습득하는 노력이 필요하다. 미국 유학 희망자가 이 정도의 노력을 기울여보지도 않은 채 '미국 유학은 돈이 너무 많이 들어 불가능하다'는 결론을 내린다면, 그것만큼 어리석은 행동은 없을 것이다.

나는 부모님으로부터 한 푼의 돈도 송금 받지 않고 거뜬히 유학 생활을 해내는 몇몇 선배들을 본 적이 있다. 그들은 교내 아르바이트, 기숙사 사감, 한국인 학생을 상대로 한 과외 등 다양한 일을 하며 학비와 생활비를 충당했다. 그들은 하나같이 근면 검소했으며, 특히 시간을 황금처럼 아껴 썼다. 물론 이는 흔치 않은 경우였다. 이역만리 낯선 땅에서 부모님의 경제적 지원 없이 유학을 마친다는 건 결코 아무나 할 수 있는 일이 아니다.

화려하게만 보이는 미국 유학 생활의 이면에는 다양한 위험 요소가 도사리고 있다. 우선 언어와 문화의 장벽을 뛰어넘지 못하는 데서 오는 자괴감을 들 수 있다. 또한 가족, 친구들과 떨어져 사느라 지독한 향수와 외로움에 시달리는 경우도 종종 있다. 그런 현실을 극복하지 못한 유학생들 중 몇몇은 탈선의 길에 접어들고 만다. 이른 나이에 술과 담배를 배우는 건 다반사고, 심지어 불량한 친구들과 어울려 마약에까지 손을 대는 경우도 있다. 나는 어린 유학생들이 부적절한 행동을 일삼는 경우를 종종 목격했다. 구체적인 예로, 고등학교 시절 목격한 한 후배 유학생의 경우를 들어볼 수 있다. 파티에 참가했던 그 학생은 술주정을 부리다가 다른 사람과 시비가 붙어 주먹질을 했다. 끝내 출동한 경찰에 연행되어 갔고, 학교에서 정학 처분을 받았다. 그후 그 학생은 대학에 지원하거나 아르바이트 자리를 구할 때마다 전과자 취급을 당하며 큰 불이익을 받아야 했다. 뚜렷한 목적의식 없이 경솔하게 유학에 도전했던 학생들 중 많은 수는, 이런 안 좋은 결말로 유학 생활을 접는다. 그 모습을 보고 있으면, 차라리 그들이 한국에 머물며 착실하고 순수한 모습을 지키는 편이 나았으리라는 생각이 들곤 했다.

적지 않은 한국 학생들이 도피 유학 형식으로 미국에 오곤 한다. 그들은 한국에서 별 볼일 없는 대학에 가느니, 대학 선택의 폭이 넓은 미국에서 학위를 따는 게 낫겠다는 심산으로 유학을 결심한다. 일단 미국 유학을 마치고 귀국하면 한국에서 어느 정도 인정받을 수 있을 것이라 생각하기 때문이다. 고등학생 때 알고 지낸 한 친구가 바로 그런 경우에 해당했다. 한국에서는 원하는 대학에 진학하기 힘들다고 판단한 그는, 고등학교 1학년 때 미국으로 건너가 한 고등학교에 입학했다. 한국 유학생이 많이 입학해 있는 학교여서 적응하는 데는 어려움이 없었다. 하지만 그런 사실이 오히려 그의 유학 생활을 방해하고 말았다. 주위에 한국 유학생이 너무 많아 영어를 쓸 기회가 별로 없었고, 그들과 자주 어울린 탓에 공부 또한 등한시한 것이다. 여러 과목에서 낙제점을 받은 그는, 결국 학업을 마치지 못한 채 한국으로 돌아와야만 했다. 그 친구의 말에 따르면, 미국에서는 입시에 대한 부담감이 적기 때문에 학업이 쉬울 줄 알았는데, 막상 겪어보니 영어를 익히는 것도 벅차고 미국 교육 제도에 적응하는 것도 힘들었다고 한다. 덮어놓고 유학길에 오른 것을 후회한다는 것이다.

주위의 성공 사례만을 보고 충분한 준비 없이 유학을 결심하는 것은 매우 위험한 일이다. 대학 재학 중이나 졸업 후, 혹은 사회인이 되어서 유학을 하는 경우에도 부적응의 문제가 발생하는데, 하물며 나이 어린 학생은 어떻겠는가? 자아와 주체 의식이 채 형성되지 않은 어린 나이에 외국에 나가면 작은 문제에도 나약하게 대처하게 된다. 나 역시 유학 후 상당한 시간 동안 정체성을 잃고 우왕좌왕했다. 미국에 건너온 이유를 인식하지 못한 채 하루하루를 보낸 것이다. 이런 일

은 유학생들이라면 누구든 한번쯤 겪기 마련인, '몸살'과도 같은 증상
이다.

이처럼 미국 유학이 누구에게나 최선의 길일 수는 없다. 유학을 생
각하고 있는 사람이라면, 자기가 꿈꾸는 유학이 생각만큼 만만한 일
이 아니라는 사실을 서둘러 깨달아야 한다. 뚜렷한 목적의식 없이 지
내다 보면 한국에서보다 더 빨리 도태될 수 있는 것이 바로 유학 생활
인 것이다. 그럼에도 불구하고, 나는 꿈이 있는 청소년들에게 '도전은
아름답다'는 교훈을 전해주고 싶다. 젊음이란 세상 어느 누구에게나
주어진 무한한 가능성의 다른 이름이다. 이 기회를 어떻게 활용할 것
인지는 각자의 결정에 달려 있다. 다행스러운 것은, 우리나라 학생들
만큼 어린 시절부터 인내심을 키우고 집중해서 공부하는 훈련을 받은
젊은이가 세계적으로 흔치 않다는 점이다. 학업의 목표를 뚜렷이 세
우고, 성공에 대한 확고한 의지를 가진 한국의 젊은이라면, 누구든 후
회 없는 유학 생활을 영위할 수 있을 것이다. 준비된 자에게, 미국 유
학은 장기적으로 매우 효율적인 투자가 될 것이 분명하다.

프랑스의 사상가이자 소설가인 장 폴 사르트르(Jean Paul Sartre)
는 이렇게 말했다. "인간은 정지할 수 없으며, 정지해서도 안 된다. 따
라서 현 상태에 머물러 있지 않는 것이 인간이며, 현 상태에 정지해
있을 때, 그는 더이상 가치가 없다." 도전 없는 성공은 없다. 그 수단
이 유학이든 다른 어떤 방법이든, 성공을 향한 과감한 도전은 누구에
게나 필요한 것이라고 생각한다.

2. 내가 보는 한국과 미국 교육의 차이

한국과 미국 학생들의 수업 참여도

수업 참여란, 학생이 수업에 관련된 각종 활동에 적극적으로 참여하는 것을 말한다. 수업 내용을 예습하고 복습하는 것은 물론, 수업 시간에 발표와 질문을 통해 자기 의사를 표명하는 등의 활동이 이에 포함된다. 미국의 학생들은 이미 오래전부터 이런 적극적인 수업 참여를 통해 '고기 잡는 방법'을 익히고 있다. 그러나 한국 학생들은 여전히 주입식 교육의 틀에 묶여 정상적인 수업 참여를 하지 못하고 있는 실정이다. 한국 교육의 안타까운 현주소라 할 수 있다.

한국과 미국의 교실을 간단히 비교해보면 다음과 같다. 한국의 초·중·고등학교에서는 한 교실에 적어도 30명에서 40명에 달하는 학생이 모여 앉아 수업을 듣는다. 학생들의 원활한 수업 참여가 이루어지기 힘든 규모이다. 그러나 미국의 공립 중·고등학교에서는 많아야 20명에서 30명의 학생이, 사립 초·중·고등학교에서는 10명 정도가 한 교실에 앉아 수업을 듣는다. 자연스레 토론식 수업이 이루어질 수 있는 환경이다. 이처럼 간단한 비교를 통해서도, 우리는 한국과 미국 교육의 차이를 짐작할 수 있다. 한국의 학생들은 토론이나 발표, 이의 제기 등 능동적 수업 참여 없이 그저 선생님을 주목할 뿐이고, 선생님들 역시 그런 학생들을 바라보며 자신의 주입식 교육에 열중할 뿐이다.

미국의 교육을 좀더 자세히 들여다보자. 미국 교실에선, 아무리 수업에 집중을 잘 하는 학생이라도 입을 열어 수업에 참여하지 않으면 절대로 좋은 점수를 받지 못한다. 예습과 복습으로 지식을 갈고 닦은 미국 학생들은, 수업 시간 내내 질문과 반박, 의견 제시를 통해 선생님을 진땀 흘리게 한다. 선생님은 그들의 수업 참여도를 확인하며 그들 각각의 학업 성취도를 파악한다. 지식 전달은 사람 사이의 의사소통을 통해 이루어지는 것이기에, 미국 학교에서 학생의 수업 참여를 이토록 강조하는 것은 어찌 보면 매우 당연한 일이다.

유학 초기, 나는 미국의 이런 교육 환경 때문에 무척이나 고생했다. 서툰 영어 실력은 물론, 한국에 있는 동안 몸에 밴 주입식 교육의 습관도 나에게는 핸디캡으로 작용한 것이다. 이런 까닭에 나는 유학 직후 한동안 수업에 제대로 참여할 수 없었다. 수업 시간 중 특정 주제에 관해 깊이 있는 토론을 벌일 때면, 나는 꿀 먹은 벙어리처럼 앉아 있어야만 했다. 다행히도 이런 어려움은 나의 온갖 노력을 통해 곧 해

소되었다. 하지만 이따금 심도 있는 미국식 토론이 벌어질 때면, 나는 그 속에서 보이지 않는 장벽을 느끼는 게 사실이다. 아마도 이 점은, 내가 미국인으로 다시 태어나지 않는 한 완전히 해결할 수 없는 근본적 한계일 것이다.

미국 학생들은 대부분 나보다 영어를 더 유창하게 구사할뿐더러, 토론 수업 시 발표하는 내용이 매우 논리적이고 비판적이다. 그들이 그럴 수 있는 이유는 매우 간단하다. 갓난아기 때부터 이성과 논리가 충만한 환경에 놓이기 때문이다. 비근한 예를 들자면 다음과 같다. 우리나라 부모들은 아이가 잘못을 저지르면 일단 감정적으로 꾸짖기 바쁘다. 반면 미국 부모들은 아이가 무엇을 잘못했는지, 왜 꾸중을 들어야 하는지를 논리 정연하게 설명해준다. 또한 아이에게 어떤 행동을 금지할 경우 그 까닭을 충분히 이해시키고, 아이가 투정을 부리면 여러 가지 방법으로 설득하려 애쓴다. 아이를 독립된 인격체로 인식하고 그에 합당하게 대우하는 것이다.

학교에 입학하면서 미국 아이들의 논리성과 창의성은 더욱 계발된다. 주입식 교육이 보편화된 우리나라에서는 학생들의 암기력, 이해력 계발에 중점을 두는 반면, 미국에서는 창의력, 상상력, 적응력 향상에 신경 써서 학생들을 교육한다. 다시 말해, 우리나라 학생들이 이미 포장된 지식을 이식 받는 동안, 미국 학생들은 스스로 생각하는 힘을 기르는 것이다. 따라서 미국 학생들은 자발적으로 토론에 참여하게 되고, 주어진 문제에 대해 스스로 탐구하게 된다. 이 과정 속에서 작문 실력, 발표력, 논리적 사고력을 기른 그들은, 대학 진학 후 높은 수준의 학업을 수행해 나갈 수 있다.

한국은 이제 천편일률적인 주입식 교육 방식을 지양하고, 학생들의 수업 참여를 유도하는 교육 방식을 추구해 나가야 한다. 수업 시간에 선생님 얼굴만 열심히 바라보는 유순한 학생보다는, 이따금 선생님 의견에 반박하며 제 의사를 당당하게 표명하는 학생에게 후한 점수를 주는 제도를 만들어야 한다. 이런 변화를 통해 학교 내에 능동적인 수업 문화가 정착된다면, 한국 학생들은 논리성과 창의력, 포용력을 크게 키울 수 있을 것이다.

한국의 사교육 문제

한국 교육이 많은 문제점은 안고 있다는 사실은 이미 잘 알려져 있다. 특히 학생 개개인의 특성을 무시한 채 이루어지는 평준화 교육, 인성 발달에 대한 고민은 배제한 채 성적만을 중시하는 입시 위주 교육 등은 우리 교육을 좀먹는 크나큰 문제점으로 지적되고 있다. 이런 이유로 한국의 학생들은 공교육보다는 사교육에 더 많은 시간과 비용을 할애하고 있는 실정이다. 사교육비의 급격한 증가 추세는 출산 기피 현상을 낳고 인구 감소, 산업 인력의 부족이라는 기상천외의 문제로 이어져, 국가의 미래를 걱정하지 않을 수 없는 상황까지 연출되고 있다.

미국에서는 학생들이 제도권 공교육 외에 사교육을 받는 경우가 매우 드물다. 이는 미국의 공교육 체계가 사교육이 필요 없을 정도로 발달해 있기 때문이다. 미국에는 한국의 교육부와 같이 일선 교육 현장을 통제하는 국민 교육 과정(National Curriculum)이 없다. 따라서 교육 정책 및 과정이 각 학교별로 매우 자유롭게, 자율적으로 결정된다. 다시 말해, 미국의 교육 과정은 우리나라처럼 교육부에서 일괄적으로 정해져 하달되는 것이 아니라, 학교 단위, 심지어는 교사 단위에서 나오게 되는 것이다.

미국 학교의 선생님들은 주체적으로 시험 문제를 출제하고, 자기가 가르친 내용을 서술하게 하며, 학생들의 학습 수준이나 성과를 소신껏 평가한다. 따라서 학생들은 수업 내용만 잘 들으면 시험에서 좋은 성적을 얻을 수 있고, 내신을 걱정할 필요가 없다. 하지만 안타깝게도 한국의 실정은 미국과는 너무 다르다. 내가 한국에서 중학교 3학년에 재학 중일 때 국어 선생님에게 들은 이야기가 생각난다. 선생님께서 서울의 한 고등학교에서 근무하던 시절 자기 제자 중에 명문대 입학을 희망하는 학생이 있었는데, 그 학생은 매일 학원과 과외, 독서실을 전전하며 밤늦게까지 공부를 했고, 학교에 와서는 내내 졸기만 했다고 한다. 학원 수업과 문제지에만 의존해도 학교 시험에서 좋은 점수를 받을 수 있기 때문에, 그 학생에겐 학교 선생님이 가르치는 수업이 별 의미가 없었다는 것이다. 놀랍게도 그 학생은 실제로 자기가 원하던 국내 명문 대학에 당당히 합격했다고 한다.

나 역시 초등학교 때부터 보습학원을 다녔고, 그곳의 족집게 선생님들이 매번 학교 시험 문제를 짚어주어 내신이 크게 문제될 게 없었다. 중학교 3학년 기말고사를 며칠 앞둔 어느 날, 학원 선생님께서 '족보'라 불리는 노트를 가져와 그 지역 각 중학교의 기출 문제들을 복사해서 나눠주신 적이 있다. 며칠 뒤 치른 기말고사에 그 문제들이 고스란히 출제되었고, 나는 좋은 점수를 받을 수 있었다. 상황이 이렇다 보니, 학원에 다니는 학생들은 학교에서 배운 내용보다 학원에서 나눠주는 자료에 더 매달릴 수밖에 없었다. 안타깝게도 이것이 한국 교육의 엄연한 현실이다.

반면, 사교육이 흔하지 않은 미국의 경우, 학생들은 대부분 학교에서 배운 내용을 토대로 시험에 대비하며 내신을 관리한다. 그리고 하교 후에는 운동이나 음악, 봉사 등의 과외 활동으로 바쁘다. 그들이 하교 후 하는 공부는 선생님이 내준 과제를 하는 게 전부인 경우가 많다. 하지만 이 과제가 무척이나 중요하다. 학생에게 주어지는 과제의 양이 한국에 비해 훨씬 많기 때문에, 선생님들은 그 과제의 충실성을 매번 파악하고 그 결과를 학생의 내신에 크게 반영한다.

이처럼 확고한 위상을 갖춘 미국의 공교육 체계 덕분에, 미국 학생들은 학교 교과 과정에 충실히 임하는 것으로 그들의 학업을 다할 수 있다. 사교육과 공교육 사이를 바쁘게 오가는 한국 학생들에 비해 월등히 높은 학습 집중력을 발휘하게 되는 것이다. 한국 학생들이 학원과 독서실이라는 '우물' 안에 들어앉아 천편일률적인 시험 문제 암기로 시간을 보낼 때, 미국 학생들은 학교를 중심으로 한 사회라는 '대양' 속에서 사회성과 인간성, 창의성을 기르고 있다. 한국의 교육은 이 차이를 분명히 인식해야 한다.

한국의 사교육비는 매년 천문학적인 액수로 증가하고 있다고 한다. 이는 우리 공교육이 제 역할을 다하지 못하고 있음을 반증하는 현상이다. 사교육 확산이 주는 폐해를 줄여나가려면, 우선 한국 사회에 사교육이 등장한 배경과 그것이 급격히 팽창한 이유부터 파악해야 한다. 그리고 선진국의 교육 정책, 문화를 벤치마킹해 공교육의 효율성을 높이는 방안을 강구해야 한다. 이로써 한국의 공교육이 선진화하면, 제대로 교육받기 위해 해외로 빠져나가는 학생은 크게 줄어들 것이며, 더불어 외화 문제 등 국가 경제의 위험 요소도 크게 줄어들 것이다.

한국과 미국 대학생들의 경쟁력 차이

한국과 미국 대학생 사이의 중요한 차이점은 무엇일까? 우선 꼽을 수 있는 것은 신입생의 질이다. 대학에서 훌륭한 인재를 많이 육성하기 위해서는 양질의 신입생을 대거 확보해야 하는데, 일단 이 부분에서는 미국이 한국에 비해 월등히 앞서 있다. 한국의 명문 대학은 한국의 수재들이 독점하고 있지만, 미국의 명문 대학은 세계적인 수재들로 채워져 있다는 점이 이를 증명한다. 훌륭한 졸업생은 질 높은 신입생에서 얻어진다. 그래서 미국의 대학들은 경제 및 교육 강국의 장점을 최대한 활용해, 전 세계로부터 수재들을 끌어들이기에 심혈을 기울이고 있다. 미국 대학들의 이런 노력은 한국 고등학생들에게도 영향을 주고 있다. 최근 특목고뿐 아니라 일반 고등학교에서도 유학 바람이 일기 시작해, 국내 대학 입학을 위한 수능시험 대신, 미국 대학들의 평가 수단인 SAT(Scholastic Aptitude Test, 학력 적성 검사)를 준비하는 학생들이 크게 느는 추세이다.

한국과 미국 대학생들은 학습량에서도 차이가 난다. 아무리 여러모로 뛰어난 학생이라 해도, 정작 공부를 열심히 하지 않으면 훌륭한 학생으로 인정받을 수 없다. 높은 지식수준은 인재의 기본 요건이기 때문이다. 이 때문에 미국 학생들은 대학 입학 후 더욱 많은 양의 공부를 소화하며 지식의 외연을 넓히려 애쓴다. 그런데 한국 대학생들의 학습량은 미국 대학생들에 비해 형편없이 적은 게 사실이다. 게다가 입학 후 시간이 지나면서 학습량이 점차 줄어들기까지 한다. 이건 아마도 치열한 입시 전쟁이 낳은 폐해일 것이다. 지식을 쌓아 자신의 가치를 높여가야 할 중요한 시기에 학습량을 줄이는 것은 매우 위험한 일이 아닌가 싶다.

미국의 경우, 대학 선택의 폭이 넓고 기회도 다양하기 때문에 '입시 전쟁'이라는 것을 찾아볼 수 없다. 각종 사회 활동이 두루 중요시되는 미국에서는, 고등학생에게 '책상 붙박이'가 될 것을 강요하지 않는다. 오히려 사회인으로서 기본 자질을 갖추기 위한 다양한 과외 활동을 권장한다. 하지만 미국 학생들은 대학 진학 후 엄청난 학업 분량에 직면한다. 그러면서도 그들은 어린 시절부터 지속해온 과외 활동을 게을리 하지 않는다. 미국 대학생들의 이런 모습을 볼 때, 한국 대학생들은 경쟁력 면에서 많이 뒤질 수밖에 없다는 것을 알 수 있다.

대학생들에게 주어진 4년의 시간은 향후 40년의 행보를 결정짓는 중요한 시간이다. 당연히 이 기간 동안 자신의 관심 분야에 대한 전문성을 기르려 애써야 한다. 전공 공부, 사회 경험, 인맥 형성, 그 어떤 것도 놓쳐서는 안 된다. 한국의 대학생들은 미국 대학생들의 생활을 떠올려, 항상 긴장의 끈을 놓지 말아야 할 것이다.

한국과 미국의 명문 대학 수업, 무엇이 어떻게 다를까?

한국과 미국 명문대 학생들이 학기당 수강하는 과목 수는 4~5개 정도로 양국이 비슷하다. 그러나 학생에게 주어지는 과제 등 학업 분량에서는 현저히 차이가 난다. 미국 명문대 학생들은 학기 내내 눈코 뜰 새 없이 바삐 살아간다. 각 과목마다 1~2주에 한 번씩 퀴즈 시험이 치러지고, 매주 제출해야 하는 리포트와 Problem Set 과제 때문에 정신이 없을 정도다. 리포트의 경우, 학기 중에 교수의 지도 및 상담을 거친 후 승인 과정을 밟아야 비로소 작성할 수 있다. 짜깁기 식으로 대충 작성했다가는 표절로 간주되어 정학 처분을 당할 수 있기 때문에, 처음부터 끝까지 독자적으로 쓰지 않으면 안 된다. Problem Set도 만만치 않다. 나 역시 경제학 강의 등에서 주어지는 Problem Set 과제 때문에 골머리를 앓은 적이 많다. 난이도가 워낙 높아, 기숙사 친구들과 머리를 맞대고 풀어야만 겨우 완성할 수 있을 정도였다.

미국 대학에서는 거의 모든 강의에 조교(TA : Teaching Assistant)가 따라붙는다. 그리고 토론과 참여 수업을 중요시하는 전통 때문에, 큰 규모의 강의에는 반드시 Section(소규모 강의)이 병행된다. 강의가 일주일에 2회 열린다면, Section 역시 2회 열리는 게 일반적이다. Section은 보통 조교 한 명과 8~10명의 학생들로 구성된다. 조교는 강의 시간에 배운 내용을 되짚으며, 학생들에게 강의 내용에 관한 견해를 발표할 기회를 부여한다. 시험 기간에는 강의 내용을 학생들에게 요약, 정리해주며, 학생들의 질문에 답변해주기도 한다. 물론 조교는 자기가 맡은 학생들의 이름과 간략한 신상 정보를 파악하고 있다. 이들은 각 학생의 평소 참여도를 눈여겨보았다가, 학생들의 성적을 결정할 때 그 사항을 반영한다. 이때 조교에게 주어지는 영향력이 10~30퍼센트에 달하는 탓에, 학생들 사이에서 조교는 또 한 명의 교수로 여겨지기까지 한다.

미국 명문 대학의 조교는 기본적인 강의 능력은 물론, 교수와 함께 연구를 진행하는 능력도 갖추어야 한다. 매일 치열하게 진행되는 강의라는 전쟁터에서, 교수와 조교가 함께 무기를 들고 싸우게 되는 것이다. 앞서 언급한 Section을 통해 그들은 자신의 역량을 최대한 키우고, 전임 교수가 되기 위한 절차를 밟아나간다. 학기가 마감될 즈음, 이들은 교수와 동일한 방법으로 학생들의 평가를 받는다. 이때 좋은 점수를 받지 못하면 조교 자격을 박탈당할 수도 있다.

이에 비해 한국의 사정은 어떠한가? 한국 대학의 조교는 교수의 조수 역할을 할 뿐, 강의 조교를 담당하지는 않는다. 교수의 개인 비서라고 해도 과언이 아닐 것이다. 그들은 아침마다 교수보다 일찍 출근하여 교수 연구실을 정리 정돈하고, 일과 중에는 교수의 잡무를 대신 처리한다. 가끔 학부생들의 과제물 제출 여부를 점검하고, 교수가 준비 중인 논문이나 서적에 필요한 자료를 대신 찾기도 한다. 이렇게 교수의 비서로서 일하면, 한 학기 등록금 정도의 임금이 지급된다. 높은 위상을 지닌 미국 대학의 조교에 비해, 이들의 현실은 이토록 초라하기 짝이 없다. 대단한 실력을 갖춘 조교일지라도, 그 역량을 발휘할 기회조차 그들에게는 주어지지 않는 것이다. 이처럼 조교에게 합당한 역할이 부여되지 않는 한국 대학의 현실은, 조교 자신은 물론, 학생과 학교 전체에 큰 손실이 되는 일이라고 할 수 있다.

미국 대학 교수들의 경쟁력

미국 대학에는 텃세가 거의 없다. 상호 교류가 활발한 미국 대학들은 공헌도에 따라 교수를 평가할 뿐, 그가 어느 대학 출신인지는 크게 따지지 않는다. 스탠포드의 경우에도 역대 총장 대부분은 스탠포드 출신이 아니었다. 현 총장인 존 헤네시 역시 다른 대학 출신으로, 빌라노바대학교에서 전자공학을 공부했고 뉴욕주립대학교에서 컴퓨터공학으로 석사 및 박사 학위를 받았다. 그는 전자공학과 조교수로 부임하면서 스탠포드에 처음 발 디뎠다고 한다. 이런 유연한 분위기 속에서, 미국의 대학 교수들은 자신의 역량을 최대한 발휘해 전공 분야를 연구하고 제자를 육성한다.

미국의 대학 교수들은 학생들과의 관계에서도 항상 정도를 걷는다. 정년 퇴임을 눈앞에 둔 백발의 교수는 물론 세계적 석학으로 인정받는 많은 교수들도, 박사 과정 학생이 발표하는 공동논문에 자기 이름을 second author로 적어 넣는 감동적인 모습을 보여준다. 한 해에 여러 편의 논문을 발표해야 하는 바쁜 상황에서도, 교수는 면담을 요청하는 학생들을 힘든 내색 없이 반긴다. 한편 그들은 절대로 결강을 허락하지 않는다. 갑작스런 일로 불가피하게 휴강을 하게 된 경우에는 차후에 반드시 보강을 하고, 정해진 강의 시간도 꼭 지킨다. 휴강하거나 강의 시간을 단축하는 등의 행동으로 학생들의 호감을 사려하는 일이 결코 없다. 그들은 학생들이 내는 비싼 등록금에 걸맞은 수준 높은 교육 서비스를 제공하지 않는 것을 죄악으로 여기는 사람들이다.

우리는 세계 최고라 평가받는 대학들이 미국 내에 즐비한 이유를 한 번쯤 짚어볼 필요가 있다. 그 이유들 하나하나는, 우리 교육의 현실을 돌아보는 지표가 될 수 있을 것이기 때문이다. 우리가 우리 교육의 문제점들을 극복하고 세계적인 수준의 교육 현장을 갖춘다면, 그땐 전 세계 수재들이 미국이 아닌 우리나라로 몰려들 것이다. 이는 한

국 성장의 토대가 되어 우리의 미래를 상상할 수 없을 정도로 뒤바꿔
놓을 것이다.

3. 미국 유학을 준비한다면,
   이것쯤은 익혀두자

한국 영어 교육의 현주소

얼마 전에 나는 KBS 라디오 '뉴스초점'이라는 프로그램에 패널로 참가해, '한국 영어 교육, 이대로 좋은가?'라는 주제로 열띤 토론을 펼쳤다. 이희찬 해설위원의 진행으로 펼쳐진 이 방송에서, 나는 곽중철 한국외대 통역번역대학원장님과 함께 한국 사회의 최대 관심사 중 하나인 영어 교육을 둘러싼 문제점을 해부하고, 그 해법을 모색하는 시간을 가졌다. 토론을 통해 우리가 공동으로 인식한 것은, 한국의 영어 교육 현장이 고비용 저효율의 기형적 구조를 갖고 있다는 사실이었다. 매년 15조 원에 달하는 막대한 돈을 쏟아붓고 있지만 그 효과는 실로 저조하기만 하다는 것이다. 실제로 한국의 학생들은 최소 6년 동안 학교에서 의무적으로 영어를 배우는 것으로도 모자라, 학원까지 다니며 영어 공부에 열을 올린다. 하지만 그 과정을 모두 거친 사람도, 막상 외국인을 만났을 때는 선뜻 영어로 대답하기 어려워한다. 인사는커녕, 입도 떼기 전에 몸부터 굳어져버리는 경우가 대부분이다.

대단한 교육열이 무색하게도, 한국의 영어 교육은 고질적인 문제를 많이 안고 있다. 먼저 한국과 미국 학생들의 제2언어 학습 효율성을 비교해보자. 한국 학생의 경우 최소 6년간, 일주일에 5시간 이상 의무적인 영어 교육을 받는다. 하지만 내가 본 그들의 실질적인 영어 구사 능력은 대단히 저조한 편이었다. 반면, 미국 학생들의 제2언어(불어, 스페인어, 독어 등) 학습 시간은 한국 학생들에 비해 훨씬 적지만, 그 효율성은 월등히 높았다. 내가 미국에서 고등학교를 다니며 본 바에 의하면, 미국 학생들은 제2언어를 배운 지 1년이 채 되기도 전에 기본적인 회화를 능숙하게 구사했다. 이런 차이는 어째서 생기는 것일까?

우선, 양국 학생들의 수업 참여도에서 그 이유를 찾아볼 수 있다. 안타깝게도 한국 학교의 영어 과목 시간에는 학생들의 능동적인 수업 참여가 거의 이루어지지 않는다. 선생님들 역시 수업 시간에 학생들과 영어로 의사소통하려고 하기보다, 영어를 하나의 학문으로 취급해 지식 전달에만 시간을 할애하는 경우가 대부분이다. 내 기억에도, 한국 학교의 영어 선생님들은 문법과 독해, 어휘에는 강한 반면, 회화에는 매우 취약한 분들이 많았던 것 같다. 그러다 보니 수업은 자유로운 영어 구사를 목표로 이루어지지 않았고, 궁극적으로는 시험을 위한 것으로 전락하고 말았다. '주입식 교육'의 습관이 영어 교육에도 그대로 드리워져 있는 것이다.

이와 달리, 미국 학교의 외국어 수업은 회화 위주로 이루어진다. 나는 미국의 고등학교에서 스페인어를 수강했다. 스페인어 선생님은 히스패닉으로, 스페인어와 영어를 완벽하게 구사하는 분이었다. 이런 선생님 덕에, 첫날부터 영어와 스페인어가 적절히 혼합된 수업이 이루어졌다. 수업 초반에 학생들은 선생님의 스페인어 말씀을 거의 이해하지 못했다. 하지만 선생님은 그런 방식의 수업을 지속하셨고, 학생들에게도 스페인어 회화를 끊임없이 시도할 것을 요구하셨다. 결국 그 학기가 끝나기 전, 학생들은 스페인어를 회화 수준으로 구사하는 실력을 갖출 수 있었다.

내가 한국에서 중학생으로 지내던 시절, 한 영어 선생님이 들려주신 말씀이 떠오른다. 한국은 일제 식민지 시절 일본으로부터 전수한 영어 학습법을 여전히 사용하는 까닭에, 오늘날까지도 회화 위주가 아닌 문법, 독해, 단어 암기 위주로 영어를 배우고 있다는 것이다. 이제 한국은 이 난맥상을 해소해야만 한다. 지금까지의 영어 학습법을 과감히 버리고, 선진국의 교육 방식을 벤치마킹해 우리에게 맞는 독창적인 영어 학습법을 만들어야 한다.

언어에서 가장 중요한 것은 말하기(speaking)이다. 당연히 회화가 주가 되어 영어 학습이 이루어져야 한다. 한국 학교의 학급당 학생 수가 30~40명에 달하고, 학생들의 영어 실력이 많이 부족할지라도, 영어 선생님들은 제대로 된 교육에 대한 희망을 버려서는 안 된다. 학생들에게 영어에 대한 자신감을 불어넣어주고, 가능한 한 영어로 의사소통하는 방식의 수업을 진행해야 한다. 학생들도 자신의 회화가 서툴다고 해서 부끄러워할 필요는 없다. 당장은 발음이 부정확하고 문장도 문법에 어긋날지라도, 꾸준히 노력을 하다 보면 자기도 모르게 정확한 회화를 구사하는 때가 올 것이다. 이 과정을 통과한 학생만이 영어에 대한 자신감을 얻을 수 있다.

영어를 잘하려면 어떻게 해야 할까?

주위 사람들은 이따금 내게, 어떻게 하면 영어를 잘할 수 있느냐는 질문을 던지곤 한다. 그때마다 내가 하는 대답은 간단하다. 먼저 '자신감'을 가지라는 것이다. 아무리 영어를 많이 공부한 사람이라도 자신감이 없으면 미국 사람과의 대화에서 자신의 영어 실력을 십분 발휘할 수 없다. 실제로 많은 한국 사람들은 자신의 발음이나 문법이 잘못되지 않았을까 하는 우려 때문에 제 영어 실력을 맘껏 펼치지 못한다. 재미있는 사실은, 미국 사람들은 한국 사람과 대화할 때 상대방에게 훌륭한 영어 실력을 기대하지 않는다는 것이다. 대화 중에 잘못된 영어를 구사하더라도 의미만 제대로 전달되면 그들은 전혀 신경 쓰지 않는다. 오히려 조금이라도 영어를 구사할 줄 아는 것에 대해 고마워하며 칭찬을 아끼지 않는다.

처음 미국에 건너갔을 때, 나 역시 발음과 문법에 너무 신경을 쓰다가 결국 할 말을 다 못하고 마는 경우가 많았다. 지금 생각해보면 너무나도 쓸데없는 짓이었다. 시간이 흘러 영어에 대한 부담감을 떨쳐

버린 나는, 미국 친구들의 반응에 상관없이 내 의사를 자신감 있게 표
현할 수 있게 되었다.

자신감 다음으로 중요한 것은 영어의 '기본기'이다. 기본기가 약하
면 간단한 표현조차 영어로 말할 수 없다. 기본기를 다지는 데에도 딱
히 방도는 없다. 자신이 투자한 시간과 영어 실력은 비례한다. 그저
많이 쓰고 읽고 외우는 것만이 자신의 영어 실력을 보강하는 길이다.
먼저 단어의 중요성을 일찌감치 깨닫고 반복 학습을 통해 많은 단어
를 외워야 한다. 어휘력이 튼튼해야 기본적인 읽기, 쓰기, 듣기가 가
능하다. 내가 스탠포드에서 공부하던 시절, 한국 대학을 졸업하고 스
탠포드 석사, 박사 과정에 들어온 유학생들을 많이 보았는데, 그들에
게는 공통점이 한 가지 있었다. 그건 바로, 회화 실력은 부족하지만
어휘력은 강하다는 점이었다. 스탠포드에 합격하려면 높은 GRE
(Graduate Record Examination) 점수가 필요하기 때문에, 스탠포드
석사, 박사 과정 학생들은 대부분 GRE에서 좋은 성적을 거둔 사람들
이라고 할 수 있다. 나 역시 GRE 시험을 보았기에, GRE를 대비해 공
부하는 것이 얼마나 힘든 일인지 잘 안다. 특히 GRE 시험에는 단어만
을 물어보는 부문이 있을 정도이다. 따라서 단어를 많이 알지 못하면
GRE에서 절대 좋은 성적을 거둘 수 없다. 회화 실력이 아무리 약하다
하더라도 어휘력만 좋다면 듣기(listening)는 훨씬 수월해진다. 바로
이런 점 때문에 스탠포드 석사, 박사 과정에 들어온 한국 유학생들이
스탠포드의 고난도 강의에 쉽게 적응하는 것이다. 회화 실력은 조금

부족하더라도 어휘력이 강한 사람은 상대방이 하는 말의 요점을 제대로 파악할 수 있다. 어차피 언어란 단어와 단어가 만나 이루는 문장들로 짜이는 것이다. 단어를 많이 알 때 듣기 능력이 향상됨은 물론, 영어 수준 자체가 크게 향상된다.

들기가 아닌 말하기(speaking)를 잘하려면 어떻게 해야 할까? 원활한 회화를 위해서는 뭐니뭐니 해도 문장 암기가 가장 중요한 것 같다. 또한 문장들을 잘 응용할 줄 아는 지식이 필요하다. 나의 경우, 영어 회화 책을 달달 외우는 것으로 회화의 걸음마를 뗐다. 이 방법은 곧 효험을 발휘하기 시작했다. 미국 고등학교에 입학한 지 얼마 지나지 않은 날, 나는 수업 중 친구의 연필을 빌려야 했다. 회화 책에서 외운 "Can I borrow your pencil?"이라는 문장을 기억해내 친구에게 말을 건넸다. 그는 처음에는 내 발음을 제대로 알아듣지 못했는지 고개를 갸우뚱해 보였다. 하지만 내가 분명한 발음으로 재차 말하자, 그제야 알아들었다는 듯 미소를 지으며 내게 연필을 건네주었다. 나는 이를 계기로 "Can I borrow your pencil?"이라는 문장을 이리저리 응용하기 시작했다. 'pencil' 대신 'book'을 넣는 등 목적어를 바꾸어보기도 했고, 'can' 대신 'may'를 넣어 "May I borrow your book?"이란 문장을 만들어보기도 했다. 화장실 용무 때문에 양해를 구할 때는 "May I go to the bathroom?"이라는 문장을 활용하기도 했다. 이처럼 한번 암기한 기본 문장으로 수십 종류의 문장을 만드는 과정 속에서, 나의 회화 실력은 급격히 향상되어갔다. 영어 회화가 웬만큼 수월해진 뒤부터는, 명문장들을 통째로 외우는 연습을 하기 시작했다. 책이나 TV 프로그램에서 세련되고 마음에 드는 문장, 격언 등이 나오면 그것을 통째로 외웠다. 이는 심도 있는 대화를 하거나 에세이를 쓸 때 큰 도움이 되었다.

영어 장벽을 뛰어넘는 것은 결코 쉬운 일이 아니다. "외국어를 완벽하게 구사하려면 자신의 모국어를 버려야 한다"라는 말이 있다. 이 말은 모국어가 아닌 제2의 언어를 습득하는 게 얼마나 힘든 일인지를 나타내는 말이다. 영어를 미국 사람 수준으로 완벽히 구사하겠다는 생각을 품고 있다면, 그 생각을 일찌감치 버리는 것이 오히려 약이 될 수 있다. 미국 사람과 똑같은 발음을 구사하겠다는 욕심도 재고해볼 필요가 있다. 이미 영어는 세계 공용어가 되어 전 세계 사람들이 사용하고 있는데, 그들의 영어 발음을 들어보면 모두 조금씩 다르다는 사실을 우리는 쉽게 알 수 있다. 따라서 미국식 발음에 집착하기보다는, 영어를 쓸 줄 아는 사람이라면 누구든 알아들을 수 있는 올바른 발음을 구사하는 게 우리 목표가 되어야 한다. 의사소통 수단이라는 언어의 본질에 주목할 때, 지나치게 꼬인 영어 발음으로 상대방의 이해를 해친다면 그것은 이미 죽은 영어인 것이다. 남의 방식을 무조건 추종하려는 강박관념을 버리고, 자신의 개성이 담긴 생생한 영어를 구사하고자 노력하는 게 무엇보다 중요하다.

다시 한번 말하지만, 영어를 잘하고자 하는 사람은 절대로 영어를 두려워하지 말아야 한다. 또한 영어의 기본기를 다지는 노력도 게을리해서는 안 된다. 미국에서 십 년을 산 나도 여전히 영어 공부를 멈추지 않고 있다. 쉬지 않고 책을 읽고, 좋은 문장을 암기하며, 한국에 있는 미국인 친구들과 어울려 다양한 이슈에 대해 열띤 토론을 한다. 영어는 생활이다. 이 점을 잊지 말아야 한다.

성공적인 유학 생활의 요건—읽고 쓰기(Reading & Writing)의 중요성

내가 생각하는 성공적인 미국 유학 생활의 요건은 그리 거창한 것이 아니다. 주관적인 견해에 불과할지 몰라도, 나는 '읽고 쓰기'가 공부에서 가장 중요한 요소라고 생각한다. 따라서 영어로 읽고 쓰기를 잘하는 학생은 이미 반쯤 성공한 유학 생활을 하고 있는 셈이다. 학생들이 미국 유학을 떠나는 이유는 다양하지만, 그들이 하나같이 갈망하는 것은 바로 영어를 잘하는 것이다. 영어 회화에 아무리 능숙하더라도, 언어의 기본이 되는 읽고 쓰기 능력이 취약하다면 결코 깊이 있는 영어를 구사할 수 없다. 미국에 일정 기간 살다보면 누구든 입과 귀가 조금씩 열리기 마련이다. 하지만 여기서 더이상의 노력을 기울이지 않는다면 세련된 영어를 구사하기 힘들다. 언어의 기본이라 할 수 있는 읽고 쓰기 능력이 갖춰져야 수준 높은 영어를 구사할 수 있는 것이다.

언어에는 구어체(spoken)와 문어체(written)가 있다. 기본적인 회화를 구사하려면 구어체를 익히는 것만으로도 충분하다. 하지만 이따금 화려한 문어체를 구사하는 지성인들을 볼 때면, 그 세련된 화술에 감탄하곤 한다. 물론 취향의 문제겠지만, 나는 그들처럼 최대한 세련된 영어를 구사하기 위해 무척 애를 썼다. 이 과정에서 나는, 세련된 언어 구사 능력은 책 읽기를 통해 얻어진다는 결론을 얻었다. 일반적으로 말하기(speaking)보다 쓰기(writing)가 더 어렵기 때문에, 쓰기를 잘하려면 일단 읽기를 많이 해야 할 것이다.

읽고 쓰기 능력은 명문대 학생에게 특히 더 요구된다. 나는 고등학교 시절, 학교 인근의 한 대학에서 몇 개의 대학 과목을 이수한 적이 있다. 그 대학 학생들의 학문적 깊이는, 내가 스탠포드 입학 후 경험한 학문적 깊이의 30퍼센트도 채 되지 않았다. 그 대학의 각 과목에서는 언제나 학생들에게 과제를 부과했지만, 그 중 읽어야 할 서적과 써내야 할 리포트 및 에세이의 양은 상당히 적었다. 반면, 스탠포드 입학 직후 내게 부여된 읽고 쓰기 과제는 어마어마한 양이었다. 강의 하나를 수강하기 위해 일주일에 문학 책 한 권을 정독해야 하는 경우가 허다했고, 제출해야 하는 리포트 및 에세이의 양도 상상을 초월할 정도로 많았다. 과제를 제대로 수행하기 위해서는, 역시 읽고 쓰기의 기본이 잘 다져져 있어야 했다.

이런 점은 스탠포드뿐 아니라, 대부분의 미국 명문 대학에서 발견할 수 있는 특징이다. 미국 명문대 입학을 노리는 학생이라면, 읽고 쓰기 능력을 미리 다져두길 바란다. 그러지 않으면 어마어마한 과제에 치여 하루하루가 고달파질지도 모른다. 당신이 연못의 잉어를 잡는 데 만족하는 사람이라면 말하고 듣기에만 열중해도 된다. 하지만 당신이 드넓은 태평양의 고래를 낚고자 하는 사람이라면, 나는 당신에게 읽고 쓰기를 집중적으로 공부하라고 일러주고 싶다. 읽고 쓰기 실력이 향상되면 말하고 듣기 실력도 자연스레 향상되지만, 말하고 듣기를 잘한다고 해서 읽고 쓰기를 잘하게 되는 것은 아니기 때문이다.

그렇다면 도대체 어떻게 해야 읽고 쓰기 실력을 늘릴 수 있을까? 위에서 언급했듯, 우선 다양한 책을 접하고 독서를 습관화하는 노력이 필요하다. 독서는 지식의 폭을 넓혀줄 뿐 아니라, 다양한 문장 표현과 단어를 접하게 해줌으로써 어휘력 향상에 크게 기여한다. 지성인 가운데 책을 가까이하지 않는 사람은 거의 없다. 나 역시 지성인이 되겠다는 각오로 많은 책을 읽었다. 그중 내가 가장 흥미롭게 읽은 책은 『삼국지(三國志)』이다. 『삼국지』에 등장하는 무궁무진한 삶의 지혜와 교훈, 전략, 지식들은 나의 지적, 정신적 성장에 크게 기여했다. "삼국지를 세 번 이상 읽지 않은 사람과 열 번 이상 읽은 사람은 상대하지 말라"는 말이 있다. 나는 현재까지도 『삼국지』를 끊임없이 읽으며 나를 더욱 단단하게 만들고자 노력하고 있다.

촉(蜀)나라의 영웅이자 역대 천재인 제갈공명(諸葛孔明)과, 위(魏)나라의 최고 지략가인 사마의(司馬懿)는 엄청난 독서광이었으며, 그들의 신출귀몰(神出鬼沒)하는 전략과 전술은 대부분 책을 통해 터득한 것이었다. 촉나라의 승상(丞相)인 제갈공명은 편지 한 통으로 위나라 총사령관 조진(曹眞) 장군과 오(吳)나라의 대들보 주유(周瑜) 장군의 죽음을 재촉했다. 또한 고인이 된 주유를 조상(弔喪)하러 간 그는, 미리 준비해온 편지 한 통으로 자신을 원수로 여기고 있던 오나라 장군들을 감동시켜 죽음을 면할 수 있었다. 다독과 글 솜씨가 얼마나 중요한 능력인지를 깨닫게 하는 대목이다.

『삼국지』를 읽기 시작한 덕에, 나는 좋은 습관 한 가지를 얻었다. 그것은 바로, 매일 잠자리에 들기 전 한 시간 동안 책을 읽는 습관이다. 책 읽기를 빼먹은 날엔 허전한 느낌이 들고 잠이 잘 오지 않는다. 이런 방식으로 독서를 습관화하면서 나는 다른 분야의 책도 가까이하게 되었다. 현재 나의 관심사는 경제, 정치, 사회, 역사, 문화 등 다방면으로 확장되어 있다. 이 관심사들을 충족시키기 위해 내가 가장 즐겨 사용하는 방법은 당연히 독서이다. 읽고 쓰기 실력의 근본이 되는 독서를 게을리 하는 것은, 내 지성의 요절(夭折)을 의미하는 일일 것이다.

4. 우리의 가능성을 믿자

미국의 인종차별 문제

주위 사람들이 내게 묻는 질문 중에는 미국의 인종차별 문제에 대한 것도 많다. 내 경험으로 미루어 짐작할 때, 인종차별 문제는 어느 나라에든 조금씩 존재하는 것 같다. 다만 미국은 '인종의 전시장'이라는 별칭에 걸맞게, 다른 나라에 비해 인종차별 문제가 좀더 두드러지는 게 사실이다. 하지만 한국 유학생들이 크게 걱정할 필요는 없다. 미국 사회 내에 동양인 인구가 점점 늘어나는 만큼, 그 존재감도 점점 확고해지고 있기 때문이다. 특히 미국 중·고등학교 내의 한국 유학생 수도 하루가 다르게 늘어나는 추세인지라, 한국인에 대한 미국 학생들의 인식도 과거와는 크게 달라졌다. 나는 10년 동안 미국에서 살면서 심각한 인종차별을 받아본 적이 없다. 한국인으로서의 자존심과 긍지가 강했던 난 미국 학생들에게 약점 잡힐 만한 일을 하지 않았고,

자연스레 미국 학생들과 스스럼없이 어울릴 수 있었다.

　미국 학생들이 보이는 인종차별적 행위는, 실은 영어를 못하는 동양인 학생에 대한 단순한 장난에 불과한 경우가 많다. 따라서 그런 행동에 너무 예민하게 반응하면 오히려 상황을 악화시킬 수 있다. 미국 고등학교 입학 직후, 나는 누군가 나를 무시하려 해도 주눅 들지 않은 채 그를 끝까지 응시했다. '나는 네 생각처럼 만만한 상대가 아니야' 하는 인식을 심어주기 위한 것이었다. 이런 내 반응에, 십중팔구는 슬며시 꼬리를 내렸다.

　한번은 이런 일도 있었다. 열심히 수업을 듣고 있는데, 내 뒤에 앉은 백인 아이 하나가 내 귀를 툭툭 건드리고 머리를 잡아당기는 등 짓궂은 장난을 걸어왔다. 내가 잠자코 있자 그 아이는 점점 심하게 장난을 걸었다. 참다 못한 난 뒤돌아 그를 잡아먹을 듯 째려보았다. 미국 학교에서의 폭력은 퇴학으로 직결될 가능성이 높기 때문에, 난 꽤나 감정을 억제한 상태로 그를 대한 것이다. 그 아이도 자존심이 있었는지 지지 않고 나를 쏘아보았다. 그렇게 일 분 정도가 지나자 우린 어쩔 수 없이 휴전을 해야만 했다. 그후 그 아이는 더이상 나에게 장난을 치지 않았다. 텃세를 부리는 미국 학생과의 기싸움에서 이긴 것이다. 나는 그때 미국 아이들은 큰 덩치에 비해 겁이 많다는 사실을 깨달았다.

　사실 그 백인 아이가 내게 한 행동은 인종차별이 아니었다. 말이 없는 동양인 아이에 대한 호기심의 다른 표현이었던 것이다. 능숙한 영어 실력으로 당당히 생활한다면 그런 일을 겪지 않아도 될 것이다. 만약 자신이 지금 미국 아이들로부터 조롱당하고 있는 처지라면 일단 내가 했던 방법으로 대처해보고, 그게 먹히지 않을 경우, 당장 선도 담당 선생님께 달려가 그 사실을 알려야 한다. 미국 학교는 학생의 프라이버시를 보장하기 위한 시스템을 갖추고 있으니, 보복당할 것을 두려워할 필요가 없다. 특히 미국 학교에서는 인종차별 문제를 대단히 심각하게 다루고 있는 까닭에, 부당한 대우를 받는 외국계 학생들에 대한 보호가 각별하다. 그러니 인종차별 문제를 크게 걱정할 필요는 없을 것이다.

그렇다면 학업을 마치고 사회에 진출한 뒤의 사정은 어떨까? 미국 사회는 학교에서보다도 인종차별 문제를 더욱 심각하게 다룬다. 직장에서의 인종차별은 절대 금지 사항 중 하나이다. 만약 회사가 사원의 피부 색깔 때문에 차별 대우 한다면, 그는 회사를 상대로 거액의 소송을 걸 수 있다. 승소할 확률도 아주 높다. 미국의 인종차별 문제는 보이지 않는 곳에서 엄존하지만, 인종보호법(affirmative action)이 강화됨에 따라 그 발생량은 매우 줄었다. 절대적인 능력 위주 사회인 미국은, 얼굴 색깔보다는 그 사람의 능력을 중시한다고 보는 게 옳을 것이다.

하지만 아무리 능력 있는 유색인종일지라도 미국 사회의 주류에 진출하는 데에는 아직 많은 제약이 따른다. 미국이라는 나라는 정계나 재계 모두 백인들이 장악하고 있기 때문에, 유색인종이 그 틈을 비집고 들어가기는 낙타가 바늘구멍 통과하는 것만큼 힘든 게 사실이다. 그렇다고 해서 완전히 불가능한 것은 아니다. 드문 일이긴 하지만, 동양인이 제 실력을 인정받아 미국 사회에서 높은 위상을 차지하는 사례는 종종 생겨난다. 유색인종이라는 핸디캡을 극복하고 보완할 만한 실력과 전문성을 기른다면, 세계 어디서든 한국인으로서의 자긍심을 십분 발휘할 수 있을 것이다.

해외 유학과 병역의무

스탠포드 3학년 재학 시절, 나와 친하게 지낸 룸메이트가 두 명 있다. 그들은 알렉스와 알버트로, 두 명 모두 준수한 외모와 똑똑한 두뇌를 지닌 친구들이었다. 그 중 알렉스는 사업차 도미한 아버지를 따라 열 살 때 미국에 들어온 중국계 미국인으로, 영어와 중국어 모두 유창하게 구사했으며, 독일어를 마스터해 교환학생으로 베를린까지 다녀온 친구였다. 경제학과 국제관계학을 복수 전공한 그는, 옷도 잘 입고 얼굴도 잘생겨서 동양인 학생들 사이에서 인기몰이를 했다. 한편 알버트는 미국 각 대학에서 한 명씩만 뽑아 수여하는 'Truman Scholar' 프로그램의 장학생이었다. 그는 3학년이 되기 직전 여름방학 때, 워싱턴 포토맥 강변에 있는 국방부에서 인턴십 생활을 한 적이 있다. 회의를 마치고 화장실로 들어가는 콜린 파월(Colin Powell) 국무장관을 졸졸 따라가, 볼일을 보고 있는 그에게 자신의 논문 주제인 북한의 핵 관련 이슈에 대해 물어 코멘트를 받아낼 만큼 엉뚱한 구석이 있는 친구였다. 정치학을 전공한 그는 졸업과 동시에 지원한 모든 로스쿨에서 입학 허가서를 받아내는 영광을 누렸는데, 그중 스탠포드 법대를 선택해 현재 열심히 공부하고 있다.

나는 두 친구 중 알렉스와 좀더 가까이 지냈다. 같은 방에서 생활하는 동안 향후 진로에 관한 대화를 많이 나누며 정이 들었기 때문이다. 경영 쪽에 관심이 많았던 우리는, 특히 창업의 꿈을 키우며 의기투합했다. 수시로 창업 관련 아이디어를 교환하고, 성공한 벤처 회사에 관한 이야기를 나누곤 했다. 결국 알렉스는 졸업을 앞두고 미국 유수의 금융회사로부터 입사 제의를 받아, 1억 원에 달하는 연봉 조건으로 근무하기 시작했다. 대학 졸업 후 바로 사회에 진출하는 알렉스를 보며 부러움을 금할 길이 없었다.

한국인 남자 유학생들이 겪는 커다란 고민 중 하나가 바로 군 입대 문제이다. 세계 각국의 인재들과 쉴 틈 없는 경쟁을 벌여야 하는 유학생들에게, 2년이라는 공백은 큰 부담일 수밖에 없다. 이는 나도 마찬가지였다. 나와 같은 강의를 듣고 같은 도서관에서 공부한 알렉스나 알버트는 나의 친구인 동시에 경쟁자였다. 하지만 그들과 나 사이에는 엄연한 조건의 차이가 있었다. 그들은 대학 졸업 후 바로 사회에 진출해 자신들의 꿈을 이룰 수 있었지만, 나에게는 그것이 불가능했다. 나는 졸업 후 병역의무를 완수해야 하는, 한국 국적을 가진 유학생 신분이었기 때문이다. 스탠포드 법대를 졸업해 머지않아 법조인으로 활약할 알버트나, 억대 연봉을 받는 금융전문가로서 월가를 주름

잡을 알렉스가 부러울 따름이었다.

이따금 미국 친구들은 내게 졸업 후에 무엇을 할 것인지 묻곤 했다. 그때마다 나는, 한국에 돌아가 병역의무를 다할 거라고 대답했다. 한국의 병역의무를 알지 못하는 미국 친구들은 나를 이상한 눈으로 쳐다보았다. 한국이 공산주의 국가도 아닌데 왜 꼭 군대에 가야 하느냐고 따져 묻는 친구까지 있었다. 병역의 의무가 없는 미국 등 다른 나라의 친구들은 직업 군인으로서의 뚜렷한 목적의식을 가진 경우, 혹은 어렵게 생계를 해결해야 하는 경우가 아니고서는 입대를 생각하는 일이 드물기 때문이다.

미국 유학 후 얼마 지나지 않았을 때, 아는 변호사 한 분이 나의 부모님을 찾아와 우리 남매의 미국 영주권 취득을 권유한 적이 있다. 영주권을 취득할 경우 대학 진학 시 미국 정부로부터 재정 보조를 받을 수 있고, 입대도 면제받을 수 있다는 게 이유였다. 귀가 솔깃해질 만한 이야기였지만 우리 부모님께서는 그 권유를 단호히 거절하셨다. 한국인으로서 국방의 의무를 저버리는 행위를 용납할 수 없다는 것이었다. 원칙적인 삶을 고집하신 부모님께서는, 이처럼 명쾌한 결정으로 자식들을 올바른 삶의 자세로 이끄셨다.

실제로 일부 유학생들이 미국 영주권 및 시민권을 병역 기피의 수단으로 악용하는 사례가 종종 목격된다. 그들의 마음을 이해하지 못하는 것은 아니지만, 한국인으로서의 정체성을 부정하면서까지 병역을 기피하는 그들의 행위는 도덕적으로 옳지 못한 일이 분명하다. 내가 이런 생각을 갖게 된 것은, R.O.T.C. 장교로 군 복무를 마치신 아버지로부터 영향받은 바가 크다. 아버지께서는 항상 내게, "한국을 위해 큰일을 하려면 반드시 군대에 갔다 와야 한다"고 말씀하셨다. 아버지의 말씀대로, 나 역시 한국인으로서 자긍심을 살리기 위해서는 반드시 병역의무를 마쳐야 한다고 생각해왔다.

원래 나는 대학 졸업 후 바로 대학원에 진학할 계획이었다. 하지만 졸업이 가까워지면서, 학업 문제로 미루어온 군 복무를 마치는 게 우선이라는 생각이 들었다. 주위 사람들은 어렵게 딴 대학원 합격 통지서가 아깝지 않느냐고 내게 묻지만, 나는 지금 내게 더 중요한 게 무엇인지를 잘 알고 있다.

나는 2년이라는 복무 기간을 아깝게 생각하지 않는다. 일체유심조(一切唯心造)라는 말도 있지 않은가? 똑같은 군 생활도 마음먹기에 따라 전혀 다른 가치를 발휘할 것이다. 나에게 군 생활은, 많은 것을 배우고 느끼게 하는 인생행로의 한 과정이 될 것이다. 고진감래(苦盡甘來)라는 말의 참뜻을 되뇌며 군 생활을 하다보면, 어느새 나는 알렉스와 알버트 못지않게 경쟁력을 갖춘 인물로 성장해 있으리라 확신한다.

미국 엘리트들의 진로

미국 명문대를 졸업한 엘리트들은 상위 1퍼센트의 리더를 꿈꾸며 다양한 직종에 도전한다. 그들이 선망하는 직종은 전공에 따라 다르지만, 각 직종으로 나아가기 위해 밟는 진로는 한정적이라고 볼 수 있다. 일단 미국의 의과대학은 영주권이나 시민권이 없으면 입학이 불가능하기 때문에 유학생이 미국에서 의과 공부를 하는 경우는 극히 드물다. 의대생을 제외한 많은 학생들은 대학 졸업 후 대학원에 진학해 전공 분야에 대한 전문성을 기른다.

대학원에 진학하려면 우선 대학원 입학 자격시험인 GRE(Graduate Record Examination)에 응시해야 한다. 미국에서 거주한 기간이 짧은 학생은 토플도 보아야 한다. 대학원은 학부와 마찬가지로 내신을 중요시하므로, 학부 때 좋은 학점을 받아두는 것이 대학원 지원 때 큰 도움이 된다. 만약 학점이 좋지 못하다면 GRE 성적으로 만회해야만 한다. 교수 추천서와 에세이 역시 중요하다. 대학원에서 요구하는 교수 추천서는 두 장 내지 석 장 정도인데, 추천서를 써준 전공과목 교수가 해당 분야의 인지도를 지닌 분이라면 더욱 큰 도움이 된다. 에세이 중에서는 자기소개서(Statement of Purpose)가 매우 중요하다. 자기소개서에는 자신의 대학원 진학 목적이 무엇인지, 입학 후 어떤 분야를 중점적으로 공부할 것인지 등을 기입하게 된다. 학부와 달리 입학 담당 부서(Admissions Office)가 따로 존재하지 않는 미국 대학원에서는, 학과 교수들이 학생들을 최종적으로 선발한다. 자신과 함께 연구할 학생을 직접 선발하기 때문에, 교수는 지원자들의 자기소개서를 매우 유심히 본다. 지원자가 희망하는 분야가 교수 자신의 연구 분야와 일치하지 않는다면, 아무리 우수한 학생이라도 교수는 그를 자기 제자로 받아들이지 않는다.

명문대 학생들이 일반대학원 다음으로 많이 지원하는 곳은 법과대학원인 로스쿨(Law School)이다. 로스쿨은 경영대학원 과정인 MBA와 달리 특별한 직장 경력 없이도 지원이 가능하며, 졸업 후 Bar Exam을 패스하면 변호사 자격증을 곧바로 딸 수 있다. 일단 변호사 자격증을 따면 MBA 졸업생만큼 높은 연봉을 확보할 수 있기에 많은 학생들이 로스쿨을 선호한다. 로스쿨은 GRE 대신 LSAT(Law School Admission Test)에 응시해야만 한다. 로스쿨 역시 학생들의 학부 내신을 가장 중요하게 여기며, 출신 학교의 인지도도 중요시한다. 스탠포드 법대나 예일 법대에 진학한 친구들의 이야기를 들어보면, 장장 여덟 시간 동안 보는 시험이 있을 정도로 고난도의 학업을 수행해야 한다고 한다. 그리고 스탠포드 법대를 졸업한 한 친구는, 법대에서 공부해보니 학부 시절의 공부는 고등학교 수준으로 느껴질 정도였다고 이야기한다.

명문대 학생들이 지향하는 진로에는 경영대학원인 MBA(Master of Business Administration) 스쿨도 있다. 입학시 GMAT(Graduate Management Admissions Test) 점수가 필요한 MBA 스쿨은 최소 3년 정도의 직장 경력을 요구하기 때문에, 대학 졸업 후 일단 직장에 들어가 경력을 쌓아야 한다. MBA 스쿨은 세계적 기업, 경영컨설팅(Management Consulting), 투자금융(Investment Banking) 등의 직종을 경험한 지원자들을 선호한다. 그중 경영컨설팅과 투자금융은 온

갖 좋은 조건으로 미국 명문대 졸업생들을 유혹한다. 경영에 관한 현장 경험을 빠르게 쌓을 수 있는 까닭에, 전문성으로 무장하고자 하는 엘리트들이 선망하는 직종이다. 고소득이 보장됨은 물론 산업 및 경영 전반에 대한 지식을 단기간에 축적할 수 있어, 엘리트들에게 매우 인기 있는 직종이라 할 수 있다.

경영컨설팅 및 투자금융업에 대해 살펴보자. 우선 경영컨설턴트는 고객사(client)인 특정 기업의 경영 실태를 조사해, 그 회사의 문제점을 파악하고 적합한 해결책을 제시해주는 일을 수행한다. 따라서 그들은 명석한 두뇌와 통찰력, 팀워크를 갖추는 등 전문성 향상을 위해 부단히 노력해야 한다. 투자금융업 종사자 역시 똑똑한 두뇌와 통찰력을 갖춰야 한다. 게다가 뛰어난 산술 능력까지 겸비해야 한다. 투자은행이라 불리는 이 직종은 증권회사와 기타 투자업무의 개념이 통합된 영역이다. 증권회사는 주로 유가증권 매매의 중개업무(brokerage), 자기매매(dealing) 및 인수(underwriting) 등의 업무만을 수행하는 반면, 투자은행은 증권회사의 업무 이외에도 M&A(기업인수), 사모펀드(private equity), 부동산투자, DR발행담당, IPO(주식공개상장) 등 다양한 업무를 진행한다.

경영컨설팅 회사 면접 시 가장 중요한 것은 케이스 인터뷰(case interview)이다. 면접관은 응시자에게 재무관리, 인사관리, 생산관리상 문제가 발생한 기업의 사례(case)를 제시하고, 그에 대한 해결책을 단시간 내에 독창적이고도 논리 정연하게 제시할 것을 요구한다.

이런 컨설턴트로서의 자질은 특정 분야를 공부했거나 어떤 자격을 갖추었다고 해서 쉽게 얻어지는 것이 아니다. 따라서 컨설팅 회사는 케이스 인터뷰를 통해 지원자들의 선천적인 자질을 확인하고자 하는 것이다.

경영컨설팅 회사 면접만큼 까다로운 것이 투자은행 면접이다. 이 면접은 산술 능력 테스트가 절반을 차지할 정도로 수학적 능력을 많이 보는 것이 특징이다. 또한 업무 특성상 외국 기업과 교류가 많기 때문에 기본 수준 이상의 영어 실력을 요구한다. 가끔은 경영컨설팅 회사 면접처럼 케이스 인터뷰를 진행해 뜬금없는 질문을 던지기도 한다. 나는 뉴욕의 한 투자은행에서 면접을 본 적이 있는데, 그때 면접관이 낸 질문이 가관이었다. 100부터 1000까지 모두 더하면 몇이 되는지 묻는 질문이 있었고, 두 자릿수 숫자 두 개를 곱해 단시간 내에 답하라는 질문도 있었다. 면접의 강도도 대단했다. 나는 전화 면접을 두 차례 치른 뒤 뉴욕으로 날아가 여섯 명의 면접관과 30분씩 면접을 보아야 했다. 세 시간에 달하는 면접을 마치고 나자 기진맥진하고 말았다. 투자은행은 그밖에도 회계에 대한 기본적인 이해는 물론, 각 재무제표(financial statement) 상의 연관 관계에 대한 이해력도 요구한다.

경영컨설팅과 투자금융업의 업무 강도는 여느 직종에 비해 훨씬 높다. 업무량이 대단히 많은 만큼 개인적인 생활을 갖기가 거의 불가능하다는 것이 이 직종의 가장 큰 단점이다. 물론 금전적인 보상은 충분히 이루어진다. 세계 어디에서든 경영컨설팅과 투자금융업의 연봉 수준은 모든 직종을 통틀어 최상위급이다. 또한 이 두 분야에서 웬만큼 경력을 쌓으면 그 다음 진로는 탄탄대로라고 봐도 무방하다. 산업 각 분야에서 두 직종 엘리트들을 무척이나 필요로 하기 때문이다.

세계를 이끄는 상위 1퍼센트의 리더가 되는 것, 생각만 해도 가슴 벅찬 일이다. 하지만 그것을 이루기 위해 들여야 하는 노력과 인내는 타의 추종을 불허한다. 성공은 거저 오는 것이 아니다. 끊임없는 자기 계발과 뚜렷한 목적의식이 있어야 최고의 자리에 올라갈 수 있다. 그리고 사람은 항상 꿈을 가져야 한다. 꿈은 사람을 좋은 방향으로 이끄는 원동력이기 때문이다. 젊을수록 그 꿈은 원대한 것이어야만 한다. 그렇지 않으면 현실에 안주하게 되고, 성공과는 점점 멀어질 수밖에 없다. 앉아서는 10년 앞을 내다보고, 서서는 20년 앞을 내다보는 통찰력을 가진 리더. 그런 리더가 되기 위해서는, 원대한 꿈을 지니고 끊임없는 노력과 인내로써 오늘을 살아가야만 할 것이다.

한국 학생들이 열심히 뛰어야 하는 이유

미국에서 유학 생활을 하는 동안, 나는 한국인이라는 자부심을 저버리지 않으려 무던히 애를 썼다. 한국이 IMF 사태를 맞아 모든 한국 유학생이 어려운 환경에 처했을 때도, 나는 한국인이라는 자부심을 갖고 동요하지 않으려 애썼다. 오히려 더욱 열심히 뛰려 노력했고, 항상 최고가 되어야 한다는 각오를 거듭 다졌다.

실제로 나의 애국심은 미국으로 건너간 뒤 더욱 커졌다. 한국에 있을 때는 관심 두지 않았던 우리의 뼈아픈 과거와 안타까운 현실이, 미국에 머무르는 동안 새삼스레 나를 자극하며 내 애국심을 불타게 한 것이다. 한국의 많은 학생들은 우리나라가 중국, 일본과 경제적으로나 문화적으로 대등한 위치에 있는 것으로 착각하고 있다고 한다. 나 역시 한국을 벗어나기 전에는 그렇게 생각했다. 그러나 제3국인 미국에 와서 바라본 한국은 너무나도 작고 약한 나라였기에, 나는 큰 충격을 받았다.

미국에서 10년 동안 유학 생활을 하며 깨달은 점은, 미국인 대부분이 한국에 대해 제대로 아는 바가 없다는 것이다. 그들은 TV 뉴스나 신문을 통해 한국 관련 정보를 접하는데, 한동안 북한 관련 뉴스가 많았던지라, 아직도 많은 미국의 중·고등학생은 남한과 북한을 제대로 구분하지 못한다. 여전히 남한과 북한이 접전 중이고, 도시에서는 늘 시가전이 벌어지는 안전하지 못한 나라라고 오인하는 사람이 있을 정도이다. 그나마 삼성, 현대와 같은 브랜드가 조금 알려진 덕에 한국이라는 이름이 그들 사이에 거론되고 있을 따름이다. 삼성과 현대가 일본이나 대만 브랜드일 거라고 짐작하는 사람들도 있다.

한국에 대한 이런 잘못된 인식은, 배울 만큼 배운 미국 정치가들에게서도 찾아볼 수 있다. 겉으로 드러내지 않을 뿐, 그들은 한국이라는 나라를 대단히 가볍게 여긴다. 한국에 대한 정책은, 탁상에 둘러앉아 커피를 마시며 주고받는 시시콜콜한 잡담으로도 충분히 결정할 수 있다고 여기는 것이다. 실제로 그들이 역사 수업 시간에 배운 한국이라는 나라의 이미지는 대단히 부정적인 것이었다. 전쟁과 분단의 아픔을 가진 힘없는 나라이자, 미국의 도움 없이는 결코 살아남을 수 없는 약소국에 불과하다. 그나마 최근 한반도에 집중되는 미국인의 이목도, 그들이 '불량 국가'로 규정한 북한의 움직임에 대한 감시의 눈초리와 다름없다. 부시 대통령이 지목한 '악의 축(Axis of Evil)' 중 하나인 북한이 핵실험을 강행하자, 그들은 놀란 눈으로 한반도를 바라보게 된 것이다.

그들이 이렇게 한국에 대해 제대로 알지 못하는 것은 그들의 무지 때문만은 아니다. 보다 근본적인 책임은 우리에게 있다. 미국 사회 내에 한국의 존재감을 제대로 심어놓지 못한 건 바로 우리의 잘못이라 할 수 있다.

나는 수많은 한국 유학생 중 한 명으로서, 내 나라 한국이 강대국으로 거듭나기를 간절히 소망한다. 그래야 한국 국민은 물론, 해외에 나가 공부하는 많은 유학생들이 국제무대에서 당당히 제 뜻을 펼칠 수 있기 때문이다. 이러한 소망을 현실화하기 위해서는, 모든 한국 유학생들이 한국인으로서 긍지와 자부심을 갖고 열심히 공부해야 한다. 뽑아 든 칼을 제대로 휘두를 줄 아는 사람만이 승리의 쾌감을 맛볼 수 있다. 한국 유학생들은 이런 정신을 항상 염두에 두고, 한국인 특유의 끈기로써 끊임없이 자기 계발에 매진해나가야 한다. 또한 우리 유학생들은 선진국에서 공부한다는 우월감에 사로잡혀 방향감각을 잃어서는 안 된다. 미래 한국의 밑그림은 내가 직접 그리겠다는 각오로, 유학 생활 내내 학문적 역량을 드높이는 데 힘써야 한다.

후배들을 만나 격려할 때마다 내가 즐겨 쓰는 말이 있다. 모난 데 없이 둥글둥글한 사람이 되기보다는, 가시를 세운 성게처럼 개성을 갖고 적극적으로 행동하는 인물이 되라는 것이다. 유학을 꿈꾸는 한국의 후배들이 이 말을 가슴에 새겨넣은 채, 한국인으로서의 긍지를 갖고 전 세계를 향해 달려나가길 바란다.

제임스에게 듣는 유학 Q & A

Q 주위의 많은 사람들이 큰 꿈을 안고 미국으로 떠나는 걸 보니, 나만 여태껏 우물 안 개구리처럼 지내온 게 아닌가 하는 생각이 듭니다. 저 같은 사람에게 유학이 플러스 요인이 될 수 있을까요?

A 한국 대학을 나오든 미국 대학을 나오든 큰 상관은 없습니다. 다만 자신의 목표가 세계 무대라면, 미국 대학에서 공부하는 것이 좀더 유리할 수는 있습니다. 기본적인 영어 실력을 갖춘 미국 유학생들이 세계 무대에 진출하는 건 상대적으로 쉬운 일이겠지요.

Q 고등학교 10학년 아들을 둔, 캐나다에 거주하는 학부모입니다. 아이가 스탠포드에서 경영학을 공부하고 싶다고 하는데, 부모 입장에서는 경제적인 부분이 제일 걱정되는군요. 학비 외에 각종 생활비(책값, 용돈, 방 렌트 비용)가 어느 정도 드는지요?

A 스탠포드는 부촌인 Palo Alto에 위치한 사립대학으로, 각종 생활비 면에서는 뉴욕 시내와 맞먹는 수준입니다. 스탠포드 재학 당시 저의 한 학기 지출 내역을 보여드리니 참조하시기 바랍니다. 스탠포드는 3학기제(가을, 겨울, 봄)로 운영되므로, 아래 지출 내역의 3배가 한 해 생활비(용돈 제외)라고 보시면 되겠습니다.

Dining Plan B-14Meals/Wk+Pts(식비) 1,453.00 (USD)

Telecommunications Fee 48.00

202 Lantana(기숙사) 1,661.00

UG Student Activities Fee 84.00

Health Insurance 597.00

Tuition 10,400.00

 물론 용돈은 사람마다 쓰기 나름이라 차이가 많겠지만, James 님의 경우를 기준으로 알려주시면 도움이 되겠습니다. 더불어, 기숙사에서 생활하는 경우와 방을 렌트해서 생활하는 경우로 나누어 1년간 주거비를 알고 싶습니다.

 저는 학교 기숙사 생활을 하다 보니 용돈 지출이 별로 없었습니다. 1년 동안 천 달러 안팎의 용돈을 쓴 것 같네요. 그리고 사는 곳은 학교 기숙사로 못박아두는 게 좋을 것입니다. 일단 스탠포드의 1학년과 2학년 학생들은 기숙사 생활이 의무입니다. 3학년 이후 기숙사 밖에 방을 잡고 생활할 수 있는데, 이 경우에는 통학용 차까지 구입해야 하므로 비용이 만만치 않게 듭니다. 따라서 기숙사를 벗어나는 건 권해드리고 싶지 않네요. 참고로 스탠포드 학생 중 90퍼센트 이상은 학교 기숙사 생활을 합니다. 기숙사 밖에서 혼자 살면 친구들과도 멀어질 수 있어 좋지 않습니다.

 1학년 수료 후 병역을 이행하고 2학년부터 다시 다닐 수 있는지요? 아니면 대학 졸업 후 입대해야 하는지요?

 두 가지 방법 모두 가능합니다. 사립대학을 포함한 대부분의 미국 대학들은 한국 남학생들의 병역 문제에 대해 상당히 관대한 편입니다. 저는 재학 중 병역을 이행하면 공부의 맥이 끊길 것 같아서 입대 시기를 졸업 이후로 미루었습니다. 동기들과 함께 졸업하고 싶은 마음도 있었고요. 병역 이행 문제는 전적으로 아드님의 선택에 달려 있으니, 학교의 방침에 대해서는 걱정하지 않으셔도 됩니다.

Q 우리 아이는 한국에서 중학교를 마치고 캐나다 브리티시 컬럼비아 주의 한 중학교에 입학했습니다. 7학년부터 제2외국어로 불어를 선택해 공부했는데, 기초가 부족하여 10학년부터 불어 수업을 듣지 못하게 되었습니다. 결국 2년 동안 제2외국어를 공부하지 못한 셈인데, 이 때문에 대학 지원 시 불이익을 받지 않을지 걱정됩니다.

A 전혀 문제 되지 않으니 염려 마시기 바랍니다. 미국이나 캐나다로 조기 유학 간 한국 학생들은 한국어가 모국어이며, 제2의 언어가 영어입니다. 따라서 제3의 언어인 불어를 제대로 이수하지 못했다 해서 불이익을 당하는 일은 없습니다. 스탠포드의 경우, 한국어가 모국어인 한국 유학생들은 의무적으로 제3의 언어를 수강하지 않아도 됩니다. 그렇다고 해서 아예 수강하지 말라는 것은 아닙니다. 할 수만 있다면 무엇이든 하는 것이 좋습니다.

| 제가 듣는 학교 영어 수업, 이대로 괜찮을까요? |

Q 저는 미국에서 유학 중인 고등학생입니다. James 님은 중학교 3학년 때 미국에 오셨다고 들었는데, 9학년에 들어가셨나요? 그리고 ESL을 들으셨나요? 아니면 일반 영어수업을 들으셨나요?

A 저는 중학교 3학년 2학기 때 미국으로 건너와서 9학년에 바로 입학했습니다. 제가 다닌 고등학교에는 외국인 학생이 얼마 없었기 때문에 ESL은 없었지만, 비슷한 클래스가 있어서 한 번 들었습니다. 영어가 미숙한 학생들이 듣는 수업이었죠. 9학년 때는 레벨이 낮은 영어 클래스에 있었습니다. 다행히 10학년 때 좋은 성적을 거두어 11학년부터는 Honors Class를 들을 수 있었습니다. 12학년 때는 AP English를 수강했고요.

Q 저는 8학년 때 일리노이에 처음 와서 ESL 6개월 과정을 마쳤고, 현재 9학년에 올라와서는 곧바로 가장 높은 클래스를 듣고 있거든요. 사실 제가 봐도 저는 영어를 잘 못해요. 그럼에도 불구하고 그냥 A학점 받으면 좋고 C학점 받으면 그저 그런 거라는 생각에, 덜컥 가장 높은 클래스를 택한 거죠. 하지만 수업과

 ✶✶✶✶✶ 나는 한국의 가능성이고 싶다

시험 수준이 생각보다 높지 않아서 쉽게 A학점을 받고 있거든요. 이대로 괜찮은 건지, James 님 생각을 듣고 싶어요.

A 저는 실력이 부족해서 9학년 때 높은 반에 들지 못했습니다. ○○○ 님께서는 부디 계속 높은 반에 머물면서 A학점을 받도록 노력하시길 바랍니다. 낮은 반에서 받는 A학점과 높은 반에서 받는 A학점은 엄연히 다르게 평가됩니다. 다만 학년이 올라갈수록 영어 수업의 강도가 높아진다는 것을 잊지 마세요. 지금부터 영어의 기본기를 잘 다져놓아야 고학년에 올라가서 AP English를 들을 때 고생하지 않을 것입니다. 시간적 여유가 있는 지금 다양한 책을 접하시고, 평소에 단어도 많이 외우시길 바랍니다.

Q 저는 곧 10학년으로 올라가는데, 아직까지 SAT 공부를 시작하지 않고 있습니다. 책 읽는 것도 싫어해서, 학교에서 읽으라고 하는 책 외에는 아무것도 읽지 않아요. 내년이면 벌써 11학년인데 아무것도 안 하고 있습니다. James 님은 SAT 공부를 어떻게 하셨는지 궁금하네요.

A 저는 토플을 공부하며 영어의 기본기를 다졌습니다. 단어와 문법을 확실히 공부했죠. 그리고 영문으로 된 서적도 평소에 많이 읽었습니다. 바로 이 독서가 SAT에서 큰 힘을 발휘한 것 같습니다. 단기간에 열심히 공부해서 SAT 점수를 100~200점 정도 올리는 것은 어렵지 않습니다. 하지만 그 이상의 점수를 받길 원한다면 평소

Reading & Writing 실력을 키워놓아야 합니다. 평소 독서를 습관화해서 독해와 어휘 실력을 높이시고, 그 다음에는 SAT 모의시험을 계속 풀면서 점수를 올리세요.

James 님은 고등학교 때 활발하게 생활하셨나요? 그리고 언제부터 영어 회화가 능숙해지셨는지 궁금해요. 전 미국에 온 지 1년이 다 되어가는데도 여전히 영어가 서툴러요.

저는 꽤 활발하게 고등학교 시절을 보냈다고 생각합니다. 공부 이외에도 음악, 스포츠, 봉사활동 등을 하느라 정신이 없었거든요. 미국에 온 지 3개월 만에 귀가 틔었고, 반년이 지나자 말문이 열리기 시작한 걸로 기억합니다. 제가 다닌 고등학교에는 한국 학생이 별로 없었던 까닭에, 저는 한국어를 거의 쓰지 않고 영어로만 의사소통했죠. 당시 제가 다닌 교회 역시 영어로 예배를 보는 곳이었고요. 말하기와 듣기를 잘하려면 한국 친구보다는 미국 친구와 더 가까이 지내면서 쉼 없이 영어를 사용하시는 게 좋습니다. 유학 직후 1~2년은 매우 중요한 시기입니다. 어릴 때 배운 영어가 평생의 영어 실력을 좌우한다는 사실을 명심하시고, 지금부터라도 영어 공부에 더욱 박차를 가하시기 바랍니다.

저는 이번에 수능시험을 본 고3 학생입니다. 저는 한국을 벗어나 더 넓은 곳에서 공부하길 희망하는데요, 그 동안 수능시험 공부는 열심히 했지만 SAT는 미처 대비하지 못했습니다. 두 가지를 병행하는 게 너무 벅차더라고요. 일단 대학교에 입학해 1학년을 열심히 다니면서 SAT를 준비할 생각입니다. 스탠포드나 MIT에 진학하기 위해서는 어떤 것들을 준비해야 하는지요?

수능시험을 치르느라 고생하셨겠네요. 미국 대학의 학부 과정에 신입학 또는 편입학하려면 우선 SAT 점수가 필요합니다. 대학생이 될 때까지 기다리지 말고 지금부터 부지런히 SAT 공부를 하시길 바랍니다. 한국에서만 공부하신 분이라면 SAT 공부가 그리 쉽지만은 않을 것입니다. 영어가 모국어인 학생들에게도 벅찬 시험이니까요. 스탠포드나 MIT에 합격하려면 무엇을 준비해야 하는지 물어보셨는데, 일반적으로 미국 대학은 고등학교 성적표를 요구합니다. 상위 3퍼센트 안에 드는 내신 성적과 높은 SAT 및 토플 점수가 필요하며, 추천서와 각종 지원서, 에세이도 필요합니다. AP 시험은 4~5점 정도의 높은 점수를 받아야 효과가 있습니다. 여러 AP 시험에서 높은 점수를 받으면 당연히 미국 대학 지원 시 합격 가능성이 높아집니다.

만약 James 님이 지금 한국의 대학교 1학년생이라면, 스탠포드나 MIT 에 가기 위해 무엇을 준비하시겠는지요? 그리고 그 준비 기간이 얼마나 소요될지도 궁금합니다.

제가 한국의 대학교 1학년생이라면, 일단 지금 다니고 있는 대학에서 높은 학점을 받고자 애쓸 것입니다. 미국 대학 편입 시 가장 중요한 게 전적 대학 학점이거든요. 그리고 틈틈이 토플과 SAT를 준비할 것입니다. 인터넷 커뮤니티와 유학생 선배들을 통해 유익한 유학 정보도 얻을 것이고요. 교수님의 추천서도 필요하기에, 평소 존경하는 교수님과 친분을 쌓을 것입니다. 이것을 모두 갖추기 위해서는 최소 1년의 시간이 필요합니다. 그러니 지금부터 차근차근 계획을 세워, 시간을 허비하는 일이 없도록 해야 할 것입니다.

미국 주립대학 편입에 비해 스탠포드, 아이비리그, MIT 편입은 쉽지 않다던데, 학점이 모두 A라도 불가능한가요?

결코 불가능하지 않습니다. 제가 이미 언급했듯 전적 대학 학점이 가장 중요합니다. 모든 과목에서 A학점을 받았다면 웬만한 미국 명문 대학 편입에 승산이 있습니다. 하지만 자신이 현재 재학 중인 대학의 인지도도 관건입니다. 미국 대학들은 한국 대학들의 레벨을 이

미 파악하고 있기 때문이죠. 가능한 한 한국에서도 인지도 있는 대학
에 입학하시길 바랍니다. 그래야 나중에 미국 대학에 편입할 때 조금
이라도 더 유리합니다.

| 나이가 좀 많아도 미국 명문대 신입학이 가능할까요? |

저는 지금 한국에서 대학교 1학년에 다니고 있습니다. 하지만 미국으로 유학을 떠나고 싶은 생각이 점점 강렬해집니다. 그래서 1학기를 마친 후 휴학해 본격적으로 영어 공부(SAT, 토플 등)를 하려고 합니다. 미국 대학에 신입학해 학부 과정을 이수하고 싶은데, 그게 가능할까요?

군이 신입학을 원하신다면 본인 신념대로 하시는 게 좋을 듯합니다. 다만 지금 다니는 대학교에서 일정 정도 이상의 학점을 이수하셨다면 미국 대학 신입학은 불가능합니다. 몇 학점 미만으로 학점 이수를 해야 신입학 지원이 가능한지를 지원하고자 하는 대학에 문의하시기 바랍니다. 대학들마다 편입학 시스템은 각각 다르거든요.

지금부터 SAT, 토플 등을 준비하기 시작하면 적어도 2년은 걸릴 것 같네요. 이렇게 되면 다른 학생들에 비해 많은 나이에 지원을 하는 것일 텐데, 불리하진 않을까요?

나이 때문에 미국 대학 지원에 실패했다는 말은 아직 들어본

적이 없습니다. 저는 스탠포드 재학 시절, 29살 나이에 당당히 신입생으로 입학한 학생을 본 적이 있습니다. 그는 한국 유학생이었죠. SAT 준비 기간을 2년이나 잡을 필요는 없다고 봅니다. 오래 준비한다고 해서 자신의 기본 실력보다 월등히 높은 점수가 나오는 건 아니거든요. 참고로, 몇 년 전 서울대에서 스탠포드로 편입한 어떤 학생이 있었는데, 그는 두 달간 SAT 공부를 해서 1600점 만점에 1590점을 맞았다더군요. 물론 상당히 예외적인 사례이긴 하지만, 누구든 최대한 노력하면 단기간에 좋은 성과를 낼 수 있을 거라 생각합니다.

Q 지금부터라도 특별한 경력을 쌓는 것은 별 도움이 되지 않는지요?

A 지금은 SAT와 토플 공부에만 몰두하시는 것이 더 나아 보입니다. 지금 새로운 경력을 쌓으려 하는 것은 무리한 노력입니다. 또한 대학 입학을 위해 잠깐 어떤 일에 열정을 쏟는 건 그다지 바람직한 행동이 아닙니다. 그 시간에 영어 공부를 조금이라도 더 하시길 권합니다.

| 미국 영주권자인데 토플을 봐야 하나요? |

Q 저는 미국에서 고등학교를 다니고 있는 학생입니다. 학교 카운슬러에게 물어보니, 저는 미국 영주권자이기 때문에 토플을 보지 않아도 된다고 하더군요.

A 미국 영주권자 혹은 시민권자이더라도 미국에서 거주한 기간이 짧아 영어가 서툰 사람이 많습니다. 만약 ○○○ 님이 영어보다 한국어가 더 편하고, 미국에서 거주한 기간이 5년 이내라면 토플을 보실 것을 적극 권합니다. 토플은 SAT의 Verbal(영어 부문)을 대체해주는 시험입니다. 영어가 모국어가 아닌 유학생들에겐 SAT Verbal이 어렵게 느껴질 수 있기 때문에 토플로써 그 점수를 대신하는 것이지요. 하지만 만약 SAT Verbal 점수가 좋다면 굳이 토플을 볼 필요는 없습니다.

Q SAT2는 대략 몇 과목 정도 봐야 하나요?

A 명문대 진학을 희망하신다면 최소 3과목 정도는 보셔야 합니다. 요즘 많은 대학에서 SAT2 점수를 요구하고 있고, 대부분의 고등

학생들이 2, 3과목 이상의 SAT2 시험을 보기 때문에, SAT2를 보지 않으면 그만큼 경쟁력을 잃게 됩니다. 틈틈이 공부하셔서 SAT2에서도 좋은 점수를 받으시는 것이 좋습니다.

Q 미국 대학들도 지원자의 고등학교 석차를 보는지 궁금합니다.

A 미국 대학이 학생을 뽑을 때 가장 눈여겨보는 것은 고등학교 내신입니다. 고등학교마다 점수를 환산하는 방식이 각기 다르기 때문에, 만약 성적표에 석차가 기재되어 있다면 대학은 당연히 그 석차를 중요하게 참고할 것입니다. 하지만 지원자의 석차보다 더 중요한 것은 바로 출신 학교입니다. 미국의 경우 학군에 따라 수준 차이가 크고, 사립과 공립 사이의 수준 차이도 큽니다. 명문 고등학교는 매년 수십 명의 학생을 아이비리그에 진학시키는 반면, 낮은 학군의 공립학교는 고작 한두 명의 학생을 아이비리그에 보낼 뿐입니다. 그러므로 ○○○ 님께서는 자신이 다니는 학교의 수준을 먼저 파악하시기 바랍니다. 선배들이 진학한 대학을 살펴보면 자기 학교의 수준을 대강 파악할 수 있을 것입니다.

| 슬럼프에 빠졌어요! |

2년 전 미국 조지아로 이민해 온 9학년 학생입니다. 아무 준비 없이 미국에 왔답니다. 학교생활(공립)은 그럭저럭 괜찮았고, 7학년 겨울방학 전엔 ESL을 패스해서 나름대로 만족했습니다. 8학년 초에는 수학과 과학을 Honors로 들어서 '내가 정말 잘하는가 보구나' 하고 생각했는데, 나중에 보니 그게 아니더군요. 저보다 공부를 잘하는 아이들이 수도 없이 많다는 걸 최근에야 깨달았습니다. 특히 영어 시간에 에세이 쓸 때나 책을 읽을 때 늘 뒤쳐진다는 걸 느낍니다. 이래선 안 되겠다 하는 생각에 남들 다 가지고 있는 Word Smart도 사보는 등 갖은 노력을 했지만 자꾸만 실패했습니다. 그후 자신감이 없어지고 무언가를 시도하는 것도 두려워지더군요. 사립학교에 다니는 유학생들도 무척 부럽습니다.

너무 고민하지 마세요. 많은 한국 유학생들이 겪는 당연한 슬럼프입니다. 단, 대학에는 더욱 대단한 학생들이 수두룩하다는 걸 아셔야 합니다. 그때를 대비해서라도 지금부터 열심히 공부해서 기본을 잘 다져놓길 바랍니다. 아무런 준비 없이 유학길에 오른 것은 저와 비슷하네요. 저는 준비 기간이 없었기 때문에 남들보다 두 배는 더 열심히 공부해야 했죠. 실패해서 좌절한 적도 많습니다. 하지만 지금 돌이켜보면 그런 경험이 오히려 저를 성장시킨 것 같아요. 청소년 시절의 자극은 나중에 좋은 결과를 가져다 주는 경우가 많습니다. 비록 지금 자기가 다니는 학교가 명문 사립이 아니고, 주위에 똑똑한 학생들이 넘쳐난다 할지라도, 절대 낙심하지 말고 꿋꿋이 자신의 목표를 향해 정진하시길 바랍니다.

Q SSAT에 응시해서 사립 고등학교로 전학해볼까 하는 생각도 해보았지만, 학비가 부담되어 그 생각을 접었습니다. 최근 제 생활은 엉망입니다. 책상에 앉으면 집중이 안 되고, 제 자신이 점점 싫어집니다. 고생하시는 부모님을 생각해서라도 죽도록 공부만 하자고 다짐하지만, 그 의지가 금세 사라져버리고 마네요.

A 사립 고등학교로의 전학을 꿈꾸기보다는, 일단 현재에 충실히 임하는 게 급선무인 것 같습니다. 사춘기 때 한 번쯤 슬럼프를 겪지 않는 사람은 없습니다. 중요한 것은 그것을 어떻게 잘 극복해나가느냐 하는 것입니다. 부모님의 고생을 조금이라도 헤아린다면 지금 위치에서 최선을 다하십시오. 공립 고등학교에서 공부를 잘해 장학금까지 받으며 명문 사립 고등학교로 전학하는 학생들을 종종 보았습니다. 학생은 공부에 최선을 다하고 그 결과가 좋을 때 어디서든 인정받기 마련입니다. 지금 다니는 고등학교 때문에 한탄할 필요는 없습니다. 자신의 현실을 인정하고 그 안에서 최선을 다한다면, 분명 빠른 시일 내에 슬럼프에서 빠져나올 수 있을 것입니다.

| 미국 명문 대학을 나오면 취직이 쉬워지나요? |

Q 유명한 미국 주립대학이나 아이비리그를 졸업하면 한국에서 취직할 때 도움이 되나요? 미국 대학 간판이 그렇게 중요한가요?

A 물론 그런 면이 없지 않다고 생각합니다. 요즘 한국 기업들은 예전에 비해 지원자들의 영어 구사 능력을 많이 봅니다. 많은 기업들이 점점 세계로 뻗어나가고 있기 때문이죠. 미국 유학생들의 영어 실력은 한국 대학 졸업자들보다 낫기 때문에 면접 시 유리한 게 사실입니다. 또한 글로벌 인재를 선호하는 경향에 좀더 부합되는 게 미국 유학생이기도 하지요. 하지만 미국 유학생에게도 불리한 점은 있습니다. 국내에서 인맥을 형성하지 못한 데서 오는 불리함도 있고요, 한국 기업의 입사 전형 시기를 놓치는 경우도 많지요. 이에 비해 한국 대학생들은 인맥이 잘 형성되어 있고, 국내 기업들에 대한 정보도 원활히 얻을 수 있습니다. 한마디로, 장단점이 공존한다는 것입니다.

Q 취업에 있어 가장 경쟁력이 되는 요소는 무엇일까요?

A 기본적으로, 해당 분야에 대한 해박한 지식이 필요하겠지요. 게다가 인간성이 좋고, 틀을 깬(out-of-box) 생각까지 해낼 줄 안다면 금상첨화일 것입니다. 선천적으로 이런 요소들을 갖고 있지 못하다면, 일단 기본적인 지식부터 충분히 쌓아야 할 것입니다. 이를 위해서는 자신의 관심 분야를 일찌감치 정하고, 그에 해당하는 전문 서적을 자주 접하는 노력이 필요합니다. 선배 직장인들로부터 조언을 듣는 것도 좋은 방법입니다.

Q 주위의 많은 사람들이 큰 꿈을 안고 미국으로 떠나는 걸 보니, 나만 여태껏 우물 안 개구리처럼 지내온 게 아닌가 하는 생각이 듭니다. 저 같은 사람에게 유학이 플러스 요인이 될 수 있을까요?

A 인생은 자신이 개척하기 나름이라고 생각합니다. 한국 대학을 나오든 미국 대학을 나오든 큰 상관은 없습니다. 다만 자신의 목표가 세계 무대라면, 미국 대학에서 공부하는 것이 좀더 유리할 수는 있습니다. 일단 세계로 진출하기 위해서 필수적인 게 영어입니다. 요즘 한국 대학생들이 어학연수와 단기 유학을 많이 떠나는 것도 영어 실력을 높이기 위한 것입니다. 그러므로 기본적인 영어 실력을 갖춘 미국 유학생들이 세계 무대에 진출하는 건 상대적으로 쉬운 일이겠지요. 자신을 우물 안 개구리 같다고 표현하셨는데, 인종의 전시장인 미국에서 공부해보는 것은 자신의 시야를 넓히는 데 큰 도움이 될 수 있을 것입니다.

저는 미국에 온 지 2년 된 고등학생입니다. 뉴욕의 공립학교에 다니고 있고, 곧 12학년이 됩니다. 저같이 영어가 모국어가 아닌 한국인 유학생은 미국 명문 대학에 입학하기 어려운가요?

지원하는 대학마다 차이가 있습니다. 전체 입학생 중 30퍼센트를 유학생으로 채워넣는 대학이 있는 반면, 5퍼센트 미만으로 뽑는 학교도 있습니다. 학교의 규모가 크고 주립대학일수록 유학생을 많이 받아들이고, 명문 사립대학일수록 유학생을 적게 받아들이는 경향이 있죠. 제 주관적인 생각입니다만, 명문 사립대학에서 유학생을 많이 뽑지 않는 것은 유학생들의 적응력 및 언어 구사 능력과 관계가 있는 것 같습니다. 실제로 명문 대학의 수업은 전반적인 난이도가 높고 토론식 수업이 보편화되어 있기 때문에, 모국어가 영어가 아닌 유학생들이 적응하기는 상당히 어렵습니다. 그렇기에 더더욱 영어 실력이 검증된 유학생을 뽑으려 노력하는 것입니다. 스탠포드의 사례를 보더라도, 최근까지 한 학년 전체 인원 중 5퍼센트 정도만을 유학생으로 뽑았습니다. 이마저도 영어권 국가 출신의 유학생이 대부분이었죠.

죠. 순수한 한국 유학생은 한 학년당 다섯 명 정도에 불과했습니다. 하지만 최근 들어 미국 대학 내 유학생 수는 점차 증가하는 추세를 보이고 있습니다. 스탠포드도 최근 유학생 쿼터를 5퍼센트에서 6퍼센트로 늘려 유학생을 좀더 많이 받아들이고 있고요.

Q 부족한 실력이지만, 저도 좋은 대학에 지원하고 싶어 그 가능성을 여쭤봅니다. 학교 GPA는 3.7 정도이고, SAT는 1950점, U.S. History는 730점, World History는 760점을 받았습니다. 학교 Lacrosse 팀에서 선수로 뛰고 있고, 학교 도서관과 Nursing Home에서 2년 정도 봉사 활동을 했습니다. 다른 사람들에 비해 초라하긴 하지만, 제 나름대로 2년 동안 열심히 생활한 결과입니다. 이 정도면 어느 수준의 대학에 갈 수 있을까요?

A 먼저, 본인이 다니고 있는 학교가 명문 대학 진학률이 높은 학교인지 아닌지를 파악해야 한다는 점을 일러둡니다. GPA가 3.6 이상이고 SAT가 1950점 정도라면 중상위권 학교 진학이 가능해 보입니다. 게다가 SAT2에서도 두 과목이나 700점 이상의 점수를 받았고, 운동과 봉사 활동도 게을리 하지 않았으므로 경쟁력은 충분히 갖춘 것이라고 생각합니다. 다만 진학하고자 하는 대학이 상위 30위권 내의 학교라면 지금보다 조금 더 노력하셔야 할 것 같습니다. 교과서적인 이야기로 들릴지 모르겠지만, GPA의 경우 12학년 1학기까지 상승세를 이어가서 지금 수준보다 조금만 더 향상시키는 게 좋겠습니다. SAT1의 경우도 완전한 안정권은 2400점 만점에 2200점 정도입니다.

여름방학 3개월 동안 열심히 공부하신다면 지금보다 200점은 더 높은 점수를 받을 수 있지 않을까 싶네요. 더불어 SAT2 시험을 1~2과목 더 준비하시길 바랍니다.

Q 저는 미국에서 학교를 다니고 있고 곧 10학년이 됩니다. 대학에 원서를 제출할 때 GPA, SAT, 봉사 활동, 음악, 운동, 클럽 활동 등이 중요하다고 하던데, GPA가 어느 정도 되어야 아이비리그에 진학할 수 있을까요? 저희 학교의 GPA는 6점이 만점인데, 저는 0.15점이 모자라 5점이 채 안 되거든요. 학년 석차는 괜찮은 편입니다.

A 현재의 GPA를 4점 만점으로 환산해보는 게 좋을 것 같습니다. 대학들은 보통 4점 만점 시스템을 쓰거든요. 아이비리그에 합격하고 싶다면 GPA 점수를 최소 3.8 정도 받고, 여기에 AP 점수로 extra를 받아 총 4점 가까이 만들어놓는 게 좋습니다. 학년 석차는 3퍼센트 안에 드는 것이 유리합니다. 미국 대학들이 학년 석차를 많이 따지기 때문이죠.

Q 둘째는 SAT에 관한 질문입니다. 저는 SAT1과 SAT2를 모두 보려고 하는데, SAT는 언제부터 볼 수 있는 건가요? 또 아이비리그를 가려면 SAT2를 몇 과목 정도 응시해야 하나요? 제가 들은 바로는, 모국어가 한국어인 사람이

SAT2 한국어 시험에 응시하면 대학에서 별로 좋지 않게 본다는데, 그게 정말인 가요?

A 아이비리그에 지원하는 학생들은 대부분 SAT1와 SAT2를 봅니다. 참고로 SAT는 중학생도 볼 수 있습니다. 언제든지 준비가 됐다고 생각하면 collegeboard.com에 가서 신청하면 됩니다. SAT는 한 해에 여러 차례 볼 수도 있습니다. SAT 공부는 빠르면 빠를수록 좋기 때문에, 미국에선 SAT를 대비해 기본적인 단어 공부를 하는 초등학생의 수가 늘고 있다고 합니다. 아이비리그를 지향하신다면 SAT2는 3과목 이상 보시는 게 좋습니다. 그리고 모국어가 한국어인 유학생이 SAT2 한국어 시험을 보는 것은 당연히 좋은 모습이 아닙니다. 미국 명문 대학들은 도전 의식이 강한 학생을 선호합니다. 웬만하면 SAT2 한국어 말고 다른 언어 시험을 보십시오.

Q 셋째는 봉사 활동에 대한 질문입니다. 전 지금까지 봉사 활동을 해본 적이 없습니다. 그래서 이제부터라도 시작하려고 하는데, 어디서 어떤 봉사 활동을 할 수 있을까요? 그리고 몇 시간 정도 봉사 활동을 해야 아이비리그에 들어갈 수 있나요?

A 미국 대학들은 봉사 활동을 시간으로 계산하지 않습니다. 봉사 활동의 질과 학생의 기여도를 중점적으로 보죠. 학생이 봉사 활동을 하며 충분한 리더십을 발휘했는지, 몇 년 동안 꾸준히 해왔는지를

봅니다. 하지만 대학에 들어가기 위해 봉사 활동을 하는 것은, 사실 매우 꺼림칙한 일입니다. 봉사 활동이 하나의 수단으로 전락할 수 있기 때문입니다. 기왕이면 자신이 보람을 느끼며 자발적으로 할 수 있는 봉사 활동을 찾길 바랍니다. 미국 고등학교에는 봉사 활동 기회가 많기 때문에 자기에게 맞는 봉사 활동을 어렵지 않게 찾을 수 있을 것입니다.

Q 클럽 활동을 많이 하면 대학 진학이 유리해진다고 하던데, 정말인가요?

A "Quality, not Quantity"라는 말이 있습니다. '양보다는 질이다'라는 뜻이죠. 미국 대학은 하나의 클럽에서라도 열정적으로 참가하는 사람을 선호합니다. 자신의 열정을 쏟다 보면 그 클럽에서 리더가 되거나 중요한 임무를 맡게 되는 건 당연지사입니다. 원서의 빈칸을 채우기 위해 많은 클럽에 가입하는 건 바람직하지 못한 일입니다. 일단 학교에 있는 클럽들을 모두 방문해보세요. 그중 마음에 드는 클럽이 있으면 한두 곳 정도 가입해서 열심히 활동하시면 됩니다. 만약 마음에 드는 클럽이 학교에 없다면 스스로 새로운 클럽을 창단하는 것도 좋은 방법입니다. 저 역시 유학 초기에 학교에서 'Korean Movie Club'이라는 클럽을 만들어 미국 친구들에게 한국 영화를 소개해준 적이 있습니다. 이 정도의 용기가 없다면 미국 명문 대학에 자신을 내보이기 어려울 것입니다.

Q 마지막으로 AP에 관해 여쭙겠습니다. 아이비리그에 진학하려면 AP 클래스를 몇 개 정도 들어야 하나요?

A 학생들에게 제공되는 AP 과목의 수는 고등학교마다 모두 다릅니다. 열 개가 넘는 AP 과목을 제공하는 곳도 있고, 한두 개밖에 제공하지 않는 곳도 있습니다. AP를 수강하는 횟수는 중요하지 않습니다. 자기 학교에서 가장 높은 커리큘럼을 택해 열심히 공부하는 것이 올바른 방법입니다. 참고로, 학교에 자신이 원하는 AP 과목이 없다면 가까운 대학에 가서 강의를 들으면 됩니다. 거기서 들은 학점은 대학 진학 시 인정이 됩니다. 저도 고등학교 때 학교에서 제공되는 AP 과목 이외에도, 가까운 대학에 가서 여러 개의 강의를 더 수강했습니다. AP 과목이나 대학 강의에서 좋은 성적을 얻으면 명문 대학에 지원할 때 상당히 유리합니다. 대학 과정을 이수할 능력을 이미 갖추고 있다는 사실을 입증하는 셈이니까요. 하지만 AP 과목과 대학 강의를 지나치게 많이 수강하다가는 오히려 해를 입을 수 있습니다. 그것들의 강의 진도 및 난이도, 과제 등에 치여 다른 과목 점수까지 까먹을 수 있기 때문이죠. 부디 꼼꼼한 계획을 짜본 뒤 결정을 내리시길 바랍니다.

Stanford University

포털사이트 '다음'에 개설된 '스탠포드 카페'의 메인 이미지. 2002년 개설 이래 수많은 유학 지망생과 학부모에게 다양하고 유익한 유학 관련 정보를 제공해왔다. 카페 내의 'Ask James' 메뉴에 들어가면 Q & A 형식으로 이루어진 생생한 유학 정보를 얻을 수 있다.

나는 소금이 될 테니
당신은 빛이 되어주세요

돈과 명예는 사람들이 자신의 야망을 이야기할 때 빼놓지 않고 입에 담는 주제들이다. 하지만 이런 것들은 내게 별 흥미를 주지 못한다. 나의 미래를 놓고 고심하던 대학 시절, 나는 문득 돈과 명예를 떠나 '한국 사회에 좋은 영향을 주는 사람이 되고 싶다'라는 추상적인 꿈을 꾼 적이 있다. 어린 시절부터 해온 몇몇 봉사 활동을 넘어, 보다 많은 사람에게 도움이 되는 일을 해보고픈 생각이 든 것이다. 유학 초기에 주위 친구들과 한국 교포들로부터 많은 도움을 받아 여러 가지 난관을 극복한 내 경험은, 그 추상적인 꿈을 보다 분명한 것으로 만들어놓았다. 나는 내가 받은 은혜에 보답하는 마음으로 남을 섬기는 삶을 살겠노라 다짐했다. 그 다짐은 무료 영어 강의와 봉사 활동, 유학 지망생들에 대한 정보 제공 등의 방법으로 실현되었다.

내가 가진 재능을 남을 위해 쓰고자, 나는 오래 전부터 '무료 영어 강습'을 해오고 있다.

고등학교 시절, 나는 학교와 교회에서 주최하는 봉사 활동에 참가해 소외된 이웃을 보살피는 일을 꾸준히 해왔다. 하지만 그 활동은 스탠포드 입학 후 바빠진 학업으로 인해 한동안 중단되었다. 그러던 중, 잠시 한국에 들어와 있던 나는 지인들을 대상으로 무료 영어 강의를 하게 되었다. 내가 가진 재능을 주변 사람들을 위해 활용해보자는 순수한 동기로 시작한 일이었다. 하지만 소소하게 시작하려던 이 일은 뜻밖에도 규모가 아주 커져버렸다. 첫 강의가 시작되기도 전에 입소문이 퍼져, 무려 백 명이 넘는 사람들이 수강 신청을 해 온 것이다. 고등학생, 대학생, 주부, 직장인, 심지어 학교 영어 선생님과 병원장까지 몰려들어 강의는 성황을 이루었다.

　주 2회씩 열리는 이 강의를 진행하는 동안 힘든 일이 적지 않았다. 워낙 많은 사람들을 대상으로 하는 강의이기에 들여야 하는 수고도 매우 컸다. 하지만 내 강의를 통해 많은 사람들이 도움을 얻는다는 사실은 내 모든 수고로움을 기쁨으로 바꾸어놓았다. 나를 믿고 성실히 강의에 임한 많은 분들은 대단한 실력 향상을 보였고, 그 모습을 본 나는 아주 큰 힘을 얻을 수 있었다. 남에게 좋은 영향을 주는 사람이 되고 싶다는 생각이 실현된 것에 감사할 따름이었다.

　무료 영어 강의를 진행하던 어느 날, 나는 내 속에 무언가 아쉬운 마음이 자라고 있음을 느꼈다. 더욱 값진 봉사 활동에 내 열정을 쏟았으면 하는 바람이 생긴 것이다. 나는 내가 가진 재능으로 할 수 있는 일이 무엇이 있는지 생각하던 중, 무료 영어 강의를 통해 기른 노하우를 활용하는 게 좋겠다는 결론을 내렸다. 그리고 그 대상은 소외된 이웃, 특히 어렵게 자라나는 아이들이 적당하리라고 생각했다. 나는 곧바로 인터넷에 접속해 서울에 위치한 보육원을 검색했다. 우리 집에서 그리 멀지 않은 곳에 보육원이 있음을 확인한 나는, 그곳에 전화를 걸어 자원 봉사자로 활동하고 싶다는 뜻을 밝혔다. 아이들에게 영어를 가르치겠다는 내 의사를 보육원 측은 흔쾌히 받아들였고, 나는 곧 봉사 활동을 시작할 수 있었다.

　보육원에 처음 방문한 날을 나는 아직도 생생히 기억한다. 허름한 건물 안에 들어서자 60여 명의 아이들이 나를 반겼다. 열악한 환경에서 살아가는 그 아이들의 모습을 보니, 내가 얼마나 축복된 삶을 살았는지 다시금 깨닫게 되었다. 나는 내가 가진 것을 아이들에게 가능한 한 많이 나누어주기 위해 최선을 다해 영어를 가르쳤다. 인턴십 활동과 공부 등으로 분주했던 내 방학 기간은, 무료 영어 강의와 보육원 자원 봉사로 인해 더욱 정신없이 돌아갔다. 하지만 내 마음은 나날이 뿌듯해져갔다.

일주일에 두 번씩 봉사 활동을 하던 나는, 같은 보육원에서 자원 봉사자로 일하는 한 외국인을 만난 일이 있다. 그는 나와 마찬가지로 일주일에 두 번 보육원에 방문해 초등학생들에게 영어를 가르치고 있었다. 자기 나라가 아닌 외국에서, 그것도 불우한 환경의 아이들을 위해 헌신하는 그의 모습은 나를 감동시키기에 충분한 것이었다. 나는 그 외국인을 보며, 진실한 마음으로 이웃을 섬기는 삶이야말로 세상에서 가장 값진 일이라는 사실을 다시 한번 확인할 수 있었다.

한국 사회에 좋은 영향을 주는 사람이 되겠다는 나의 결심은 인터넷 공간에서도 실현되었다. 스탠포드에서 첫 학기를 시작할 즈음, 나는 인터넷 포털사이트 〈다음〉에 '스탠포드 카페'를 개설했다. 한국에 스탠포드 동문을 위한 온라인 커뮤니티가 없다는 사실을 알게 된 난, 직접 카페를 개설해 한인 스탠포드 동문들의 단합을 도모하고자 한 것이다. 하지만 얼마 지나지 않아 예상치 못한 상황이 벌어졌다. 카페에 가입한 수많은 회원 중 대다수가 스탠포드 혹은 미국 대학 입학을 희망하는 사람들이었던 것이다. 회원들의 뜻을 이해한 난, 카페의 취지를 '미국 대학(원)을 지망하는 사람들의 모임'으로 확장했다. 회원은 학부나 석사, 박사 과정을 미국에서 이수하고자 하는 학생들이 주를 이루었고, 유학생 자녀를 둔 학부모들도 많았다. 미국 MBA 과정이나 로스쿨에 관심을 갖는 직장인 회원도 적지 않았다. 유학 정보에 목말라하던 이들에게, 스탠포드 카페는 사막의 오아시스 같은 존재가 되었다.

카페의 규모는 하루가 다르게 불어났다. 몇 달 만에 천 명을 돌파하며 무섭게 늘어난 회원 수는, 현재 만 명을 훌쩍 넘어선 상태이다. 스탠포드 카페가 이처럼 폭발적인 인기를 누린 데는 유학 관련 콘텐츠의 충실성이 큰 역할을 했다. 운영 주체인 나를 비롯해 많은 운영자들이 끊임없이 노력을 기울인 덕분에, 카페는 방대한 유학 관련 자료를 갖추었다. 카페 내의 다양한 게시판 가운데 내가 특히 애정을 갖고 관리하는 코너는 'Ask James' 이다. 'Ask James' 는 회원들의 질문에 하나하나 답변해주는 코너로, 구체적인 유학 정보는 물론, 학생들의 진로와 진학 등 다양한 주제들을 다루고 있다. 나는 이 코너에 올라오는 회원들의 질문에 답변하기 위해 지난 5년간 매일 한두 시간 이상을 할애해왔다. 스탠포드에서 요구하는 엄청난 학업량 때문에 매일같이 카페를 관리하는 게 쉽지는 않았지만, 좋은 정보를 얻고 기뻐하는 회원들의 모습을 보고 있으면 내 노력이 전혀 아깝지 않게 느껴졌다.

나는 카페의 활동 무대를 넓히는 노력도 게을리하지 않았다. 정기적인 오프라인 모임을 개최해 회원 상호간의 유대를 더욱 돈독히 함은 물론, 유학 관련 각종 정보들을 폭넓게 공유할 수 있도록 했다. 본격적인 유학 지망생 지원 활동은 대규모 강연회 형태로 실현되었다.

스탠포드 카페 회원을 넘어, 보다 많은 사람들에게 효율적인 유학 정보 습득의 기회를 제공한 것이다. 강연회에는 고등학생과 대학생, 학부모, 젊은 직장인 등 다양한 사람들이 참석했다. 나는 참석자들에게 유익한 정보를 제공하는 동시에, 그들에게 유학에 대한 강한 자신감과 동기를 부여하고자 애썼다. 충분한 자극을 통해, 그들이 자신의 꿈을 실현하는 데 최선의 노력을 기울이게 되길 바란 것이다.

5년 남짓한 시간 동안, 나는 무려 50회 이상의 강연회와 정기 모임을 개최해 수천 명에 이르는 사람들을 만나왔다. 최근 개최된 강연회에는 수백 명의 사람들이 참석해, 지난 5년간의 나의 노력이 결코 헛되지 않았음을 입증해주었다. 제주도를 비롯한 전국에서 모여든 사람들로 성황을 이룬 이 강연회를 통해, 나는 다시 한번 내 활동에 대한 자신감을 얻었다.

주위 친구들은 이렇게 동분서주하는 나를 보며, 돈도 되지 않는 일에 왜 그토록 목매다느냐고 한마디씩 하곤 한다. 하지만 내 생각은 조금 다르다. 나는 아직 사회 초년생에 불과하지만, 미국 유학을 경험한 사람으로서 같은 길을 걷고자 하는 후배들에게 적으나마 보탬이 될 수 있다고 생각한다. 내 활동을 통해 도움을 얻는 사람이 하나 둘 늘어난다는 사실이 얼마나 가슴 벅차고 기쁜 일인지, 경험해보지 못한 사람은 알 수 없을 것이다. 나에게서 긍정적인 영향을 받은 학생들이, 훗날 나와 더불어 이웃을 돌보고 사회에 봉사하는 훌륭한 인재로 성장하길 바랄 뿐이다.

나는 유학 기간 동안 미국 사회를 바라보면서 중요한 사실 하나를 발견했다. 오늘날 세계를 호령하는 미국이라는 나라 곳곳에는, 이웃을 사랑하고 남을 위해 봉사하는 국민 개개인의 의식이 자리잡고 있다는 것이다. 그렇다면 지금 우리가 살고 있는 한국 사회는 어떤 모습일까? 물질적 풍요와 여유로움으로 가득 찬 듯 보이지만 현실은 그렇지 못하다. 급격한 사회 변동으로 많은 사람들이 혼란을 겪고 있고, 그 속에서 사회 분위기는 인색함만을 더해가고 있다. 사람들은 오로지 자기 한 몸 추스르는데 온 신경을 기울일 뿐이다. 이런 삭막한 환경을 해소할 수 있는 것이 바로 사랑과 봉사의 정신이다. 그래서 나는 그 정신을 실천하고자 애쓰고 있고, 다른 젊은이들도 나와 같은 길을 걷기를 바라는 것이다. 평소 소외된 이웃을 돕는 일에 앞장서온 어머니 역시 나의 뜻에 공감하고, 내가 하는 활동에 격려를 아끼지 않으신다.

나는 모르는 사람들로부터 하루에 대여섯 통씩 이메일을 받는다. 미국 유학이나 대학 진학 문제에 대해 묻는 사람들이 대부분이지만, 간혹 감사의 뜻을 전하는 사람도 있다. 온라인 카페에서 내가 성의껏 달아준 답변이 자신의 선택에 큰 도움이 되었다는 유학 지망생의 글에서부터, 자기 아들이 내 강연을 듣고 자극받아 공부를 더욱 열심히 하기 시작했다는 학부모의 글에 이르기까지 실로 다양하다. 이런 반가운 소식들을 접할 때면, 나는 정말 사회에 도움이 되는 사람으로 거듭난 것 같다는 생각이 들어 날아갈 듯 기쁘다.

현재 환경운동가로 활동하고 있는 전(前) 미국 부통령 앨 고어(Al

Gore). 그는 클린턴 행정부에서 일하는 동안 온실가스 배출 감축을 규정한 '교토의정서' 가입 비준을 의욕적으로 추진했지만, 100명의 상원의원 중 단 한 명만을 설득할 수 있었다고 한다. 하지만 그는 좌절하지 않았고, 미국인들의 마음을 바꾸기 위해 지속적인 노력을 기울였다. 현재 그는 지구 온난화의 심각성을 알리기 위해 전 세계를 돌며 강연회를 벌이고 있다. 지금까지 천 번이 넘는 강연회를 개최했을 만큼, 환경 보전에 대한 그의 열정은 대단하다. 나는 이런 그를 존경한다. 그의 열정을 본받아, 나는 지금껏 지속해온 강연회를 앞으로도 계속 이어가고자 한다. 백 회, 천 회의 강연회를 개최해 수만, 아니 수십만 명의 사람들에게 좋은 영향을 끼치길 희망한다. 그리고 그 활동이 한국을 넘어 세계를 무대로 펼쳐진다면 더욱 좋겠다.

무료 영어 강의와 보육원 자원 봉사, 유학 강연회와 온라인 카페 운영은 지금 내 삶의 가장 큰 부분을 차지하고 있다. 군 입대를 앞둔 난, 안타깝게도 당분간 이 활동들을 중단할 수밖에 없다. 하지만 나는 걱정하지 않는다. 지금 내가 쓰고 있는 이 책, 『나는 한국의 가능성이고 싶다』가 청소년과 대학생들에게 일말의 긍정적인 영향을 미칠 수만 있다면, 나의 공백기는 결코 멈춰 있는 시간이 아닐 것이기 때문이다. 그리고 한국 사회에 좋은 영향을 미치는 사람이 되겠다는 내 결심에 동참하는 젊은이가 단 한 명이라도 생긴다면, 나는 감히 내 인생에 성공이라는 말을 붙여볼 수 있을 것이다.

내가 한국인으로서 더욱 원대한 꿈을 꾸고 그것을 실현하려 노력할 때, 한국 사회는 나로 인해 더욱 아름다워질 것이다. 나는 한국인으로

태어난 것이 너무도 자랑스럽다. 오늘도 나는 습관처럼 내 자신에게
주문을 걸어본다.

"나는 한국의 가능성이고 싶다."

나는 한국의 가능성이고 싶다
© 2007 조현영

1판1쇄   2007년 3월 9일
1판8쇄   2008년 8월 11일

지은이   조현영
펴낸이   김정순
기획   서영희 이병률
책임편집   배경란 장영선
펴낸곳   (주)북하우스
출판등록   1997년 9월 23일 제406-2003-055호

주소   413-756 경기도 파주시 교하읍 문발리 파주출판도시 513-8
전자메일   editor@bookhouse.co.kr
홈페이지   www.bookhouse.co.kr
블로그   blog.naver.com/bookhouse1
전화번호   031-955-2555
팩스   031-955-3555

ISBN   978-89-5605-175-8 03810

이 도서의 국립중앙도서관 출판도서목록(CIP)은 e-CIP 홈페이지(http://www.nl.go.kr/cip.php)에서
이용하실 수 있습니다.(CIP제어번호:CIP2007000540)